Impressum:

NoahFitz@gmx.de

Adresse:
Noah Fitz
Postfach 12 10
97962 Bad MGH

Covergestaltung © Traumstoff Buchdesign traumstoff.at

Covermotiv © Jonny Essex shutterstock.com

Liebstes Kind

Thriller

Noah Fitz

»Tanz, Gretchen, tanz! Hab keine Angst, das Schwein und der Hase tun dir nichts, sie wollen nur mit dir spielen«, spricht eine Stimme zu mir. Der Hase und das Schwein riechen nach Schweiß und Alkohol. Sie tun mir weh.

Ich habe Angst, mich daran zu erinnern, was mir als Kind widerfahren ist. Aber ich muss es tun, damit ich den Mörder stoppen kann.

Hauptkommissarin Anne Glass bekommt ihren ersten großen Fall, der sie prompt mit ihrer eigenen schrecklichen Vergangenheit konfrontiert.

Ein brutaler Mörder tötet Männer und häutet ihre Gesichter, um eine Zahl in die blanken Schädelknochen der Leichen zu ritzen. Obwohl der Hauptverdächtige bei der zweiten Tat stirbt, geschehen weitere Morde und im weiteren Verlauf der Ermittlungen taucht eine Todesliste auf, auf der Anne Glass auch ihren eigenen Namen findet. Sie muss schnell handeln, um den Killer aufzuhalten, doch je mehr Zeit verstreicht, umso mehr Fragen tun sich auf:

Wer sind die Männer auf der Todesliste?

Warum und von wem wurde Anne als Kind entführt?

Warum hat sie panische Angst vor Wasser?

Lang vergessen geglaubte Bilder, die in ihr wachgerufen werden, liefern endlich eine Antwort.

Aber wer ist das tanzende Mädchen? Diese Frage treibt sie an den Rand des Wahnsinns.

Prolog

Winter 1989

Waldhütte

»Wir müssen ganz leise sein, Gretchen«, flüsterte Patrice und legte den schmutzigen Finger auf die Lippen. Aus seinem Mund stieg weißer Dampf.

Er war zehn Jahre alt und Gretchen sieben.

Patrice blickte zur Tür. Der kleine Raum war ihr Zuhause. Hier waren die Wände grau und feucht. Schwarze Flecken krochen aus zwei Ecken. Bis auf ein kleines Fenster gab es nichts, das die Wände schmückte. Die Luft roch süßlich nach Schimmel.

Zeit ihres Lebens wurden die beiden schon in diesem Raum gefangen gehalten.

Bis auf die Bücher und den Unterricht hatten sie nichts, womit sie sich ablenken konnten. Aber nichts zu tun war trotzdem tausend Mal besser, als von den maskierten Männern … Gretchen schob die schrecklichen Bilder beiseite und sah zuerst Patrice an, dann zur Tür.

»Und wenn sie uns erwischen?« Gretas Kinn zitterte.

Die kalte Luft kroch den Kindern bis ins Mark.

»Wir müssen ganz leise sein«, ermahnte Patrice das Mädchen noch einmal und hielt die Luft an.

»Wie die Mäuschen?« Greta sah den Jungen mit angstgeweiteten Augen an.

»Ja«, sagte Patrice und zuckte zusammen, weil er zu laut geworden war.

Gretas dunkle Augen wurden noch größer. »Ich glaube, Opa ist wach«, wisperte sie und griff nach Patrices Hand. Ihre kleinen Finger waren steif vor Kälte und Furcht.

Sie lauschten. Keiner sagte ein Wort. Die Stille war trügerisch.

»Da spricht jemand«, hauchte Patrice in Gretas Ohr.

»Das sind die anderen Kinder.« Ihre Finger umklammerten den Arm des Jungen. »Ich habe Angst, Patrice.«

Sie standen eine gefühlte Ewigkeit unter dem kleinen Fenster, das Patrice mit einem rostigen Nagel aufgehebelt hatte.

Beide blickten sich um und starrten auf die Tür.

Schlurfende Schritte.

Schuch … Schuch … Schuch …

Sie kamen immer näher.

Patrices Hand griff nach dem Fensterrahmen. Er war wie ein Bruder für sie, aber nicht ihr richtiger. Das wusste Gretchen. Sie waren keine Geschwister, und dennoch lebten sie zusammen in diesem dunklen Raum.

»Patrice! Er kommt gleich rein!«

»Sei still«, zischte er, ohne sich zu rühren.

Die beiden warteten auf ein Signal. Ihre Blicke wanderten zur Decke, dorthin, wo die nackte Birne hing.

Manchmal schaltete Opa das Licht an, aber das war kein gutes Zeichen, denn dann nahm er eins der Kinder mit oder sogar beide.

»Er holt sich heute ein anderes Kind«, murmelte Patrice. »Gleich sind wir hier weg«, flüsterte er Greta zu. Sein Atem kitzelte in ihrem Ohr.

»Wir müssen ganz leise sein, Patrice«, fiepte sie kaum hörbar. Auch aus ihrem Mund stieg eine weiße Wolke. Ein kalter Windstoß riss Patrice das Fenster aus der Hand. Es klapperte heftig. Die eisige Kälte strömte in die Dunkelheit und brachte Schneeflocken mit.

»Opa ist weg«, sagte Patrice und schob Greta mit sanfter Bestimmtheit von sich.

Sie trug ein weißes Kleid.

Er eine dunkle Hose und ein weißes Hemd mit schwarzer Fliege. Sie waren gestern ein »Ehepaar« gewesen. So wollte es der Kunde. So hatte Opa es gesagt.

»Ich habe Angst.« Gretas dunkle Augen glänzten im fahlen Licht des Vollmondes. Er hing wie eine silberne Scheibe über dem Wald.

»Willst du wieder die Braut sein?« Bei dieser Frage begann Patrices Stimme zu flattern. Sein Magen verkrampfte sich, auch seine Pobacken zogen sich bei der Erinnerung schmerzlich zusammen. Was ihnen die Maskierten gestern angetan hatten, war das Schlimmste gewesen, was sie bisher erlebt hatten. »Möchtest du hierbleiben, Gretchen?« Tränen schimmerten in seinen Augen.

»Nein.« Greta senkte beschämt den Blick, so als wäre sie schuld daran.

Patrice legte ihr die Hand auf die Schulter und drückte sie an sich. Schnell wischte er sich mit den schmutzigen Fingern die Tränen aus den Augen und hinterließ dabei dunkle Spuren auf seinem Gesicht.

»Wirst du dich um mich kümmern, wenn wir weglaufen? So, wie du es mir versprochen hast?« Sie hob den Kopf und sah ihn an. Ihr Blick flehte ihn an, sie nicht zu enttäuschen.

Er strich ihr mit den Fingern über den Kopf, so wie ein richtiger Bruder es getan hätte. Zumindest glaubte Patrice, dass ein richtiger Bruder das tun würde. Gretas dunkelblondes Haar war zu zwei dünnen Zöpfen geflochten. Einzelne Härchen schimmerten in dem kalten Licht.

»Wie ein richtiger Bruder?« Ihre Mundwinkel zuckten.

»Wie ein richtiger Bruder«, versprach er und drückte sie wieder an sich.

»Ich bekomme keine Luft«, murmelte Greta.

Er ließ sie los.

»Komm, hilf mir, das Bett ans Fenster zu schieben«, bat Patrice mit gedämpfter Stimme.

Greta schaute erneut zur Tür. Ihr schmuddeliges Gesicht war von weißem Nebel umwölkt. Es wurde zunehmend kälter.

Patrice fror. Sein Hemd hatte nur kurze Ärmel. Als er ans Kopfende des Bettes trat, spürte er eine Gänsehaut auf seinen Armen.

»Greta, du musst mir helfen!«

Das Mädchen erwachte aus seiner Starre und stellte sich neben ihn.

»Ich zähle bis drei, nimm du schon das linke Bein.«

Greta umklammerte das Metallrohr mit ihren kleinen Händchen und presste die Lippen aufeinander. »Das Bett ist kalt«, sagte sie und atmete auf einmal sehr heftig. »Ich habe Angst, Patrice. Mir ist kalt. Lass uns bitte bis morgen warten«, jammerte sie mit weinerlicher Stimme.

Doch der blonde Junge ignorierte ihr Klagen und zählte:

»Eins ...« Seine Finger schlossen sich um das rostige Metall.

»Zwei ...« Er füllte die Lunge mit kalter Luft.

»Drei ...«, keuchte er und riss mit aller Kraft an dem Bett.

Greta gab einen kurzen Schrei von sich. Sie war abgerutscht und auf den schmutzigen Boden gefallen. Jetzt lag sie mit dem Gesicht im Staub und wimmerte. *Wie ein weißer Schmetterling,* dachte Patrice und ging auf die Knie. »Tut es weh?«

Sie lag noch eine Sekunde lang einfach nur da.

Er berührte tröstend ihren Rücken. »Steh auf, sonst wirst du noch krank«, redete er auf sie ein. Sanft zog er sie hoch, aber sie wollte sich nicht helfen lassen und riss sich los. Trotz ihrer Angst war sie ein Sturkopf.

»Lass mich«, sagte sie trotzig. Sie weinte tonlos. Die Angst machte ihre Glieder steif. Schreckliche Bilder huschten durch ihren Kopf. Wenn Opa sie dabei erwischen sollte, wie sie sich davonschlichen ... Sie dachte den schlimmen Gedanken nicht zu Ende.

»Greta, wenn du nicht mitgehst, dann gehe ich allein.«

»Warst du jemals dort? Draußen?« Sie sah zum Fenster.

Patrice folgte ihrem Blick. In seinen himmelblauen Augen spiegelte sich der Mond. »Nein.« Er klang enttäuscht und ehrfürchtig zugleich. »Und du?«, fragte er, ohne den Blick von der weiß leuchtenden Scheibe abzuwenden. »Warst du draußen, Greta?« Er kauerte immer noch auf dem Boden.

»Natürlich nicht. Wie denn? Ich war doch schon vor dir da.«

»Das stimmt gar nicht!«, widersprach Patrice und runzelte nachdenklich die Stirn. Er überlegte und rechnete nach. »Ich bin älter als du.« Er stand auf, klopfte sich schnell den Staub von den Knien und lief zum Bett zurück.

»Das schaffen wir nie, niemals«, hörte er Gretas Stimme.

»Doch«, erwiderte er und zerrte mit aller Kraft an dem Gestell. Tatsächlich ertönte ein metallisches Knirschen. Er zog erneut. Jetzt noch heftiger. Es quietschte wieder. Ein weiterer Ruck. Seine Finger rutschten ab. Patrice strauchelte. Wild mit den Armen rudernd landete er auf dem Po.

»Du hast es geschafft!«, freute sich Greta und rappelte sich endlich auf die Füße. Sie grinste breit und klatschte hüpfend in die Hände.

Patrice stand auf und humpelte zum Bett zurück. Tatsächlich stand es nicht mehr an der Wand, sondern leicht schräg.

Der Gedanke an die Konsequenzen, die unweigerlich auf sie zukommen würden, falls sie bei dem Fluchtversuch erwischt wurden, rückte vorerst in den Hintergrund.

»Patrice, du bist so stark!« Gretas euphorisches Lachen ließ den Jungen zusammenzucken.

»Schrei nicht so«, brummte er mit schmerzverzerrtem Gesicht und rieb sich den Po. »Wenn Opa das hier sieht ...« Er presste die Zähne zusammen und sog zischend die Luft ein. »Wir müssen uns beeilen.« Die Angst dämpfte den stechenden Schmerz, der seine Wirbel hinaufkroch.

Sollte der alte Mann Wind davon bekommen, was sie hier veranstalteten, waren ihre Tage gezählt. Keins der Kinder wusste, was das genau bedeutete. Aber Patrice und Greta konnten sich sehr gut vorstellen, was damit gemeint war. Wie schrecklich das für sie enden konnte, war den beiden durchaus bewusst.

»Hilf mir«, flüsterte Greta, während sie sich an dem Bett festklammerte. Ihre Füße rutschten auf dem Boden weg. Sie trug Sandalen. Patrice hatte Lackschuhe an, die ihn an den kleinen Zehen drückten.

Gemeinsam quälten sie sich ab, bis sie es geschafft hatten, das Bett ruckelnd Zentimeter für Zentimeter näher ans Fenster zu zerren.

»Das reicht.« Patrice keuchte und hielt sich die Seite.

Auch Greta war außer Atem.

»Ich habe immer noch Angst«, gab sie ehrlich zu und sah Patrice wieder an. In ihren Augen schwammen Tränen. Sie würgte sie tapfer hinunter und presste die Lippen fest zusammen.

Patrice schnaufte und atmete den erdigen Duft ein. Die aufkeimende Panik lähmte auch ihn. »Wir bekommen Ärger, so oder so.« Mit einer fahrigen Handbewegung zeigte er zuerst auf das verschobene Bett und dann auf das kaputte Fenster.

Greta nickte resigniert. Nervös nestelte sie an ihren Zöpfen und an ihrem Ohr, das tat sie immer, wenn sie aufgeregt oder sehr traurig war.

Patrice stieg auf das Bett. Zum ersten Mal in seinem Leben behielt er dabei die Schuhe an. Die Federn unter ihm quietschten. Er stellte sich auf das Kopfende und zog sich etwas weiter hoch. Dabei hielt er sich mit beiden Händen am Fensterrahmen fest und richtete sich auf die Fußspitzen auf. Das Rohr, auf dem er stand, wackelte leicht.

Für einen winzigen Moment seines jungen Lebens blieb die Welt stehen. Er sah Bäume. Mit angehaltenem Atem ließ er den Blick über die schneebedeckte Landschaft schweifen. Gierig sog er die kalte Luft ein und musste husten.

»Komm rauf, Gretchen.« Er winkte das verängstigt dreinblickende Mädchen zu sich.

Irgendwo in der Ferne, hinter der Wand, ertönten gedämpfte Kinderschreie. Nicht nur sie wurden in diesem Haus des Schreckens gefangen gehalten, das wusste der Junge. Die Schreie der anderen Kinder vermischten sich mit Jubelrufen von Erwachsenen. Doch dieses Mal hörte Patrice sie nicht, weil sie vom Rauschen des Blutes in seinen Ohren übertönt wurden. Er streckte seinen Hals und schob den Kopf weiter durch das Fenster. Der Wind zerzauste sein Haar und trug die Schreie der Kinder mit sich fort.

»Was guckst du dir da an, Patrice?« Greta sah interessiert zu dem Jungen hoch.

Patrice reichte ihr die Hand und zog sie aufs Bett. Sie zitterte noch heftiger. »Ich sehe nichts«, jammerte das blonde Mädchen und reckte krampfhaft das Kinn.

»Du musst erst hochklettern. Stell deinen Fuß auf meine Hände«, sagte Patrice, sprang vom Bettgestell auf die dünne Matratze, legte die Hände ineinander und beugte sich leicht vor.

Greta zögerte immer noch und sah zum wiederholten Mal zu der eisernen Tür.

»Komm schon«, flüsterte er drängend. Seine Zähne klapperten. Ihm war kalt und heiß zugleich. Für einen flüchtigen Moment begann sich alles um ihn herum zu drehen. Als ihm die ganze Tragweite ihres Vorhabens bewusst wurde, spürte er einen dumpfen Stich in der Brust. »Stell deinen Fuß auf meine Hände, Gretchen.«

Ihr Schuh schob sich langsam nach oben. Sie war klein und dennoch sehr schwer für den Jungen, weil er selbst dünn und schmächtig war. Trotzdem hob Patrice sie hoch. Das Bett unter ihnen quietschte. »Du musst nach dem Fensterrahmen greifen«, keuchte er angestrengt und hielt den Atem an.

»Ich komme nicht ran«, winselte Greta weinerlich.

Auf wackeligen Beinen machte er zwei kleine Schritte auf das Fenster zu und stemmte das rechte Bein auf das Rohr. Sein Fuß rutschte an der Querstange ab, doch dann fand er wieder Halt und schob Greta noch ein Stück höher.

Der Wind heulte auf. Noch mehr Schnee wirbelte durch das Fenster herein.

»Greta, du musst dich beeilen«, schnaufte Patrice. Sie war wirklich eine Last für ihn. Doch ohne sie hätte er sich wahrscheinlich nicht zu so einem Wagnis überwinden können. Endlich wurde Greta leichter. Sie hing in der Luft und zappelte mit den Füßen.

Patrice bekam sie zu fassen, ging leicht in die Knie, stellte ihre Füße auf seine Schultern und drückte den Rücken durch.

Ein metallisches Kratzen an der Tür raubte Patrice den Mut. Er glaubte vor Angst zu ersticken. Greta bekam von alldem nichts mit und zog sich weiter durch das Fenster – hinaus in die Kälte.

»Schneller, Greta, schneller«, stammelte Patrice und starrte über die Schulter.

Er wurde geblendet. Die nackte Glühbirne an der Decke tauchte den kleinen Raum in schwaches Gelb. Die morschen Wände flimmerten vor seinen Augen. Er hörte Stimmen, die seinen Namen riefen und ihn höhnisch auslachten. *»Du bist gleich tot«*, giggelten sie zunehmend lauter.

Patrice war wie elektrisiert. Sein Atem ging stockend.

»Ich stecke fest! Patrice!«, rief Greta panisch. »Patrice! Da draußen ist jemand! Ein böser Wolf! Er knurrt mich an.«

Patrice starrte wie gebannt zur Tür. Wartete jeden Moment darauf, dass sie aufgestoßen wurde. Er sah schon den großen Mann mit der Maske. *»Ihr sollt Opa zu mir sagen.«* Der Mann trug stets eine Schweinemaske und einen schwarzen Umhang.

Die Türklinke wurde nach unten gedrückt.

Patrices Herz blieb stehen.

»Patrice, ich rutsche wieder ab«, klagte Greta und suchte mit den Füßen nach Halt.

Dann wurde es unvermittelt wieder stockdunkel.

»Was habt ihr denn für ein Problem?«, polterte eine tiefe Stimme hinter der Tür, die sich aber zu entfernen schien. Etwas fiel scheppernd zu Boden.

Patrice blinzelte heftig. Grelle weiße Punkte flirrten vor seinen Augen.

Greta bettelte um Hilfe.

Patrice wartete immer noch.

Ein heftiger Tritt gegen seine rechte Schläfe riss ihn grob aus seiner Starre.

Greta gab einen erstickten Schrei von sich. »Ich rutsche ab!«

Patrices zitternde Finger schlossen sich um ihre Knöchel. Er stellte sich mit beiden Füßen auf den Bügel des Kopfteils und schob das Mädchen in die kalte Nacht hinaus.

»Jetzt du!« Sie lugte durch das Fenster und reichte ihm die Hände. Er schob sie hastig beiseite.

»Auf dieser Seite ist das Fenster nicht so hoch«, ermutigte sie den Jungen. »Ich kann hier einfach stehen und reinschauen.«

»Weil wir im Keller gefangen gehalten werden, du Dummkopf«, brummte Patrice leise.

»Ich glaube, der Wolf ist jetzt weg«, flüsterte Greta.

»Was für ein Wolf? Du hast zu viele Märchen gelesen, du dummes Mädchen«, murmelte er.

»Nimm meine Hand, Patrice!«

»Ich mach das schon.« Seine Finger verkrampften sich um den Fensterrahmen. Er sprang hoch und schabte mit den Schuhen über das raue Mauerwerk. Putz rieselte auf das Bett. Die kleinen Steinchen klimperten gegen das eiserne Gestell.

Patrice hatte es fast geschafft, doch seine Kräfte ließen nach. Seine Arme zitterten, die Füße fanden keinen Widerstand. Seine klammen Finger hielten ihn nicht mehr.

Jemand packte ihn am Kragen und zerrte so heftig daran, dass er zu ersticken glaubte. Der oberste Knopf riss ab. »Lass mich«, krächzte er. Sein Gesicht färbte sich dunkel. Er schlug mit den Händen um sich. Endlich bekam er wieder Luft.

»Wir haben es geschafft!« Gretas Freude war verhalten, der Ruf klang mehr wie eine Frage.

Patrice zog sich vollends hinaus und rieb sich den Hals. Sein Mund war trocken. »Lass uns verschwinden. Wenn er uns erwischt …« Er sprach den Satz nicht zu Ende und rappelte sich hoch.

Der Schnee unter ihren Füßen knirschte. *Wie feine Glasscherben*, dachte Patrice und zog Greta mit sich. Die kahlen Bäume wiegten sich im Wind. Die vereiste Schneekruste brach immer wieder durch, sodass die Kinder knietief in der weichen Schicht darunter versanken.

»Wo müssen wir hin?«, wollte Greta wissen und blickte sich in alle Richtungen um.

»Da lang.« Patrice klang wie einer, der den Weg kannte.

»Meinst du, dass meine Mama auf uns wartet?« Sie kaute auf der Unterlippe und wischte sich mit den Händen über die Augen.

»Ich denke schon«, murmelte Patrice.

»Aber ich weiß nicht, wo ich wohne«, fügte sie mit tränenerstickter Stimme hinzu und sah Patrice an.

»Scht«, zischte der Junge und blieb wie angewurzelt stehen. Langsam drehte er sich um und ließ Gretas Hand los. »Hörst du das auch?«

Gretas Mund zuckte. Im hellen Schein des Mondes wirkte ihr Gesicht grau. »Viktor? Das war Viktor und nicht der Wolf?«, fragte sie ängstlich. Sie hatte den großen Hund nur einmal gesehen und wurde danach von Albträumen verfolgt, in denen seine schwarzen Lefzen und die scharfen Zähne rot gefärbt waren. Der Hund stank aus dem Maul, die Schnauze war klebrig. Opa sagte, Viktor hätte Hunger und würde sie liebend gern verspeisen, wenn sie nicht aufhören würde, ins Bett zu pinkeln. Danach hatte sie nie wieder in ihrem Bett geschlafen, sondern auf dem Boden.

»Viktor«, echote Patrice und sah sich hastig um. »Da lang.« Seine Hand schnellte nach vorn. Er zeigte auf ein schwarzes Gestrüpp aus dünnen Ästen.

»Ich habe Angst«, winselte Greta, ließ sich jedoch mitziehen. Sie rannten, so schnell sie konnten. Hier war der Schnee nicht mehr so tief. Die dürren Zweige peitschten den beiden ins Gesicht und rissen mit ihren scharfen Dornen die ungeschützte Haut auf. Gretas Kleid wurde in Fetzen gerissen. Ihre Füße rutschten aus. Es war ziemlich glatt. Außerdem wuchsen hier nicht mehr so viele Pflanzen. Nur einzelne trockene Halme ragten aus der Schneeschicht und raschelten im Wind.

»Renn, Gretchen, renn. Wir müssen einfach auf die andere Seite.«

Patrice war dicht hinter ihr.

Unter Gretchens linkem Fuß gab der Schnee wieder nach. Es knackte richtig. Wie Glas. Eine kalte Schockwelle kroch ihr Bein empor. *Wasser!* Sie sank immer tiefer. Eiskaltes Wasser zog sie nach unten.

»Patrice!« Dann rutschte sie auf einmal komplett in die Tiefe. Ihr Schrei ging in ein Blubbern über. Nach Luft schnappend griff sie abermals ins Leere. Irgendwie kam sie wieder an die Oberfläche. *»Patrice!«* Doch ihre Hände rutschten an der scharfkantigen Eisschicht ab. Sie fand keinen Halt. Ihr Kopf tauchte wieder unter. Greta riss den Mund auf. Wasser strömte in ihre Lunge. Sie würgte. Alles um sie herum war schwarz. Sie nahm nur ein ununterbrochenes Blubbern war. In ihren Ohren klang alles unecht.

»Patrice! Patrice!«, wollte sie schreien. Luftblasen stiegen aus ihrem Mund. Sie riss den Kopf hoch, streckte die Arme aus und bekam einen Ast zu fassen.

Patrice! Lass mich nicht allein! Nur dieser Gedanke geisterte in ihrem Kopf herum. Ihre Finger glitten ab und ließen den Ast wieder los. *Patrice, ich habe Angst …*

1

Herbst 2019

Berlin (Herzfelder Straße)

Die Luft ist jetzt schon kühl. Dichter Nebel hängt über der Ortschaft. *»Das Wetter bleibt wechselhaft«,* lautet die Prognose für die nächsten Tage.

Ich fühle mich wie verkatert. Gähnend setze ich mich in den Wagen. Die Scheibenwischer huschen über die beschlagene Windschutzscheibe. *Ich hätte mich nicht noch einmal hinlegen sollen,* denke ich und sehe mich im Rückspiegel an. »Du siehst beschissen aus, Anne«, sage ich zu mir selbst und ziehe mein Gesicht in die Länge. »Wird nicht besser«, entgegnet mein Spiegelbild und lacht mich aus.

Ich puste die Backen auf und starte den Motor. Der Mini springt sofort an.

Die Welt ist wie in Watte gehüllt, sinniere ich und setze den Blinker. Das monotone Klackern des Relais klingt in der Stille ungewohnt laut. Das Radio bleibt aus. Auf schlechte Nachrichten habe ich keine Lust. Und für Musik bin ich zu mies gelaunt.

Ein letzter prüfender Blick in den Rückspiegel entlockt mir ein genervtes Stöhnen. *Ich muss zum Frisör,* denke ich, weil der Haaransatz schon wieder sichtbar ist. »*Schwarz steht Ihnen ausgezeichnet*«, hatte mir der überfreundliche Figaro versichert und mit den Armen gewedelt wie ein pubertierender Teenager aus einer Ami-Serie.

Immer noch auf meinen Kopf starrend schnalle ich mich an und fahre langsam aus der Parklücke, da klingelt auch schon mein Handy.

»Wie immer pünktlich, mein lieber Joshua«, meckere ich vor mich hin, da hupt irgendein Idiot hinter mir und bremst scharf. Er kommt neben mir zum Stehen und zeigt mir einen Vogel.

Ich lache ihn müde an, greife ins Handschuhfach und zeige ihm die Pistole, die ich von meinem Lebensgefährten zum Valentinstag bekommen habe. »*Eine echte Polizistin muss immer eine Waffe bei sich tragen.*« Dabei hatte er gegrinst wie ein Honigkuchenpferd. Am Abend, als er ohne Sex einschlafen musste, lachte er nicht mehr.

Der Mann in dem schicken Mercedes wird bleich. Ich lasse die Scheibe hinuntergleiten und strecke den Arm mit der Plastikpistole in seine Richtung. Meine Dienstwaffe liegt auf dem Revier, so will es das Gesetz.

Das linke Auge ist zugekniffen, das rechte visiert das dumme Grinsen des Typen an, das über seinem Vollbart eingefroren ist.

Der Pistole folgt mein Dienstausweis. Jetzt sieht der südländisch wirkende Vollblutmacho nicht mehr wie ein omnipotenter Kerl aus, dem sämtliche Frauen zu Füßen liegen. Die Rapmusik in seinem Wagen ist ein einziges Chaos aus Bässen und zusammengereimten Beschimpfungen, die in meinen Ohren keinen Sinn ergeben.

»Wenn du nicht im Dienst bist, darfst du deine Waffe gar nicht benutzen!«

»Willst du es drauf ankommen lassen?«

In meinem Auto schrillt nur das Handy. »Verpiss dich«, forme ich mit den Lippen so deutlich, wie ich nur kann und werfe die Pistole samt Ausweis ins Handschuhfach zurück.

»Was ist?«, melde ich mich leicht gereizt und sehe zu, wie der Kerl in dem dicken Sportwagen im Schritttempo davonschleicht.

»Kannst du Maya von der Schule abholen?« Mein Lebenspartner klingt geknickt.

»Um neun Uhr? Hat sie wieder etwas angestellt?« Ich atme die angestaute Wut samt der Müdigkeit aus. »Aber ich muss zur Arbeit«, sage ich noch, wohl wissend, dass das kein Argument ist.

»Bitte. Ich war schon letztes Mal dort. Du bist doch Polizistin«, fleht er mich an.

»Soll ich sie in Handschellen abführen?«

»Mach, was du für richtig hältst. Ich weiß mir keinen Rat mehr«, sagt er nur.

»Deine Tochter ist sieben!«, empöre ich mich.

»Na und? Wenn sie sich wie eine Kriminelle verhält?«

»Deinetwegen werde ich auf dem Revier …«

»Sie ist auch *dein* Kind«, fällt er mir ins Wort.

»Ist sie *nicht*«, rutscht mir heraus und ich bereue es sofort. »Du weißt ganz genau, dass ich Maya liebe. Aber du weißt auch, dass ich keine Kinder mag.« Wieder klingt der letzte Satz wie ein Vorwand – wie eine aufgesetzte Lüge.

»Aber Maya liebt *dich*«, kontert Joshua.

Ich kann die Kränkung in seiner Stimme deutlich hören und fühle mich umso schlechter. »Ich weiß, Joshua. Ich habe sie auch lieb.«

»Sie hatte nie ein schlechtes Leben, aber eben ein mutterloses. Du bist ihr Vorbild. Gestern hat sie sich sogar das Haar mit schwarzer Schuhcreme vollgeschmiert. Sie will sein wie du.«

»Ach, Joshua. Warum will sie keine braunen Haare haben wie du? Locken hat sie ja schon«, starte ich einen Versuch, mich aus der Affäre zu ziehen, in dem Wissen, dass ich wieder gescheitert bin.

Er schweigt. Wieder diese Psychomasche.

»Was ist es dieses Mal?«, murmle ich ins Telefon und schaue in den Seitenspiegel. Ein roter Passat taucht auf. Ein alter Mann blickt mich zornig an, fährt aber weiter.

»Sie hat einen Jungen verprügelt, glaube ich. Daran bist *du* schuld. Du hättest ihr das Boxen nicht beibringen sollen.« Seine Zerknirschung ist verflogen. Mein lieber Weggefährte setzt zum Angriff an.

»Okay, okay.« Ich kapituliere, wie so oft.

»Holst du sie ab?«

»Und wo soll ich sie abliefern?«, will ich wissen.

»Bei mir im Büro oder im Rathaus.«

Meine Stirn bekommt Falten. *»Wo?«*

»Im Fundbüro. Vielleicht will sie jemand haben«, sagt er in gespieltem Zorn und atmet schwer aus.

»Du bist ein Idiot, das ist nicht lustig.«

»Ich warte auf euch. Unten vor dem Eingang zur Kantine.«

»Mit einer Tasse frischem Kaffee«, sage ich und lege auf.

2

Birnenwicklerstraße

Grundschule

Maya sitzt auf einem Stuhl und baumelt mit den Füßen. Sie sieht immer wieder zu mir auf. Ihren Klassenlehrer würdigt sie keines Blickes. Nicht, weil sie sich fürchtet, ihn anzusehen, nein, sie fühlt sich im Recht. Herr Kraulitz steht wieder mal auf der falschen Seite, weil er sich nicht für Maya, sondern für den Jungen mit der blutigen Nase eingesetzt hat. Der ist jedoch nicht mehr anwesend. Er wurde vor einer halben Stunde von seiner Oma abgeholt.

»Es tut mir leid, das kommt nicht mehr vor«, sage ich mit einem Kloß im Hals. An den Wortlaut meines Textes, an dem ich unterwegs sehr sorgfältig gefeilt habe, erinnere ich mich nicht mehr. Das ist dem herrischen Auftreten des großen Mannes mit Glatze geschuldet.

Herr Kraulitz und sein Parfum (süßlich und bitter zugleich) rufen lang vergessen geglaubte Erinnerungen in mir wach. Plötzlich fühle ich mich klein und verletzlich. Wie Maya.

›*Ernst Kraulitz*‹ steht auf einem Schildchen auf der Tischkante.

Wir schweigen.

Der Mann aus den Albträumen meiner Kindheit sieht mich einfach nur an.

Ich hatte schon immer Angst vor diesem Mann. Ich ging nämlich in dieselbe Schule und hatte ihn als Klassenlehrer – wie Maya. Ich kenne dieses Zimmer aus meiner Schulzeit. Ich war oft hier. Mein Verhalten entsprach nicht der Schulordnung. Herr Kraulitz war eine Zeit lang Rektor gewesen, bis ihm sein Herz einen Strich durch die Rechnung machte und er zurücktreten musste.

»Die Rebellin und ihre Tochter«, murmelt er. Sein Blick wandert zwischen Maya und mir hin und her. Er sucht nach äußerlichen Gemeinsamkeiten. »*Sie* waren auch keine Musterschülerin und trotzdem ist etwas Gescheites aus Ihnen geworden. Vielleicht waren meine Anstrengungen doch nicht umsonst.«

Er hat damals Sorge getragen, mich in die Parallelklasse zu versetzen. Ein Jahr danach musste ich wiederholen, da ich viele Monate krank gewesen war, weil mich meine Mutter nicht impfen lassen wollte. Jetzt stehe ich wieder da und bringe kein Wort heraus – wie damals.

Ernst Kraulitz trägt einen grauen Pullunder – wie damals. Er sieht mich herablassend an – wie damals. Er ist alt geworden und riecht auch so: nach morschem Holz, feuchtem Keller, herbem Männerparfum, Zigarrenrauch und dunkler Seele.

Herr Kraulitz mustert mich schweigend und atmet tief ein. Sein mächtiger Bauch bekommt noch mehr Volumen.

»Was hat der Junge angestellt?«, gebe ich mich trotzig – wie damals.

Ein unzufriedener Zug legt sich um seinen schmallippigen Mund. Tiefe, gezackte Falten furchen seine Stirn. Sein Unmut ist ihm deutlich anzusehen.

Er öffnet erneut den Mund, ohne etwas zu sagen. Das fliehende Kinn ist schwabbelig und mit grauen Bartstoppeln gespickt. »Sie nehmen das Mädchen in Schutz, wie immer. Kein Wunder, dass sie dauernd die Opferrolle spielt!« Seine tiefe Stimme hallt von den weißen Wänden wider. Wir befinden uns in seinem Büro. Links und rechts stehen Schränke mit Ordnern. Ein Tisch mit einem schwarzen Stuhl, dahinter ein Fenster. Die Scheibe ist stumpf. Und dann noch dieses Schild mit seinem Namen.

Ich wende mich von den schwarzen Lettern ab und schaue nach draußen. Der Nebel will einfach nicht weichen. Wenn der Wind ihn nicht vertreibt, bleibt er bis zum Mittag über der Stadt hängen.

»Frau Glass?«

Ich blinzle und lächle den Mann an. »*War mit den Gedanken mal wieder woanders*«, will ich sagen, schweige aber.

»Welche Maßnahmen gedenken Sie bezüglich dieses Defizits zu ergreifen?« Er verschränkt die Arme vor der Brust und wirft einen anmaßenden Blick in Mayas Richtung.

»*Defizit?*« Ich kann kaum fassen, was ich da eben gehört habe.

»Ja. Mayas Fehlverhalten hat seinen Ursprung in der falschen Erziehung.«

»Maya *hat* keine Defizite.«

»Oh, doch. Sonst würde sie nicht ständig andere Kinder verprügeln.«

In dem Moment sieht das Kind seinen Lehrer trotzig an – wie ich. Ihr gewelltes rotes Haar verdeckt ihr Gesicht. Wie Sprungfedern baumeln die Locken in der Luft.

»Was ist passiert, Maya?« Ich möchte ihr die Chance geben, sich gegen die Anschuldigungen zu wehren.

»Cedric hat gesagt ...« Maya sucht nach Worten und senkt wieder den Kopf. »... ich sehe aus wie *Merida*.« Das letzte Wort spuckt sie giftig aus. Unruhig scharrt sie mit den Schuhen über den Boden.

Trotz der Kälte trägt sie weiße Chucks. Der Stoff ist schmutzig und hat an den Seiten einen tiefen Riss. Ich kann ihre rote Socke sehen.

»Da haben wir es«, sprudelt es aus mir heraus. Ich stemme die Fäuste in die Hüfte und hebe die Augenbrauen.

»Und das erlaubt dir, ihm die Nase kaputt zu boxen?!« Ernst Kraulitz lacht abfällig. Sein Ton ist mehr als barsch, der eisige Blick bohrend.

Ich kratze mich nervös an der Schläfe und reibe am Ohrläppchen. Mein Blick pendelt zwischen Maya und dem großen Mann hin und her.

Schlussendlich entscheide ich mich, für Maya Partei zu ergreifen und stelle mich neben sie. Meine Hand ruht auf ihrer schmächtigen Schulter. Ihr T-Shirt ist feucht. Sie hat Angst und schwitzt. Auch ich schwitze unter dem grobgestrickten Pullover.

»Der Junge hat sie beleidigt. Und nein!« Auch meine Stimme bekommt einen strengeren Ton. »Das gibt Maya nicht das Recht, ein anderes Kind zu schlagen, es sei denn ...« In diesem Moment würde ich mir am liebsten die Zunge abbeißen.

Alle Blicke kleben nun auf mir.

»Es sei denn ...«, nehme ich den Faden erneut auf und spiele alle Varianten in schneller Abfolge durch, finde jedoch keine passende.

Die buschigen Augenbrauen des Lehrers zucken in die Höhe. In seinen Augen taucht ein alarmiertes Funkeln auf. »Es sei denn?«, murmelt er, die Daumen stecken in den Hosentaschen.

Ich recke stoisch das Kinn. Vielleicht ist es eine verzögerte Reaktion auf meine Kindheit, die mir die Angst vor dem Lehrer nimmt. Damals hat mich dieser Mann wie ein kleines Kind behandelt. Jetzt bin ich erwachsen. Ich bin ihm keine Rechenschaft mehr schuldig.

»Es sei denn ...«, fahre ich mit geklärter Stimme fort, »... er hat immer weitergemacht, bis es zu einer Eskalation kam. Hast du ihn vorgewarnt? Ihm gesagt, dass er damit aufhören soll?« Ich schließe kurz die Augen und hoffe auf ein »Ja«.

Mit geballten Fäusten öffne ich sie wieder und setze mich auf die Fersen. Maya und ich sind nun ungefähr auf Augenhöhe. Aus dieser Perspektive wirkt Kraulitz noch bedrohlicher.

»Ja, das habe ich. Aber er hat immer weitergemacht. Andere Jungs haben dann auch Merida zu mir gesagt und mich auf der Toilette eingesperrt.«

»So eine Frechheit! Diese Unterstellung kann Konsequenzen nach sich ziehen. Eine solche Dreistigkeit gehört eigentlich mit einer Tracht Prügel kuriert«, platzt der Lehrer heraus.

»Sie sagen es!«, falle ich ihm ins Wort. »Das hätte ich nicht besser formulieren können. Der Junge *muss* für sein Fehlverhalten bestraft werden.«

Herr Kraulitz verschluckt sich fast vor Wut. Der Ärger ob seines Ausrutschers steht ihm ins Gesicht geschrieben.

Ich bin kein kleines Mädchen mehr, sage ich mir. *Und ich werde Maya nicht im Stich lassen.*

Der dicke Lehrer hustet und reibt sich mit der Hand über die feuchten Lippen.

»Maya hat nur gemacht, was Sie gerade eben von sich gegeben haben.«

»Warum hast du dich an keinen der Lehrer gewandt?« Sein Ton kling gemäßigt.

»Ich bin doch keine Petze«, nuschelt Maya patzig und springt vom Stuhl.

Unsere Blicke treffen sich. Ich stehe auf. Maya drückt sich an mich. »Ich nehme Maya mit. Wenn Sie wieder von den Jungs gepiesackt wird, schalte ich einen Anwalt ein.« Das ist das Erste, was mir in den Sinn kommt.

Das rote, erzürnte Gesicht des Mannes wird auf einmal aschfahl.

Ich nehme Maya an der Hand. »Schönen Tag noch. Komm, Maya, wir holen deine Sachen.« Wir verlassen das Büro. Die Tür lasse ich offen.

Mayas Hand ist weich, warm und feucht. Wir laufen schweigend den langen Korridor entlang. Kleine Bänke säumen die gelb gestrichenen Wände. An den Kleiderhaken hängen überwiegend graue Klamotten. Der Winter kommt. Dabei muss ich an ›*Game of Thrones*‹ denken. Mir fällt ein, dass ich die letzte Staffel noch nicht geguckt habe.

»Du hättest dem Jungen nicht ins Gesicht schlagen dürfen.«

Maya bleibt stehen und legt den Kopf in den Nacken. Ich streife ihre widerspenstigen Locken beiseite und betrachte ihr kindliches Gesicht. Sie hat geweint, ohne dass ich es bemerkt habe. Sie ist ein taffes Kind. Ein Kind, das ohne seine Mutter aufwachsen wird. Die stahlgrauen Augen glänzen und sind rot gerändert.

»Ich wollte ihn in den Bauch boxen, so, wie du es mir beigebracht hast.« Ihre Stimme klingt rau. »Aber dann hat er gesagt, dass meine Mama nur wegen mir gestorben ist.« Sie bricht in Tränen aus und birgt schluchzend ihr Gesicht an meinem Bauch. Meine Hände zittern, als ich sie eng an mich drücke. Tränen trüben meinen Blick.

»Das nächste Mal knöpfe ich mir den Bengel selbst vor«, flüstere ich mit zugeschnürter Kehle.

Maya löst sich aus meiner Umarmung. Mit gesenktem Kopf läuft sie weiter. Die dünnen Arme baumeln seitlich an ihrem schmalen Körper. Sie ist zierlich, doch innerlich stärker als viele andere.

»Maya!«, rufe ich, dass der Flur widerhallt. »Du *hast* aber eine Mutter.« Ich muss mich bemühen, nicht selbst loszuheulen.

Sie dreht sich um und sieht mich abwartend an.

»Ich werde es versuchen«, stammle ich.

Ein zaghaftes Lächeln huscht über ihr Gesicht. »Aber du hasst Kinder. Das hast du mal zu Papa gesagt.«

»Solche wie Cedric schon. Aber du bist anders.«

Ihr Lächeln wird breiter. Das weiße T-Shirt mit der kleinen Maus-Applikation unterstreicht ihre kindliche Naivität.

»Außer dir habe ich schließlich niemanden auf der Welt, mit dem ich Tierfilme anschauen kann. Dein Papa findet sie öde.«

»Stimmt. Willst du ihn irgendwann heiraten?«

Ich spüre, wie mir das Blut ins Gesicht schießt.

Der Pausengong ertönt und bewahrt mich davor, ihr eine Antwort geben zu müssen. »Komm, dein Papa wartet auf uns.«

»Nein, ich bleibe da. Wir haben jetzt Kunst. Ich muss noch etwas fertigmalen.« Maya kommt zurück, zieht mich am Arm hinunter, drückt mir einen Kuss auf die Wange und taucht in der Menge schreiender Kinder unter.

3

Polizeipräsidium Berlin

Ich sitze auf der Fensterbank. Den Blick auf die Bäume gerichtet, schaue ich zu, wie ein Mann mit einem Laubbläser die bunten Blätter über die Wiese jagt. Ich genieße den ersten Kaffee in meinem neuen Büro. Der herbe Geschmack ist unglaublich wohltuend. Die Renovierungsarbeiten sind so gut wie abgeschlossen. Alles hier riecht nach frischer Farbe, Holz und Klebstoff.

»Die Modernisierung des Komplexes wird genauso lange dauern wie der Bau des BER«, haben manche der Kollegen gescherzt, aber sie haben sich zum Glück geirrt. Ich nippe gedankenverloren an dem Kaffee und drücke meine Stirn gegen die kalte Fensterscheibe. Das Glas beschlägt sofort. Ich male ein Herz darauf und wische es gleich wieder weg. *Du bist Mitte dreißig und kein Teenager mehr*, denke ich und lasse meinen Blick durch den fast leeren Raum schweifen. Ich habe nur einen Tisch und einen neuen Schrank. Ach ja, den Stuhl habe ich mitgenommen und die Palme – mein ewiger Begleiter.

Eigentlich müsste ich meinen letzten Bericht fertigschreiben. Aber der Mann sitzt jetzt hinter Gittern. »Mord aus Habgier« lautete die Anklage. Eigentlich hatte zuerst alles nach einem Suizid ausgesehen.

Ein Klopfen an der Tür zerstört die beinahe idyllische Atmosphäre.

»Ja?« Ich versuche es mit einem Lächeln, als ein Gesicht in der Tür auftaucht.

Jens?

Nur sein Kopf lugt herein. Ein nicht wirklich sympathischer Kerl Ende dreißig mit vorstehenden Zähnen. Unser Polizeiführer vom Dienst. So jung und schon eine Mönchsglatze.

Ich stelle den Becher auf den weißen Marmorsims und hüpfe auf den weichen Teppichboden.

»Was ist?« Ich hebe die Augenbrauen und flechte meinen Zopf neu. Das Haargummi wandert aufs rechte Handgelenk. Ich ahne bereits, dass sein verknittertes Gesicht der Vorbote eines Unglücks ist.

»Ein Anruf für Sie.«

Er hält einen Telefonhörer in der Hand. Weil mein Büro über keine Technik verfügt – noch nicht, wie mir der Techniker versprochen hat, aber bald –, muss ich mich mit Jens und seinem ständigen Auftauchen arrangieren.

Eigentlich vermisse ich mein altes Büro jetzt schon.

»Wer?«

»Dauerdienst.«

»Und?«

»Ein toter Luchs, sagen sie.«

»Ein was?«

»Eine Raubkatze«, stammelt er und reicht mir den Hörer. Ich kann mich des Eindrucks nicht erwehren, dass er mich für dämlich hält.

»Ich weiß, was ein Luchs ist«, sage ich schroff.

»Sie haben auch noch eine männliche Leiche entdeckt«, fügt er hinzu und schluckt hart.

»Ein totes Tier hat für Sie höhere Priorität als ein Mensch?«

Er schweigt und läuft rot an.

»Und wer hat die Leiche entdeckt?«

Er sieht mich verdattert an, als wäre ich eine komplette Idiotin. Langsam komme ich mir auch so vor. Wie hat er nur die Karriereleiter so hoch hinaufklettern können, dieser Jens?

»Wer hat die Leiche als Erster entdeckt, Herr Wirts?«

Ich nehme den Hörer entgegen, gehe aber noch nicht ran.

»Die Kollegen vom Dauerdienst, nehme ich an. Jens reicht vollkommen«, sagt er. »Entschuldigen Sie bitte meine …« Er winkt ab, ohne den Satz zu beenden. »Mein Pfiffi, mein Kanarienvogel, ist gestern gestorben. Darum bin ich heute etwas durch den Wind. Mehr als sonst«, schiebt er hinterher und schließt die Tür vor meiner Nase. Das Schloss klackt leise.

»Hauptkommissarin Anne Glass«, melde ich mich und schlendere zum Fenster zurück. *Zu schade um den Kaffee*, denke ich und leere den Rest in einem Zug. Kalt schmeckt er ekelhaft und knirscht zwischen den Zähnen.

»Hier ist Leon Schlägel vom Dauerdienst.«

»Okay. Kommen wir lieber gleich zur Sache: Was hat es mit der Katze auf sich?«

»Der Luchs gehörte dem Getöteten. Der Typ hat ihn wohl als Haustier gehalten«, sagt der Mann knapp.

»Der Getötete hielt die Wildkatze als Haustiger?«, wiederhole ich und suche vergebens nach einem Mülleimer. Dieses Büro ist Schrott.

»Ja. Das ist auch kein Haus, sondern eine Villa. So was kennt man sonst nur aus dem Fernsehen. Ein Mann Ende sechzig, Immobilienkönig aus der Gegend mit osmanischen Wurzeln. Im Ruhestand. Hat einiges auf dem Kerbholz, sich aber immer rausgewunden. Ein gewisser Ramis Dscheidun.«

»Wurde er von seinem Luchs getötet?«

»Könnte man meinen. Wäre da nicht ein Pentagramm aus Blut.«

»Wie bitte?« Mir wird auf einmal heiß. »Ein was?«

»Ich kenne mich da nicht wirklich aus. Habe nur einen Blick hineingeworfen und die zuständigen Kollegen informiert. Ist wirklich übel zugerichtet, der Kerl. Wäre er nicht an einen Stuhl gefesselt, könnte man da schon an einen Selbstmord oder Ähnliches denken. Aber so sieht es eher nach einem Ritualmord aus. Das ist allerdings nur so ein Gedanke.«

»Fuck«, sage ich und fasse mir an die Stirn.

»Sie sagen es.« Die tiefe, angenehme Stimme klingt müde. »Wollen Sie vorbeischauen? Wir haben Verstärkung angefordert.«

»Ich komme. Haben Sie die Adresse?«

»Soll ich sie Ihnen noch mal diktieren?« Er wirkt genervt. »Ich dachte, Herr Wirts hat sich alles notiert.«

»Klar, mein Fehler. Riegeln Sie die Villa weiträumig ab und sorgen Sie dafür, dass wir von der Presse verschont bleiben. Zumindest bis morgen.«

»Zu spät. Bis jetzt ist es uns nur in wenigen Fällen gelungen, diese Aasgeier von den Tatorten fernzuhalten. Dieses Mal waren diese Kerle früher da als wir.«

Auch das noch, schimpfe ich in mich hinein. »Schirmen Sie wenigstens das Haus so ab, dass wir in Ruhe arbeiten können, ohne von Lichtblitzen geblendet zu werden. Und riegeln Sie alles ab«, erinnere ich den Mann und lege auf.

»Jens!«, rufe ich laut.

Der eingeschüchterte Polizeiführer schaut rein. Ich drücke ihm das Telefon an die Brust. »Haben Sie die Adresse?«

Er nickt heftig und macht mir Platz. »Die Papiere liegen auf meinem Tisch.« Er deutet ausladend nach links.

»Gut. Dann gehen wir.«

Er nickt erneut und geht voraus. Sein Gang macht mich nervös, trotzdem bleibe ich hinter ihm. Auf ein Gespräch, nur um die Zeit zu überbrücken, habe ich keine Lust.

4

Läppin

In der Nähe des Stahnsdorfer Sees

Blaue Stroboskoplichter. Mehrere Einsatzfahrzeuge. Polizeiband und weiße Planen auf der einen Seite der schmalen Straße – eine Menge neugieriger Menschen mit Kameras und Mobiltelefonen auf der anderen. Einige haben Mikrofone und berichten mit ernsten Mienen über die Sachlage. Ihre »Reportagen« basieren auf reiner Spekulation.

Ich bleibe zwischen zwei Streifenwagen stehen und verschaffe mir einen ersten Eindruck.

Keiner der Anwesenden strahlt Mitleid aus. Nur sensationsgeile Gesichter; ob Mann, Frau, Mutter, Vater, Kind, Oma oder Opa, alle warten nur auf das Eine – die Leiche.

Ich steige aus dem Auto und werde prompt von zahllosen Blitzlichtern geblendet. Sie löchern mich mit Fragen, die allesamt unbeantwortet bleiben.

Ich zwänge mich zwischen zwei Typen hindurch. Ein dritter kommt hinzu und versperrt mir den Weg. Er hält ein flauschiges Mikrofon in der Hand, das mich an ein aufgespießtes Meerschweinchen erinnert.

»Können Sie uns vielleicht schon etwas dazu ...«, beginnt er und wird immer lauter. Die anderen wollen schließlich auch noch etwas von mir wissen. Inzwischen haben sie mich komplett umzingelt.

»Nehmen Sie das Viech aus meinem Mund!«, empöre ich mich.

Tatsächlich zeigt mein forsches Auftreten Wirkung.

»Wie ist Ihr Name?« Ich habe mir den hübschesten der Männer herausgepickt und sehe ihn ernst an.

»Bruno!« Er hebt verblüfft die Mundwinkel und macht einen Schritt auf mich zu. Er hat nur ein Aufnahmegerät.

»Sie arbeiten fürs Radio?« Meine Stimme klingt kühl.

Er nickt grinsend. Er hält sich für den Auserkorenen und strafft die Schultern. Bruno entspannt sich. Keiner sagt mehr etwas. Alle hören mir zu.

»Warum haben Sie mich dann gerade eben unsittlich berührt?« Die Frage lässt die Menge erstarren. Ich nutze den Moment. Die Frau neben mir lässt sich leicht zur Seite schieben. Zwei Männer hinter ihr taumeln rückwärts. Ich quetsche mich hindurch und lasse sie allein. Einige der Aasgeier vergessen sogar zu blinzeln.

Erst als ich hinter dem Absperrband verschwinde, kommt Bewegung auf. Doch ich bin nicht mehr da. Bruno ist jetzt der Superstar.

Ein uniformierter Beamter will mich am Vorbeigehen hindern und verlangt nach meinem Dienstausweis.

»John, lass sie durch, wenn du keinen Ärger willst«, ermahnt ihn mein Kollege und schenkt mir ein neutrales Lächeln. Francesco. Nicht nur sein Name ist typisch italienisch, sondern seine ganze Art und wie er sich kleidet, sind ein Synonym für Sizilien. Da kommen seine Eltern auch ursprünglich her.

Francesco Zucchero, ein Mann, dessen Avancen ich schon mehr als ein Dutzend Mal ausgeschlagen habe, aber er gibt nicht auf. Er nimmt meine Finger und drückt mir einen Luftkuss auf den Handrücken. Mein italienischer Kollege duftet angenehm. Sein Sakko sitzt perfekt. Die Frisur ist wie betoniert, das rabenschwarze Haar glänzt von zu viel Gel. Seine schwarzen Augen funkeln wie polierte Murmeln.

Ich ziehe meine Hand weg. Er ist einen Kopf größer als ich, daher muss ich zu ihm aufschauen.

»Und?«, ist alles, was ich sage.

»Es ist noch zu früh, um Rückschlüsse auf den Tathergang zu ziehen, geschweige denn auf den Täter. Wir haben nichts in der Hand.« Er spricht ohne diesen Akzent, der eigentlich den Charme des Italieners ausmacht. Auch seine Nase hat nicht die typisch klassische Form.

»Mann? Frau?« Ich bleibe wortkarg, das ärgert Francesco, und das gefällt wiederum mir.

»Glaubst du an Zufälle?«

»Die meisten Zufälle sind im Grunde genommen gar nicht so zufällig, wie wir glauben. Lass uns lieber reingehen.«

»Der alte Griesgram lässt mich nicht an den Toten ran!« Er verdeutlicht seine Empörung mit einer emotionsgeladenen Geste, die mir ein Lächeln entlockt.

»Was?« Er hebt seine fein säuberlich gezupften Augenbrauen. Seine Wangen schimmern dunkel, obwohl er frisch rasiert ist – ich kann sein Aftershave riechen.

»Du magst unseren Leichenflüsterer nicht, oder?«

Francescos Brust schwillt an. Er schüttelt verneinend den Kopf und presst die Lippen zusammen. *Typisch Italiener,* schmunzle ich in mich hinein.

Der Rechtsmediziner ist also auch schon da. Ich lasse meinen Partner stehen und bewege mich auf die prunkvolle Villa zu. Die kunstvoll geschnitzte Tür befindet sich zwischen zwei mächtigen Marmorsäulen. Der Tote hatte zwar Geld, aber offenbar keinen Geschmack.

»Da ist sie ja!« Ein Beamter mit Glatze und dunklem Haarkranz winkt mich zu sich. Er steht neben einem anderen Mann, dessen wettergegerbte Haut von unzähligen Falten durchzogen ist. Er hat ein Gewehr geschultert. Das muss der Jäger sein, der den Luchs erledigt hat.

Auf der schwarzen Plane neben den beiden Männern liegt die tote Wildkatze. Sie ist riesig. Die blutverkrustete linke Flanke zeigt Richtung Himmel. Das Fell ist aufgerissen, in der Fleischwunde kann ich sogar gesplitterte Knochen erkennen.

»Den Luchs habe ich auf Geheiß von Herrn …«

»Ist recht«, unterbricht ihn der Polizist, hebt die Hand zum Gruß und lächelt mich an. »Herr Dietrich ist unser Jäger. Wenn er ihn nicht erlegt hätte, wer weiß, wen der Luchs alles gerissen hätte.«

»Gibt es Verletzte?« Ich schließe mich den beiden an. Das tote Tier riecht unangenehm nach Innereien. Ich rümpfe die Nase. Der Wind frischt auf und trägt den Gestank mit sich fort. Die Folie raschelt. Ich staune, wie lang die Barthaare der Katze sind. Auch die Respekt einflößenden Krallen hinterlassen ein ungutes Gefühl bei mir.

»Er hat die alte Dame von nebenan fast zu Tode erschreckt. Frau Reiner war diejenige, die zuerst Herrn Dietrich und dann sofort die örtliche Polizei verständigt hat«, erklärt der Beamte.

»Und der Luchs gehört wirklich dem Mann, dem auch diese Villa gehört?«

Beide Männer nicken. »Ja«, sagen sie unisono und schauen zum Eingang.

»Ramis Dscheidun, den kennt hier jeder«, fügt der Polizist hinzu.

»Bitte sorgen Sie dafür, dass der Kadaver von einem Spezialisten auf Blutspuren untersucht wird.«

»Ich habe niemandem sonst etwas getan«, flüstert Herr Dietrich und zupft verlegen an seinem Hut.

»Sie haben alles richtig gemacht. Sehen Sie den Italiener dort?« Ich zeige mit dem Daumen auf Francesco. Der grinst mich freundlich an, während er sich mit einer Frau von der Spurensicherung unterhält.

»Sie schildern ihm alles, was sich hier zugetragen hat, von dem Anruf bis zum Abschluss Ihrer Hetzjagd. Sie begleiten ihn bitte. Hauptkommissar Zucchero wird Ihnen beiden weiterhelfen. Er ist ein sehr netter Mann. Hey, Süßer, kannst du dich um die Mieze kümmern?« Ich winke meinem Partner zu.

Er lässt die blonde Frau einfach stehen und läuft auf mich zu.

Er richtet das Revers seines grauen Jacketts und begrüßt die beiden Männer mit einem festen Händedruck.

»Sie fängt nämlich schon an zu stinken.« Ich deute mit dem Kinn auf den toten Luchs. Das breite Lächeln auf Francescos Miene weicht einem Naserümpfen. »Das ist die Mieze?«

»Ja. Ich möchte, dass das Tier auf menschliches Blut untersucht wird. Das Halsband hat eine Marke und eventuell einen Chip. Wenn da noch ein GPS-Sender eingebaut ist ...« Ich lasse den Satz in der Schwebe und laufe zum Eingang.

Die drei Männer Rücken unterhalten sich hinter meinem in sachlichem Ton weiter. Francescos Fragen sind kurz und präzise. Er ist ein Charmeur, aber auch ein sehr guter Ermittler.

»In unserem Dorf kennt jeder jeden. Läppin ist ein kleiner Ort«, erklärt der Ortspolizist in gedämpftem Ton.

Ich konzentriere meinen Blick und meine Aufmerksamkeit auf den Eingang des mächtigen Anwesens, dessen Hausherr keine Kosten gescheut hat.

5

Ich laufe die runde Treppe zu der mächtigen Holztür hinauf, die einer Kirchenpforte gleicht. Die auf Hochglanz polierten Marmorplatten sind nass und rutschig.

»Ich hoffe, du hast nicht viel gegessen, Anne. Was du da drin zu sehen bekommst …« Ein Kollege vom Dauerdienst bedenkt mich mit einem traurigen Blick. Er zieht die Augenbrauen so weit zusammen, dass sie sich an der Nasenwurzel berühren. Sein Magen knurrt. »Entschuldige, ich muss an die frische Luft«, sagt er noch und zwängt sich an mir vorbei.

Die Tür wird von zwei Uniformierten bewacht, die mich mit einem knappen Nicken grüßen. Einer der beiden hält die massive Pforte für mich auf. »Ist ziemlich frisch hier draußen.« Er stellt seinen Kragen auf und wischt sich die Nase mit einem Papiertaschentuch ab. »Aber ich bleibe lieber hier draußen. Ich wünsche Ihnen einen angenehmen Tag, Frau Kommissarin.«

»Danke«, sage ich und betrete den Tatort. Davon gehe ich zumindest aus. Ich höre Stimmen. Das helle Aufblitzen mehrerer Kameras dient mir als Wegweiser. Ich folge den grellen Lichtern.

Die Tür fällt polternd hinter mir ins Schloss, weil sie der Wind mit voller Wucht zugeschlagen hat.

Ich stoße erschrocken die Luft aus und laufe weiter.

Meine Absätze klackern hell auf den weiß-schwarzen Fliesen. Hohe Fenster mit Skulpturen davor verleihen dem Ganzen eine gewisse Kühle. Ich komme mir vor, als befände ich mich im Reich der Schachfiguren. Unvermittelt muss ich an ›Alice im Wunderland‹ denken.

Dieses Haus hat keine Seele. Ich fühle mich zunehmend unwohler. Abgesehen von der Tatsache, dass hier ein Mensch umgebracht wurde, befürchte ich, noch mehr scheußliche Geheimnisse aufzudecken.

Die überdimensional großen Fliesen glänzen. Ich bleibe abermals stehen und lasse die Umgebung auf mich wirken.

Alles wirkt steril und kalt. Keine Farben. Nur Schwarz und Weiß. Spiegelt sich darin der Charakter des Besitzers wider? War auch sein Leben nur schwarz oder weiß?

Das Foyer ist trotz des schlechten Wetters von Licht durchflutet, das durch die gläserne Kuppeldecke hereinströmt. Eine geschwungene Treppe führt in die oberen Stockwerke. Die Stufen sehen aus wie Klaviertasten. Ich gehe jedoch nicht hinauf, sondern bleibe davor stehen und präge mir jede einzelne Ungereimtheit ein. Links von der Treppe liegt eine umgeworfene Blumensäule. Trockene Erde ist auf dem Boden verstreut. Die breiten Blätter der Grünpflanze sind verschrumpelt und haben braune Ränder. Sie muss also seit mehr als einem Tag hier auf dem Boden liegen. Hat hier ein Kampf stattgefunden oder wurde sie von einem Tier umgeworfen? Für einen Hund wäre die Säule zu schwer, aber nicht für einen Mann oder eine Raubkatze.

Ich sehe nach oben. Über mir hängt ein Kronleuchter. Funkelnd bricht sich das Licht in den unzähligen Facetten.

All das dient nur einem einzigen Zweck: Der Hausherr wollte bewundert werden. Er wollte vor seinen reichen Freunden gut dastehen. Daher auch die prunkvolle Aufmachung und der Luchs.

Er war ein Narzisst. Um seine innere Unsicherheit unter Kontrolle zu halten, war ständige Bestätigung von außen notwendig. Er wollte andauernd im Mittelpunkt stehen. Ich denke, dass er seine Gäste auf dieser Treppe in Empfang genommen hat. *Die Pflanze kommt bestimmt aus einem fernen Land und blüht nur einmal in hundert Jahren,* überlege ich sarkastisch und reibe mir die Hände, weil ich friere.

Ich vernehme warnende Rufe.

Auf der rechten Seite befindet sich ein großer Saal. Dort haben Frauen und Männer ihren Gastgeber gefeiert und sich selbst. Auch heute haben sich Menschen in diesem Saal versammelt. Eine kleine Gruppe. Sie befinden sich alle mitten im Raum. Doch der Anlass für ihre Anwesenheit ist weniger erfreulich, und sie wurden nicht von Ramis eingeladen. Jeder geht seinen Aufgaben nach. Die meisten tragen weiße Schutzanzüge.

Trotz der Entfernung von geschätzt zwanzig Schritten kriecht der faulig-süßliche Leichengeruch in meine Nase. Jedes Mal, wenn ich eine verweste Leiche in meiner Nähe weiß, bilde ich mir ein, dass ich einen Teil des Toten einatme. Bei diesem Gedanken stellen sich die Härchen in meinem Nacken auf.

Erst unlängst habe ich tatsächlich einen Mann befragt, warum er sich seinen Ex-Freund einverleibt hat. Wir fanden die Reste des Getöteten in der Kühltruhe. Portioniert und beschriftet. Insgesamt konnten wir dreißig Tüten sicherstellen.

»Ich wollte es so«, lautete die schlichte Antwort.

Ich bleibe kurz stehen. Lasse meinen Blick erneut durch die großen, überwiegend offenen Räume schweifen. Weiße Säulen mit Figuren aus schwarzem Marmor darauf dienen hier als eine Art Grenzsteine.

»Frau Glass, sind Sie das? Haben Sie kurz Zeit?«, ruft eine Frauenstimme. Ich drehe mich um. Eine Sanitäterin in weißer Hose und greller Jacke zeigt mit dem ausgestreckten Arm auf mich. Sie ist in Begleitung einer weiteren Person, die mindestens einen Kopf kleiner ist als die blonde Frau. Zögernd sucht die Sanitäterin den Blickkontakt mit mir. Ich signalisiere ihr, dass sie sich nicht getäuscht hat, indem ich »Ja« sage und ihre zweite Frage mit einem Lächeln quittiere. »Was gibt es?«, schiebe ich hinterher.

Das Gesicht der korpulenten Sanitäterin, deren Namen ich nicht kenne, hellt sich auf. Sie lächelt unschlüssig zurück, dabei legt sie aufmunternd, ja, beinahe tröstend die Hand auf die Schulter der kleinen Frau.

»Gehen Sie ruhig zu ihr. Sie ist nett«, sagt sie und gibt der anderen einen sanften Stups.

Die zierliche Frau mit den asiatischen Zügen nickt eifrig.

»Sie haben doch nichts damit zu tun«, ermutigt die Sanitäterin sie. Allmählich wirkt sie ungeduldig.

Ich stehe mit dem Rücken zur Leiche. Die Frau trägt ein dunkles Kleid mit weißer Schürze, daher gehe ich davon aus, dass sie eine Hausdame ist. *Eine Haushälterin, wie sie im Buche steht,* huscht mir durch den Kopf. Ich bin etwas angesäuert. Auch wenn ich keine radikale Feministin bin, ärgere ich mich über solches Schubladendenken. Aber dieser Mann hat offenbar großen Wert auf den äußeren Schein gelegt. Ein typischer Macho vermutlich.

Ich mache zwei Schritte auf die eingeschüchterte Frau zu.

»Ich bin Maria«, stellt sie sich vor und verschränkt die Finger ineinander. Ihre Körperhaltung erinnert mich an die einer Kirchgängerin, die auf Vergebung wartend vor dem Altar steht und ihre Sünden zu sühnen hofft.

»Ich heiße Anne. Arbeiten Sie hier? Haben Sie Herrn Dscheidun ...«

»Ich heiße Maria Dscheidun. Ich bin seine Frau.« Sie spricht mit einem starken thailändischen Akzent. Ich werde rot und frage mich, ob ich sie richtig verstanden habe.

»Ramis Dscheidun ist Ihr Ehemann?« Ich rede langsam.

Tatsächlich hebt die kleine Frau den Kopf und sieht mich flüchtig an. »Ja.« Ihre Gesichtszüge gleichen denen eines jungen Mädchens.

»Wie alt sind Sie?« Die Frage rutscht mir ungewollt heraus.

»Acht...und...zwanzig?« Sie zerlegt die Zahl in drei Worte und hebt fragend die Brauen.

»Und Sie haben ihn gefunden?«

Jetzt runzelt sie die Stirn. Wie ein Kind, das die Frage nicht richtig verstanden hat und fürchtet, dafür bestraft zu werden.

»Sie leben hier?«, versuche ich es anders.

Sie nickt.

»Wie lange sind Sie schon verheiratet?«

Ihr Blick ist nach innen gekehrt. Sie übersetzt die Zahlen und spricht sie zuerst ganz leise, dann etwas lauter aus. »Zwei…tausend…sechs…zehn. Drei Jahre. Jetzt mein Mann tot.«

»Es tut mir leid«, sage ich.

»Ramis war gut zu mir.«

Das überrascht mich, doch der Satz klingt irgendwie einstudiert.

»Ich war zu Hause.« Eine einzelne Träne hat sich in ihr linkes Auge verirrt.

Hat sie ihn tatsächlich geliebt?

»Sie waren die ganze Zeit zu Hause? Haben Sie mitbekommen, was vorgefallen ist?«

Sie schüttelt den Kopf. »Ich war zu Hause.« Ihre Augen wandern nach oben und leicht zur Seite. Sie überlegt. »Bei Mama und Papa in Thailand.«

»Und seit wann sind Sie wieder da?«

Sie wirkt irritiert.

»Hier.« Ich zeige mit dem Finger auf den Boden.

Ihr Blick hellt sich auf. »Gestern. Nacht.« Sie scheint auf etwas zu warten. »Vor heute«, fügt sie hinzu. »Schlafe in andere Haus. Klein. Mein Mann hat für mich ein Haus und für sich ein Haus.« Sie hat also ein kleines Haus für sich allein.

Ich nicke.

»Jetzt ich muss zurück nach Hause. Meine Familie traurig. Ich kein Geld mehr schicken. Meine Familie sehr arm. Papa sehr krank.«

Dieser Ramis Dscheidun hat alles von Maria bekommen, was er brauchte, dafür konnte sie ihre Familie ernähren. Sie war nur ein weiteres Statussymbol. Dieser Ramis hatte kein Gewissen … genau das zeichnet einen Psychopathen aus.

»Hat er Sie geschlagen?«, will ich wissen.

Sofort verschließt sich die Frau wieder und senkt den Blick. Mit der linken Hand bedeckt sie ihre rechte Schulter. Eine unbewusste Bewegung.

»Lässt dich der alte Mann auch nicht an die Leiche?« Francescos plötzliches Auftauchen bringt meine Gedanken durcheinander.

Er schenkt der Frau ein Lächeln und reicht ihr die Hand. »Ich heiße Francesco – und Sie?«

»Maria.«

»Schöner Name. So heißt meine Oma. Und, was meinst du? Was war der Kerl für ein Typ?« Er wendet sich an mich, weil er Maria für ein Dienstmädchen hält.

»Das kannst du Frau Dscheidun fragen.«

Francescos Mundwinkel zucken. Er nestelt an seiner Krawatte und hüstelt. »Mein Beileid«, murmelt er und reicht der Frau die Hand. Ihr Händedruck ist nur eine flüchtige Berührung. Mit zerknirschter Miene ballt mein Kollege die Finger zur Faust und sieht mich mit geweiteten Augen an.

»Paranoide Psychose. Ist dir das ein Begriff?«, will ich wissen.

Francesco zuckt die Achseln.

»Frau Dscheidun, hat Ihr Mann Sie jemals geschlagen oder irgendwo eingesperrt? Er kann Ihnen nichts mehr antun. Außerdem werden Sie nicht in Ihre Heimat zurückgeschickt, nur weil Ihr Mann tot ist.«

»Ich kann Deutschland bleiben?« So etwas wie Hoffnung nistet sich in ihrem Blick ein.

»Höchstwahrscheinlich, ja.«

»Bei Spike.« Sie sieht zuerst mich, dann Francesco an.

Wir wechseln einen Blick. Dann überläuft es mich heiß. *»Bei dem Luchs?«* Meine Stimme zittert.

Sie sucht bei Francesco nach einer Antwort. Der sympathische Italiener knurrt wie ein Tiger und krümmt die Finger zu Krallen.

Maria nickt.

»Er hat seine Frau misshandelt. Sie eingesperrt, verprügelt und wahrscheinlich nach Lust und Laune vergewaltigt«, höre ich mir selbst beim Reden zu. »Der Typ hatte eine verzerrte Wahrnehmung der Realität. Er konnte sich emotional von seinem Tun abkoppeln. Was er seiner Frau antat, berührte ihn nicht. Alles, was zählte, war die Befriedigung seiner Bedürfnisse.«

»Greifst du da nicht zu weit vor? Nicht alle psychopathisch veranlagten Männer sind zwangsläufig Kriminelle.«

»Da hast du recht. Es gibt auch Psychopathen, die trotz dieser Charaktereigenschaft hoch angesehen sind.«

»Worauf willst du hinaus?« Er zieht mich von der kleinen Frau weg.

»Diese Menschen sind Mitglieder unserer Gesellschaft und antizipieren sofort, was man von ihnen erwartet. Sie erkennen auf Anhieb die Schwächen der anderen. Wie der fette Maik. Unser Chef tickt auch nicht immer im Takt.«

»Ach, das. Ja. Unser Oberhauptkommissar Buchmüller ist wirklich ein komischer Kauz.« Francesco presst die Lippen aufeinander. »Du vermutest also, dieser Dscheidun hatte eine perverse Ader.«

»Frau Dscheidun und ihre Familie leben von seinem Geld.«

»Du glaubst doch nicht etwa …«, sagt er mit gepresster Stimme.

»Nein, sie war das nicht.«

»Frau Dscheidun, haben Sie hier in Deutschland Verwandte?«

Maria schüttelt den Kopf. Mit einem weißen Taschentuch tupft sie sich die Augen ab.

»Freunde, die nur Sie kannten?«, versucht es Francesco weiter.

Ihre Finger ziehen an dem durchnässten Stoff. Wieder nur ein Kopfschütteln.

»Hatte Ihr Mann Freunde?« Francesco lässt nicht locker.

Sie nickt. »Kollegen auch. Viele Partygäste.«

»Wann? Wie oft waren sie hier?«

»Jede Ende Woche.«

»Mit Frauen?«

Sie errötet.

»*Nackten* Frauen?« Francescos Stimme bricht.

Maria nickt.

»Mein Mann hat Streit mit andere Mann.«

Wir werden beide hellhörig.

»Wann?« Jetzt bin ich die, die fragt.

»Drei Mal.«

»Dreimal?«, echot Francesco und reckt drei Finger in die Höhe.

»Drei Mal war diese Mann hier.« Sie hebt drei Finger in die Luft.

»Was hat er gewollt?« Ich hoffe auf einen wichtigen Hinweis. Wenn meine Vermutung richtig ist, war Ramis Dscheidun sehr rechthaberisch. Mit seinem krankhaften Selbstwertgefühl hatte er sich sicher nicht nur Freunde gemacht.

»Ich weiß nicht. Ich bin eine Frau, hat mein Mann gesagt.«

Wir haben Mühe, ihr zu folgen.

»Können Sie ihn beschreiben? Haare. Alter. Groß. Klein«, zähle ich auf.

Sie zuckt nur die Achseln.

Ramis Dscheidun hat dafür gesorgt, dass sich seine Frau aus seinen Angelegenheiten raushielt. Darum durfte sie wohl auch die Sprache nicht richtig erlernen, vermute ich. So blieb ihr goldener Käfig noch kleiner.

»Kannst du vielleicht auf die Schnelle einen Dolmetscher organisieren?« Ich streichle Francescos muskulösen Oberarm. »Denis kann doch thailändisch, oder? Seine Mutter kommt aus Thailand.«

»Er spricht siamesisch, aber das ist ja fast dasselbe«, murrt er. »Du bist auch eine Psychopathin. Du kannst andere sehr gut manipulieren, weil du ihre Schwächen ausnutzt.« Francesco wirft mir einen kühlen Blick zu und komplimentiert die Frau aus dem Haus.

»Du kannst mich morgen auf einen Kaffee einladen«, rufe ich ihm leise hinterher.

»Ja, klar«, entgegnet er. »Können Sie mir zeigen, wo er Sie eingesperrt hat?«, wendet er sich auf Englisch an die kleine Frau.

Frau Dscheidun bleibt abrupt stehen. Diese Sprache scheint sie besser zu verstehen. Ich erkenne sogar so etwas wie ein Lächeln auf ihren Lippen. »Im Keller. Ich kann es Ihnen zeigen«, sprudelt es aus ihr heraus. Trotz des schrecklichen Vorfalls zeigt sie sich sehr kooperativ. Der Tod ihres Mannes geht ihr nicht wirklich nah.

»Wo kommt Ihr Mann ursprünglich her?«, will Francesco wissen und wirft mir einen selbstzufriedenen Blick zu.

»Turkmenistan«, sagt sie schlicht und zeigt auf eine Tür, die ich von hier aus nur erahnen kann.

»Hat er Verwandte hier? Vielleicht hatte er in seiner Familie ...«

»Nein. Die machen so was nicht. Sind alle sehr lieb. Seine Schwester Tamil ist ein Engel.« Ihre Stimme nimmt einen warmen Klang an.

»Waren Sie in den drei Jahren Ihrer Ehe je schwanger? Ich weiß, solche Fragen stellt man einer Dame eigentlich nicht, aber ich bin Polizist. Das muss sein.«

»Nein. Immer Kondom.«

Francesco hakt sich bei Maria Dscheidun unter. Sie lehnt ihren Kopf an seine Schulter. Die beiden verschwinden hinter der Tür, die leise ins Schloss fällt.

»Und wie alt war dieser Herr Dscheidun?«, überlege ich laut.

»Ende sechzig«, ertönt eine Stimme aus dem Saal.

»Wir sind gleich fertig.« Ein vermummter Mitarbeiter der Spurensicherung zeigt mit dem Kopf in die Richtung, in der erneut mehrere Blitze den Raum erhellen. Er kommt auf mich zu und reicht mir ein Tablet. »Die Fotos liegen schon auf dem Server. Sie können sie sich solange anschauen, bis wir den Platz geräumt haben. Einfach nur darüberwischen, ist nicht gesperrt«, sagt er und geht über die Treppe nach oben. Der Overall ist ihm mehrere Nummern zu groß und wirft überall Falten.

»Welche unterschwellige Botschaft versucht uns der Täter durch seine Tat zu vermitteln?«, höre ich die Stimme meines Mentors im Hinterkopf.

Statt des Gesichts des Toten sehe ich nacktes Muskelgewebe. Von der rechten Schläfe hängt ein Hautlappen. Die Stirn ist nur noch ein blutiger Knochen.

Welche Bedürfnisse befriedigst du, indem du Menschen die Haut abziehst?

Ramis Dscheidun ist bis auf die Unterhose nackt. Er hat keine Zähne mehr.

Ist das eine Art Ritual? War es eine geplante Tat oder eine unüberlegte, von Emotionen geleitete? Bist du fähig, dich zu kontrollieren oder folgst du deinen Trieben?

Dem Opfer fehlt ein Finger. Der linke Ringfinger wurde direkt am Ansatz abgetrennt.

Hoffentlich hat der Mörder genug latente Spuren hinterlassen, dass ich seine Denkweise nachvollziehen kann.

»In dem, was wir tun, spiegelt sich oft unser Seelenleben wider«, höre ich erneut die rauchige Stimme meines Vorgängers. Horst Hohenweider hat mir viel beigebracht, dafür bin ich ihm sehr dankbar.

»Als Erstes musst du stets nach dem Verhaltensmuster Ausschau halten, Anne. Du musst das sehen, was nicht da ist.«

Horst Hohenweider hatte vor mir den Posten des leitenden Ermittlers des Berliner Morddezernats inne. Er war auch derjenige, der sich dafür einsetzte, dass ich in seine Fußstapfen treten durfte. Er hat mir den Weg geebnet. Er war wie ein Vater für mich, den ich nie hatte. Meine Mama hat mich nach dem schrecklichen Ereignis nie wieder richtig geliebt. Ich war *sonderbar,* sagte sie einmal. Aber genau das liebte Horst an mir. Ich werde ihn morgen besuchen.

Mein Finger schwebt über dem Display. Ich konzentriere mich wieder auf die Fotos. Beim nächsten Bild verkrampft sich mein Magen.

Die Leiche liegt auf dem Boden. Der nackte Hintern ist mit einer Klammer gespreizt. Im Anus steckt ein Fremdkörper.

Die Tat ist also sexuell motiviert. Wie die meisten Serienmorde. *Serienmörder sind Triebtäter,* rufe ich mir den Leitsatz in Erinnerung, den ich bei einem der ersten Seminare über Verhaltensforschung aufgeschnappt habe.

Auf einmal herrscht Totenstille in dem weitläufigen Haus.

»Ich habe den Ring!« Die Stimme klingt triumphierend.

»Frau Glass, Sie dürfen ruhig nähertreten.« Der Rechtsmediziner sieht mich an und zieht seinen Mundschutz herunter. Er baumelt an zwei dünnen Bändchen unter seinem kantigen Kinn.

Schnalzend zieht er die Handschuhe aus, wirft sie in einen blauen Sack und kommt auf mich zu.

Meine Hand verschwindet zwischen seinen beiden, die warm und trocken sind. Der Händedruck ist fest. »Wollen wir? Meine Männer sind so weit fertig. Die Spurensicherung ist auch so gut wie abgeschlossen.« Seine rechte Hand liegt auf meinem Rücken.

Selbst durch den Blazer spüre ich die angenehme Wärme, die sich über meine Wirbelsäule ausbreitet.

»So etwas habe ich noch nie gesehen. Wollen Sie bei der Obduktion dabei sein?«

Ich schweige.

»Hat Herr Zucchero wieder schlimme Dinge über mich erzählt?«

Ich muss schmunzeln.

Leopold Stolz ist eigentlich kein »alter Griesgram«, wie ihn Francesco hinter seinem Rücken nennt. Stolz ist kaum älter als ich. Vielleicht etwas über vierzig. Groß, durchtrainiert, war schon dreimal bei einem Ironman-Triathlon dabei. Sieht gut aus. Sein blondes Haar ist immer noch dicht und sein Humor gefällt vielen Frauen – mich eingeschlossen.

Francesco sieht in ihm seinen ärgsten Rivalen und geht ihm bevorzugt aus dem Weg. Die beiden Männer buhlen um mich, obwohl ich glücklich vergeben bin; dieser Umstand scheint sie gar nicht zu interessieren.

»Wollen wir?« Leopold Stolz schenkt mir ein Lächeln. Ich nicke.

»Den werden Sie diesmal wirklich brauchen.« Er zieht einen abgepackten Mundschutz aus seiner Hosentasche.

»Danke.«

»Und die hier auch.« Ich bekomme zwei OP-Handschuhe von ihm. »Größe S. Stimmt's?«

»Ja.«

»Wollen wir danach was trinken gehen? Ich bekomme bei solchen Einsätzen immer einen trockenen Hals. Nur als Kollegen, versteht sich. Francesco darf sich auf meine Kosten einen Pinot Grigio bestellen, vielleicht wird er danach umgänglicher.«

»Ich muss heute nach Hause. Familienangelegenheiten. Tut mir leid«, schlage ich seine Einladung aus.

»Verstehe. Jungs, macht mal etwas Platz hier und räumt langsam alles auf«, wendet er sich an die Techniker in den weißen Overalls.

6

»Wie ist Ihr erster Eindruck?«, will ich von dem gut gelaunten Rechtsmediziner wissen. Der Korb, den ich ihm gegeben habe, hat seine Fröhlichkeit nicht gedämpft. Er und ich betrachten den Leichnam. Ramis Dscheidun liegt auf dem Rücken auf einer schwarzen Kunststoffplane.

»Der Luchs war es nicht?« Ich quäle meine Hände in die Gummihandschuhe. Auch Doktor Stolz zieht sich welche über und geht in die Hocke. Mit einem langen Metallstab kratzt er unter den Fingernägeln des Toten.

»Nein. Messer und Zange«, sagt er gedankenverloren und schiebt das Stäbchen in ein Glasröhrchen, das er mit einer routinierten Handbewegung verschließt.

»Von einem satanischen Pentagramm sehe ich auch nichts.«

Er lacht auf. »Das war kein Zeichen. Das Blut lief einfach in alle Richtungen und verfing sich in den Fugen. Daher die geometrischen Muster. Einige eifrige Kollegen wollten darin Hakenkreuze und andere Zeichen erkannt haben.«

»Ach so.«

»Na ja. Wir sehen oft Dinge, die wir sehen wollen.«

»Ging es hier um sexuelle Befriedigung?«

Er steht wieder auf und sieht mich mit seinen dunkelgrauen Augen an. »Ich bin weder Verhaltensforscher noch Psychologe. Ich denke, hier ging es um Rache.«

»Aber Sie haben doch Psychologie studiert.«

»Ganze drei Semester, nur um festzustellen, dass ich zu den Toten einen besseren Draht habe. Die reden nicht ständig dazwischen.«

Wir schweigen.

»Der Ringfinger spielt wohl eine wichtige Rolle, das sagt schon viel aus«, greift er den Gesprächsfaden wieder auf und sieht mich von der Seite an.

»Und der Ring? Wo war der?«

»Der Ring … Hmm. Den haben wir tief im Rachen des Toten gefunden. Eigentlich mache ich so was nicht direkt vor Ort, aber mein übereifriger Assistent wollte sich beweisen.«

»Und was schließen Sie daraus?« Ich zupfe immer noch an meinem linken Handschuh herum.

»Der Mörder war entschlossen. Seine Tat war geplant und wurde akribisch durchgeführt. Die Spurensicherung hat nicht viel gefunden. Er geht methodisch vor. Herr Dscheidun ist seit zwei Tagen tot. Der Täter hat genau in dem Zeitfenster zugeschlagen, in dem er ganz allein auf seinem Anwesen war. Die wesentlichen Elemente, die mir bei dem Angriff ins Auge springen, sind: Disziplin, Machtausübung, Rache, sadistische Neigung und absolute Selbstkontrolle. Er hat die Hautlappen abgezogen, ohne zu zögern. Nicht einmal der erste Einschnitt lässt darauf schließen, dass seine Hand gezittert oder gezuckt hätte.«

»Das heißt?« Ich atme flach durch den Mund.

»Er hat den Schnitt gesetzt, ohne lange zu fackeln. Wie ein Metzger.«

»Dass sich keine Fliegen auf der Leiche niedergelassen haben, ist dem Wetter zu verdanken?«, mutmaße ich skeptisch.

»Nein, so kalt ist es noch nicht. Er hat den teilweise gehäuteten Mann mit Essig übergossen, während der noch gelebt hat.«

»Wie bitte?« Mir läuft es kalt den Rücken runter.

»Diese Qualen waren unmenschlich.«

»Aber verliert man da nicht die Besinnung?«

»Er hat Dscheidun immer wieder mit Riechsalz und einem Taser zurückgeholt. Die Verbrennungen unter der Achselhöhle und an der Brust sind ein wichtiges Indiz für diese Annahme. Auch die angesengten Brusthaare deuten darauf hin, dass hier ein Elektroschocker zum Einsatz kam.«

»Und die Zähne?«

»Wurden mit einer Zange einzeln herausgezogen. Im Kiefer stecken noch abgebrochene Wurzeln.«

Meine Zunge fährt über meine Zähne, als wolle ich sie nachzählen. Am Schneidezahn ertaste ich eine neue scharfe Kante. *Ich muss wieder mal zum Zahnarzt*, denke ich und verziehe die Nase. Ein unschönes Geräusch zerreißt die Stille.

»Das sind Gase. Selbst nach dem Tod können wir noch pupsen.« Doktor Stolz bekommt rote Wangen.

»Verstehe.« Auch mir ist die Situation etwas unangenehm.

»Der Leichentransport ist da«, setzt der junge Assistenzarzt seinen Vorgesetzten in Kenntnis. Mich beachtet er nur am Rande. »Sie leiten das hier alles«, sagt er dann und lässt die Frage wie eine Feststellung klingen. Sein Blick ist hektisch. Ich sehe nur seine Augen.

»Nein, bei mir laufen alle Fäden zusammen«, berichtige ich ihn.

»Aha«, ist alles, was er sagt. »Können wir den Toten mitnehmen?« Diese Frage gilt wieder dem Rechtsmediziner.

»Wenn Frau Kommissarin das Okay gibt?« Doktor Stolz hebt fragend die Augenbrauen.

»Ich habe ja die Bilder«, antworte ich und halte das Tablet hoch.

»Na denn.« Der Assistent zieht den Reißverschluss zu. Der Tote verschwindet unter der Plane.

»Auf drei«, sagt der schlaksige Assistenzarzt und hilft zwei Männern in Schwarz, den Leichnam auf die Bahre zu hieven und den Sack mit breiten Gurten festzuschnallen.

Alles, was bleibt, sind der Geruch und die schreckliche Vorstellung in meinem Kopf. Ich höre Ramis Dscheidun schreien. Erneut fährt die Zunge zuerst über die obere, dann über die untere Zahnreihe. Ich kann die Kerbe nicht mehr finden.

Mein Handy klingelt.

»Ich lasse Sie dann lieber allein«, entschuldigt sich Doktor Stolz und folgt den Männern, die den Toten wegbringen.

Eins der Räder quietscht. »Passt auf! Stufe!«, warnt Stolz die Männer. Die Rollbahre gerät in Schräglage. Das Rad quietscht nicht mehr.

»Noch mal gut gegangen«, freut sich der junge Assistent.

»Das war nicht gut. Hätte glatt in die Hose gehen können.« Doktor Stolz ist nicht wirklich zufrieden und zeigt es auch. »Passen Sie gefälligst besser auf.« Die Männer in Schwarz nicken. Der Transport wird schweigend fortgesetzt. Das Rad quietscht wieder.

Mein Handy summt in der Gesäßtasche.

»Ja?«, melde ich mich, ohne die Nummer zu überprüfen.

»Ciao, Bella«, begrüßt mich Francesco. »Stell dir vor, Maria will mich heiraten.«

»Das ist nicht lustig. Sie ist verzweifelt und sucht einen Mann, damit sie hierbleiben kann.«

»Du musst immer alles schlechtreden.« Er klingt wieder ernst. »Weißt du, warum Dscheidun sie geheiratet hat?«

»Ist das dein Ernst?«, schnaube ich.

Francesco seufzt in den Hörer. »Gib dir einen Ruck und versuch meine Frage konstruktiv zu beantworten.«

»Sie ist jung, attraktiv und hat nichts zu sagen«, zähle ich auf. Francesco schweigt. Ich rattere weitere Eigenschaften herunter, die mir einfallen. »Das ist doch der Traum jedes Mannes. Oder nicht?«, will ich von meinem Kollegen wissen.

»Alles falsch«, gibt er sich gelangweilt.

»Ist es nicht so, dass ...«

»Sie *ist* keine richtige Frau«, fällt er mir ins Wort und nimmt mir den Wind aus den Segeln.

»*Was?*« Meine Bestürzung ist echt. »Was ist sie dann?«

»Maria wurde umoperiert. Sie war *die* Attraktion hier. Jeder der Männer wollte Sex mit ihr oder besser gesagt *ihm*.«

Mir wird schlecht. »Männer sind Tiere.«

»Raubtiere. Aber das ist noch nicht alles. In Thailand lässt sich Geld viel besser waschen als hier in Deutschland. Dieser Dscheidun war nicht nur ein perverses Schwein, er war ein sehr einfallsreiches perverses Schwein – mit einem Riecher fürs Geld. Ein Trüffelschwein.«

»Wo bist du jetzt?«

»Im Keller. Hier gibt es Sachen, die ich noch in keiner Folterkammer gesehen habe. Und das macht angeblich auch noch Spaß.« Seine Stimme wird immer wieder durch ein Rauschen unterbrochen. »Maria zeigt mir bei manchen Geräten …« Francescos Stimme verwandelt sich in ein elektrisches Knirschen. »… das … Lust. Mamma mia …«

»Ich verstehe dich kaum, Francesco. Ist das da unten irgendwie relevant für die weiteren Ermittlungen?«

»Das weiß ich … noch nicht. Steht dein … Angebot noch?«

»Was?« Ich halte mir das linke Ohr zu, weil ich glaube, ihn so besser verstehen zu können.

»Ich habe hier auch tragbare Geräte entdeckt.«

»Du bist ein Schwein. Schlag dir das besser sofort aus dem Kopf. Sonst mache ich das.«

»*Boah!*«

»Was ist denn?« Ich kann ihn wieder klarer hören.

»Wir haben den Käfig erreicht. Hier liegt noch so ein totes Viech. Maria meint, es ist ein Weibchen. Ihr Mann wollte Luchse züchten, aber die haben sich wohl nicht so gut vertragen. Kein Wunder. So madig, wie sie ist.«

Ich wische das gedankliche Bild beiseite.

»Der Hals ist durchgebissen und voller Würmer. Ich schicke dir ein paar Fotos.«

»Francesco? *Francesco?!*« Die Leitung ist tot.

Ich wische über das Display und rufe eine App auf, die mein Handy in ein Diktiergerät umfunktioniert. Das Tablet lege ich auf einen großen gläsernen Tisch und laufe zu dem gewaltigen offenen Kamin. Die Luft riecht nach kalter Asche.

Von hier aus habe ich alles im Blick. Der leere Stuhl in der Mitte des Saales erinnert mich an einen Thron.

Genau so wollte der Mörder sein Opfer sehen. Ich erkenne zwei blutige Schuhabdrücke. *Hast du hier gestanden und dein Werk betrachtet?*

Ich messe die Entfernung und komme auf fünfzehn Schritte, was ungefähr sieben bis acht Metern entspricht. Im Zurücklaufen entdecke ich weitere Blutspuren.

»Die sind von mir! Bei so viel Blut und dem schlechten Licht tritt man schon mal daneben.«

Nicht sehr professionell für einen Spezialisten, denke ich.

Der Leiter der Spurensicherung kommt näher und zeigt auf seinen rechten Fuß. »Sehen Sie, ich trage die hier. So kann man meine Spuren von anderen unterscheiden.«

Seine Schuhe sind mit zwei breiten, löchrigen Bändern umspannt. »Habe das hier vergessen.« Er zeigt auf das Tablet, nimmt es an sich und entfernt sich wieder. »Sie werden keine Spuren finden. Er hat den Boden gewischt. Die Kameras hat der Kerl auch ausgeschaltet. Und bitte hinterlassen Sie hier nicht zu viele Abdrücke.«

Das sagt der Richtige, will ich antworten, kann mir die Bemerkung jedoch verkneifen.

»Der Tatort ist noch nicht freigegeben. Wir haben Schichtwechsel«, sagt er noch, ohne sich umzudrehen und lässt mich allein.

»Ich möchte so schnell wie möglich ins Bild gesetzt werden«, rufe ich dem Mann nach und verlasse den Saal.

»Wird gemacht.« Schon ist er weg.

Ich hole mein Telefon aus der Hosentasche und will Francesco anrufen, doch dann vernehme ich Rufe von mehreren Personen. Ich renne zum Ausgang.

7

»Ich will zu meinem Vater!«, donnert eine Männerstimme. Ich bleibe stehen.

Die große Tür schwingt auf. Ein frischer Luftzug verscheucht für einen kurzen Augenblick den Gestank aus meiner Nase.

Ein junger Mann stapft mir mit großen Schritten entgegen, dicht gefolgt von zwei Polizisten.

»Ist in Ordnung!«, rufe ich den Beamten zu. Sie bleiben stehen und kehren auf ihre Posten zurück.

»Und Sie bleiben am besten hier stehen. Das hier ist ein Tatort.«

Der aufgebrachte Mann um die Zwanzig atmet schwer. Sein Gang wird langsamer, schließlich gehorcht er.

»Und wer bist du?«, will er überheblich wissen. Der Mund ist verzogen, als habe er in eine Limette gebissen. Er wiegt zu viel für seine eins-siebzig, glaubt aber anscheinend, sein Körper wäre gut in Form. Er trägt ein Muscle-Shirt, einen grauen Seidenblazer und einen Vollbart, der an den Wangen zu dunkel ist. *Zu lange mit der Sprühdose gespielt*, denke ich und sehe ihn noch einen Moment länger an. Sein Haar glänzt, genauso wie seine Augen.

Sein pausbäckiges Gesicht hat nichts Bedrohliches.

»Bist du eine Politesse?« Der Kerl ist auf Krawall gebürstet. Er schiebt die Ärmel des Blazers nach oben und verschränkt demonstrativ die dicht behaarten Arme vor der Brust. Langsam lehnt er sich mit dem Oberkörper ein Stück weit nach hinten.

Auch jetzt schweige ich ihn nur an.

Er riecht nach einem teuren Aftershave. Eine Rolex, ein goldener Ring mit einem großen Brillanten und eine Panzerkette um seinen Hals – alles Statussymbole eines Mannes, der sein Geld nicht mit Brötchenbacken verdient.

»Warum trägst du dann keine Uniform?« Er kaut auf der Unterlippe.

Ich hebe nur eine Augenbraue. Er macht es mir nach.

»Wo ist diese Schlampe?« Er dreht sich im Kreis.

»Spricht man so in Anwesenheit einer Dame?«

Er bedenkt mich mit einem skeptischen Blick. »Du siehst okay aus.«

Ich übergehe das zweifelhafte Kompliment. »Sind Sie der Sohn des Verstorbenen?«

Auf einmal wird der Kerl ganz kleinlaut. Seine Geldquelle ist versiegt. Er bewegt den Mund. Kein Laut dringt durch seine schmalen Lippen. »V-vater ist … tot?«, stottert er und nestelt an der Goldkette. Seine Reaktion ist echt. Er spielt mir nichts vor. »Wo ist diese Hure?«

»Bitte keine solchen Ausdrücke.«

»Ich rede so, wie ich will«, mault er störrisch. »Sie haben mir nichts zu sagen. Ich bin ein Mann!« Erst jetzt bemerke ich, dass sein Hosenstall offen steht.

Er schnaubt und macht einen kleinen Schritt auf mich zu. Eine Drohgebärde von einem Kerl, dem die Worte ausgegangen sind.

Ich verkneife mir ein Schmunzeln. »Dann machen Sie wenigstens Ihre Hose zu. Sonst bekommt Ihr Pony noch Schnupfen.«

Er will mir widersprechen. Sein Mund bleibt offen. Er ist nicht die hellste Kerze, dennoch begreift er schnell, was ich eben gesagt habe. Plötzlich wird er noch kleiner und dreht sich hastig von mir weg. Sein Reißverschluss klemmt. Er zerrt heftig daran herum und murmelt in seiner Muttersprache vor sich hin.

»Wohnen Sie auch in diesem Haus?«, frage ich seinen schweißglänzenden Hinterkopf.

Er sagt zuerst nichts. »Nein«, knurrt er dann, weil ich ihn in seiner Männlichkeit gekränkt habe, und richtet sich wieder auf.

»Ich bin Anne Glass, die leitende Ermittlerin der Berliner Mordkommission. Und wie heißen Sie?« Ich ziehe demonstrativ langsam die Handschuhe aus.

»Alle nennen mich Aladin.«

»Wow. Und wo ist dann die Lampe?« Meine Begeisterung hält sich in Grenzen. »Und wie nennt Sie Ihre Mama? Bratan? Oder Bra?«

Er blickt verschämt zu Boden. »Meine Mama ist gestorben. Da war ich noch klein.«

»Das tut mir leid.«

Er wirft mir einen abweisenden Blick zu.

»Welchen Namen hat sie Ihnen gegeben?« Für Sentimentalitäten habe ich keine Zeit. Bin nicht der Typ dafür. »Sie haben doch einen Namen?«, hake ich nach.

»Arslan.«

»Waren Sie oft bei Ihrem Vater zu Besuch, Arslan?«

Er schüttelt den Kopf. Tritt von einem Bein aufs andere. »Vater mochte mich nicht wirklich.«

»Und wo kommen dann die Klunker her? Mein Weihnachtsbaum hat weniger Zeug an den Ästen als Sie an Ihren Händen.«

»Geld und so habe ich von ihm bekommen. Aber gesehen haben wir uns selten. Er wollte, dass ich studiere.«

»Und Sie wollten Party?«

»Ja, Mann.«

»Ich bin eine Frau.«

»Tut mir leid.«

»Wir beide fahren jetzt mit Ihrem Ferrari aufs Revier, und Sie berichten uns alles über ...«

»Keine Polizei«, fällt er mir barsch ins Wort.

Ich zücke ungerührt mein Funkgerät und fordere Verstärkung an.

Arslan blickt sich gehetzt um. Drei Kollegen begleiten mich und den jungen Mann nach draußen. Er widersetzt sich nicht.

Er hat keinen Ferrari, nur einen weißen Mercedes S-Klasse. Auf dem Beifahrersitz und im Fond sitzen seine Kumpels.

»Sollen wir die auch mitnehmen?«, will einer der Kollegen wissen. Er ist groß, hat breite Schultern, eine tiefe Stimme und wirkt sehr Respekt einflößend – das sehe ich an Arslans Blick.

Ich schüttle den Kopf. »Wollen Sie in meinem Wagen mitfahren, Arslan? Oder lieber mit Jacob? Wir nennen ihn auch Knochenbrecher, aber nur hinter seinem Rücken.«

Jacob runzelt die Stirn.

Arslan schluckt hart.

»Hat einer Ihrer Kumpels einen gültigen Führerschein?« Ich winke Jacob dankend zu. Er geht auf die weiße Limousine zu und mustert die Gestalten darin mit einem prüfenden Blick. »Macht die Tür auf, damit ich euch sehen kann, sonst klatscht es, aber keinen

Applaus«, blafft er und klopft mit den Fingerknöcheln gegen die getönte Scheibe. Sie gleitet geräuschlos nach unten. »Könnt ihr euch ausweisen?«

Arslan schluckt wieder. »Ja, ich fahre mit. Der Blonde hat einen Führerschein.« Er deutet mit dem Kinn auf den Beifahrersitz. Ein schmächtiger Kerl mit Baseballmütze steigt aus dem Wagen.

»Was ist denn los, Bra?«

Ich lächle. »Ich dachte, Aladin?«

Beide werfen mir einen irritierten Blick zu.

»Sie zeigen uns zuerst einen gültigen Führerschein und fahren den Wagen erst dann hier weg, wenn ich es sage. Haben Sie mich verstanden?« Ich warte auf eine Reaktion. »Aladin können Sie später abholen. Er wird Sie anrufen. Wenn Sie Ärger machen, nehme ich Sie alle mit und buchte Sie wegen illegalen Drogenbesitzes ein.«

Der blonde junge Mann lüpft die Mütze und streicht sein Haar nach hinten. »Ich bin clean.« Im selben Zug holt er ein dickes Portemonnaie aus seiner viel zu engen Hose und weist sich aus. Jacob klopft vorsichtshalber die Taschen des Kerls ab. Tatsächlich findet er nur ein Handy und eine halb leere Zigarettenschachtel. »Na los, ihr zwei. Wenn ihr schon mal da seid, will ich euch auch noch filzen.« Keiner macht Mätzchen. Zu viele Polizisten.

»Wenn sie sauber sind, kannst du sie laufen lassen, Jacob.«

Arslan und ich laufen zu meinem Mini. Seine Kumpels steigen in den Mercedes und schleichen davon.

»Ich kann ihn mitnehmen«, höre ich plötzlich meinen Partner. Er kommt gerade aus dem Garten. Hinter ihm kann ich ein kleines Gebäude erkennen. »Schau du dich lieber im Haus um. Ihr Frauen habt dafür ein besseres Auge.« Francesco grinst mich an. Maria steht neben ihm. Arslan begreift nicht viel. »Die Leute von der Spurensicherung werden mich verfluchen«, sagt mein Partner immer noch grinsend. »Da unten ist die Hölle los. Du kannst dich solange im oberen Stockwerk umschauen. Wer weiß, was du da noch alles findest. Ich fahre aufs Revier. Wer ist der Kerl da?« Er redet mit mir, als wäre Arslan gar nicht da.

»Seine Bratans nennen ihn Aladin.«

»Okay. Komm, Aladin. Ich werde auch keine dummen Witze bezüglich deiner Klamotten machen. Isch schwör. Auch wegen deines fliegenden Teppichs nicht. Hat das Ding auch eine grüne Plakette?«

Arslan kocht innerlich, hält sich aber zurück.

Ich atme tief ein und laufe zu dem Haus, das ich anfangs nicht bemerkt habe. Dort lebt also Maria.

8

Das Grundstück ist riesig. Die Villa prunkvoll. In der Garage stehen diverse Luxusfahrzeuge. Kein Wunder, dass Ramis Dscheidun in dem kleinen Ort nicht nur bekannt ist, sondern auch beneidet wird. Ich wende mich nach links und nehme den schmalen Weg. Die weißen Kieselsteine knirschen unter meinen Schuhen.

Eine große Ulme thront über einem unscheinbaren Haus – Marias Haus.

Die Tür ist nicht abgeschlossen. Die Scharniere quietschen protestierend. Das Haus ist alt. Die Luft hier drin ist schwer und verbraucht.

Ich folge meiner Intuition und steige die schmale Treppe hinauf. Die hölzernen Stufen knarzen. Ich hinterlasse Abdrücke in der dünnen Staubschicht. Hat uns Maria angelogen?

Das unbehagliche Gefühl wird mit jedem Schritt intensiver. Die stickige, feuchte Wärme treibt mir Schweißperlen auf die Stirn.

Die blinden Fenster sind von vergilbten Vorhängen verdeckt. Das milchig-trübe Licht wirft helle Flecken auf die verzogenen Dielen. In einem der tiefen Risse versteckt sich eine Spinne. Meine Kehle wird eng. Ich setze vorsichtig einen Fuß vor den anderen und achte auf jedes Geräusch.

Eine vage, beunruhigende Ahnung ergreift schleichend von mir Besitz und schnürt meine Atemwege zu.

Bilde ich mir das nur ein oder bin ich nicht allein? Meine Hand greift unter den Blazer und ertastet den Knauf meiner Pistole. Ich öffne den Verschluss des Holsters und zwinge mich zur Ruhe. Das Blut strömt tosend durch meine Gehörgänge und verschlimmert die Situation zusätzlich. Das Rauschen macht mich beinahe taub.

Der Handlauf ist an einer Stelle beschädigt. Ich erkenne Spuren einer scharfen Messerklinge. Mein Blick wandert nach unten. Feine Holzspäne liegen auf zwei Stufen verteilt. *Hier hatte wohl jemand Langeweile und hat das Holz mit einem Klappmesser bearbeitet,* überlege ich, als ich den obersten Absatz erreiche.

Der schmale Flur führt nach links und rechts. Verblichene Bilder hängen an der holzvertäfelten Wand. An einigen Stellen hat sich die Tapete von der Decke gelöst. Dunkle Wasserflecken haben sich gelb verfärbt. In der Mitte hängt eine Lampe aus den Siebzigern, ähnlich wie bei meiner Oma, nur ist diese von staubigen Spinnweben überzogen.

Ich erkenne in der schummrigen Beleuchtung insgesamt vier Türen und sammle mich, indem ich meine Atmung kontrolliere.

Die dunklen Holztüren sind allesamt zu. Meine rechte Hand greift nach der Pistole. Falls ich angegriffen werde, möchte ich diejenige sein, die zuerst schießt.

Mit der flachen Hand wische ich mir über die Stirn.

Meine Lunge füllt sich mit Luft.

»Polizei, keine Bewegung!«, schreie ich, so laut ich kann und lausche in die Stille. Tatsächlich nehme ich hinter einer der Türen ein Poltern wahr. Ich schwenke nach links. Die Tür schwingt nach außen und fliegt von der Wucht beinahe aus den Angeln.

Ein fetter Mann mit gehetztem Blick sieht mich mit schreckgeweiteten Augen an und tut etwas, womit ich niemals gerechnet hätte. Er legt sich über das Geländer und wuchtet seinen schwabbeligen Körper über die wackelige Barriere. Das Holz birst unter dem Gewicht.

Ich warte nicht, sondern schwenke meine Pistole in seine Richtung. Er schreit auf und landet hart auf den Stufen. Den Rest der schmalen Treppe rutscht er auf dem Hintern hinunter.

»Ich schwöre bei Gott, ich schieße dir in den Kopf, wenn du dich bewegst!«, herrsche ich ihn an. *Ich habe noch nie auf einen Menschen geschossen, du wärst der Erste, den ich abknalle. Es ist nicht schwer, jemanden absichtlich zu verfehlen.*

»Hände hoch!«, brülle ich. Innerlich bete ich, dass er keine Dummheiten macht und meine Anweisungen befolgt. Fürs Improvisieren fehlt mir gerade der Nerv. Meine Hände zittern. Zum Glück kann mich der fette Kerl nicht sehen. Ich habe Zeit, mich zu sammeln.

Überall fliegen Flusen herum. Winzige Staubkörnchen knirschen zwischen meinen Zähnen.

»Bitte nicht«, quengelt der Fette wie ein Kind und zieht an seiner Hose. Er sitzt mit halb nacktem Hintern auf einer der Stufen und versucht seinen Körper hochzuwuchten.

»Flossen hoch!« Ich klinge wieder gefasster und atme erleichtert auf.

Er sitzt immer noch auf seinem breiten Arsch und streckt die Hände zur Decke.

»Bitte, ich … ich war das nicht«, stottert er. Seine Stimme zittert vor Panik.

»Aufstehen«, gebe ich mich souverän. Mein Funkgerät knistert.

Der Dicke rührt sich nicht vom Fleck. »Ehrlich nicht«, wimmert er.

»Aufstehen!«

Dieses Mal kommt mein Befehl bei ihm an. »Darf ich die Hände runternehmen? Sonst komme ich nicht hoch. Und ich bin untenrum fast nackt.« Er wagt einen kurzen Blick über die Schulter. Er ist um die Vierzig, trotzdem ist sein dünnes Haar überwiegend grau. Auch sonst macht er keinen sonderlich vitalen Eindruck auf mich. Trotz der Kälte trägt er nur ein Feinripp-Unterhemd und eine graue Jogginghose, aus der sein halber Hintern heraushängt. Er hat einen osteuropäischen Akzent.

»Ganz langsam, ein Arm bleibt oben.«

Er stützt sein ganzes Gewicht auf den linken Arm, zieht die Hose hoch und stemmt sich keuchend auf die Füße. Er trägt billige Sportschuhe.

»Wer sind Sie? Was machen Sie in diesem Haus? Und drehen Sie sich ja nicht um.«

»Und wer sind *Sie,* verdammt?« Er hält sich die Seite und zerrt weiter an der Hose.

Ich antworte nicht. Der Lauf meiner Pistole zeigt auf seinen wulstigen Nacken. »Wie heißen Sie? Wie lautet Ihr Name?« Meine Worte klingen abgehackt.

»Ich spüre meinen Arm nicht mehr.« Er ist um Fassung bemüht und nestelt nervös am Bund seiner Hose, die ständig rutscht.

»Drehen Sie sich langsam um. Keine hastigen Bewegungen.«

Wie in Zeitlupe wendet er sich mir zu. Ich sehe den weißen Bauchlappen, der unter dem Unterhemd heraushängt.

»Sie können Ihre Hose zubinden.«

»Danke«, murmelt er. Seine Finger machen einen Knoten mit Schlaufe. Er keucht vor Anstrengung, weil er seine Hände nicht sehen kann. »Ich heiße Dragos. Ich arbeite hier. Als Hausmeister.«

»Illegal?«

Er schließt die Augen und macht kleine, unbestimmte Schritte zur Seite, bis er mit dem Rücken gegen die Wand stößt. »Ich habe Kinder.« Er bedeckt sein feistes Gesicht mit den Händen und fängt an zu schluchzen. Langsam rutscht er zu Boden.

»Waren Sie die ganze Zeit hier?« Ich eile nach unten.

Mein Gegenüber schluchzt immer noch – nicht laut, auch nicht dramatisch. Er will Zeit schinden, deshalb drückt er auf die Tränendrüse, aber das funktioniert bei mir nicht. Er ist schließlich kein kleines Kind.

»Wo ist Ihr Ehering?«

Er nimmt die Hände vom Gesicht und starrt sie an. Tränen trüben seinen Blick.

»Lügen Sie mich nicht noch einmal an.«

»Meine Eltern brauchen ...«

»Ich sagte, lügen Sie mich nicht mehr an, Dragos!«, sage ich resolut. »Stehen Sie auf.«

»Bitte hören Sie mir zu ...«

»Ich werde Ihnen jetzt *nicht* zuhören«, schiebe ich im selben abweisenden Ton hinterher, bevor er ansetzen kann, mir erneut von seinen schrecklichen Problemen zu erzählen. Das wäre unnötig und wenig aufschlussreich.

»Ich erzähle Ihnen alles, wenn Sie mich laufen lassen«, versucht er sich aus der misslichen Lage herauszulavieren. Seine Lippen entblößen zwei Reihen unregelmäßiger gelber Zähne. Sein linker Schneidezahn ist aus Metall.

»Bitte um Verstärkung«, spreche ich mit gefasster Stimme ins Funkgerät.

Der schmallippige Mund in der unrasierten Visage verzieht sich zu einem freudlosen Grinsen. »Bitte keine Verstärkung«, fleht er mich an und faltet die Hände wie im Gebet. »Ich war da, aber ich habe nichts gesehen«, sprudelt es aus ihm heraus. Ich glaube sogar, dass er die Wahrheit sagt.

»Ist jemand verletzt?«, rauscht es aus dem Funkgerät.

»Noch nicht«, lautet meine knappe Antwort. Das fahle Gesicht des Mannes wird noch bleicher.

Die Haustür geht auf. Eine Frau und ein Mann in Uniform treten ein – mit gezückten Waffen. »Wo gräbst du sie nur immer aus, Anne?« Leonid wirft mir ein schiefes Lächeln zu und steckt die Pistole wieder ein. Handschellen klimpern.

Dragos' Schweinsäuglein weiten sich. »Nein, ich sage alles. Hier. Bitte. Kein Knast. Ich war da schon. Kein Knast. Ich sage alles.«

»Ainur, hilf mir mal«, wendet sich Leonid an seine Partnerin. Er ist die Ruhe in Person. Sie verstaut die Pistole wieder im Holster und schnaubt verärgert.

Die dunkelhäutige Polizistin tritt gegen den linken Fuß des Mannes, der immer noch mit gespreizten Beinen auf dem Boden sitzt. Sein Blick wandert hektisch zwischen den beiden Uniformierten hin und her.

Ainur hält ein kleines Fläschchen mit Reizgas in der Linken. In der Rechten steckt der Elektroschocker. »Auf den Bauch mit dir! Kannst du mich verstehen?«

Er nickt und schüttelt gleich darauf den Kopf.

Mit einem lauten Knurren springt Dragos auf die Füße und reißt Ainur mit sich, doch die Beamtin rammt ihm flink die Kontakte in die Schwarte und drückt auf den Auslöser. Zuckend fällt der Typ zu Boden wie ein gefällter Baum. Seine Beine trommeln unkontrolliert gegen die Bretter. Einer der Schuhe fliegt davon. Seine schmutzige weiße Socke hat ein Loch an der Ferse. Die Polizistin hockt inzwischen rittlings auf seinem Rücken und drückt seinen rechten Arm nach oben. Dragos schreit vor Schmerz.

Leonid lässt die Handschellen zuschnappen. »Gute Arbeit«, lobt er seine Partnerin.

Statt einem »Danke« droht sie ihm mit dem Schocker. »Spar dir deine dummen Sprüche, Leonid. Ich leg dich heute genauso auf die Matte wie gestern und vorgestern.«

»Das werden wir noch sehen. Außerdem verliere ich gern gegen dich – ich mag es, wenn die Frau oben ist, du weißt ja«, entgegnet der dunkelhaarige Polizist, zwinkert ihr zweideutig zu und packt den dicken Dragos an den Handgelenken. Gemeinsam zerren sie den Mann hoch und führen ihn ab.

»Kannst du dich nicht wenigstens einmal beherrschen, Leonid? Was denkt die Kommissarin jetzt von uns?« Ihre Stimmen werden leiser.

»Dass ich ein Gentleman bin«, zieht Leonid sie auf.

Endlich kehrt wieder Ruhe ein.

Ich bleibe allein im Haus zurück und beschließe, alles gründlich zu durchsuchen. Zuerst werde ich mir das Erdgeschoss vornehmen.

Vorsichtig steige ich über die Trümmer. Scharfe Holzsplitter liegen auf der Treppe verstreut. Dragos muss sich bei dem Sturz eine blutende Wunde zugezogen haben, denn auf dem Boden sehe ich einzelne rote Tropfen.

Kann nicht so schlimm sein, denke ich und öffne die erste Tür zu meiner Linken.

Dieses Zimmer gehört Maria. Das weiß ich, weil ich vor einem Schrank stehe, in dem identische schwarze Kleider mit weißen Schürzen an hölzernen Kleiderbügeln hängen.

Das Bett ist gemacht, die Wände weiß gestrichen. Der Boden glänzt. Die braune Farbe ist noch frisch. Ein flüchtiger Hauch von Lackgeruch hängt in der nach Vanille duftenden Luft. Der ordentliche Raum von etwa zehn Quadratmetern steht in krassem Kontrast zum restlichen Haus.

Ein kleiner Altar mit Räucherstäbchen und Figuren hat in einer Ecke seinen Platz gefunden. An einer Wand hängen Bilder von lachenden Kindern.

Unter dem Bett ist ein Schubkasten. Ich fische ein frisches Taschentuch aus meiner Hosentasche und wickle es um meine Hand, um keine Fingerabdrücke zu hinterlassen. Der Bettkasten ist leicht.

Nichts Spektakuläres. Ich bin sogar etwas enttäuscht. Männerklamotten. Zwei Hosen und schlichte Hemden. Ein Paar Lackschuhe. *Die hat Maria wohl getragen, wenn sie in die Rolle des Mannes geschlüpft ist,* denke ich, richte mich wieder auf und greife nach dem Funkgerät. »Ich brauche noch ein Team – hier im Haus. Es muss auf Spuren untersucht und gesichert werden«, ordne ich an und warte auf Bestätigung.

»Verstanden«, rauscht es an meinem Ohr.

Ich blicke mich noch ein letztes Mal um und verlasse das Haus. Der kühle Wind tut mir gut.

»Ist noch jemand im Haus?« Eine Frau ganz in Weiß schaut mich an. Sie sieht wie ein Maler aus, nur ohne Farbflecke auf ihrem weißen Overall.

Ich zucke die Achseln. »Warten Sie kurz. Meine Männer sind gleich fertig. Sie müssen den Ort erst sichern. Wir wissen nicht mit Sicherheit, ob sich eventuell noch jemand versteckt hält. Ohne Rückendeckung könnte es da drin gefährlich für Sie werden. So sind nun mal die Bestimmungen.«

»Die Kerle sind wie Trampeltiere und kontaminieren unnötig den Tatort! Dann brauche ich gleich gar keine Spuren zu sichern«, gibt sie entrüstet zurück. Sie ist noch ziemlich grün hinter den Ohren, engagiert, voller Tatendrang und sehr empört.

»Aber so muss hinterher keiner Ihre Hirnmasse von der Wand kratzen. Warten Sie bitte noch einen Augenblick, nur so lange, bis das Haus gesichert ist«, sage ich müde und gehe zu meinem Wagen.

›*Die Obduktion findet um 18:00 statt.*‹, lese ich von meinem Handy ab. Ich habe also noch vier Stunden Zeit. *Die werde ich wohl mit der Befragung totschlagen dürfen,* denke ich und schwinge mich hinters Lenkrad meines Mini-Coopers.

9

Rechtsmedizinische Abteilung

Die Luft im Sezierraum ist von unangenehmen Gerüchen geschwängert und mit Desinfektionsmittel getränkt. Das monotone Brummen der Kühlaggregate und Filteranlagen bringt meinen Magen zum Vibrieren. Ich fühle mich unwohl. Die Handschuhe und das Gummiband der Maske drücken unangenehm.

Der Sektionsassistent sieht mich mit seinen forschen Augen auf eine Weise an, die mir unerträglich ist. Entweder hat er Mitleid mit mir oder er lacht mich aus. Weil auch er eine Mütze und einen Mundschutz trägt, sehe ich nicht viel von seiner Mimik. Nur die feinen Fältchen an den Augenwinkeln werden immer tiefer. Er lacht mich also doch aus.

»Ich wäre dann so weit«, reißt mich Leopold Stolz aus meinen blutrünstigen Gedanken. Ich war im Geiste schon dabei, den jungen Mann zu erdolchen. »Wollen wir anfangen?«, fährt der Rechtsmediziner im Plauderton fort.

»Ja, bitte«, krächze ich und räuspere mich. Der Anblick einer Leiche ist mir nicht fremd, aber mehr als zuwider. Ich fröstle, Gänsehaut bedeckt meine Unterarme und kriecht bis zu den Schultern hinauf.

»Gleich wird es unangenehm«, warnt mich Leopold Stolz. »Warten Sie.« Er tritt hinter mich. »Der Knoten auf Ihrem Rücken ist aufgegangen«, sagt er und zieht die Schlaufen an meinem Schutzanzug fester zu. »So bekommen Sie hoffentlich nichts ab. Ihre Klamotten scheinen nicht von der Stange zu sein. Wäre schade drum.«

Wie die meisten Männer hat er keine Ahnung von Mode. Meine Sachen sind tatsächlich von der Stange, aber das werde ich ihm bestimmt nicht auf die Nase binden.

»So.« Er taucht wieder neben mir auf und inspiziert seine Werkzeuge, die mich an eine Folterkammer oder einen Horrorfilm erinnern. Die Instrumente liegen auf einem verkratzten Metalltablett. Das weiße Neonlicht macht die Atmosphäre noch einen Tick kälter.

Die Haut des Toten ist aufgedunsen und hat einen gräulichen Schimmer. Der Mann auf dem Tisch sieht irgendwie künstlich aus. Ich muss an einen Dummy denken, wie sie bei Unfalltests oder Übungen an der Polizeischule verwendet werden.

»Haben Sie den exakten Todeszeitpunkt bestimmen können?«, durchbreche ich die Stille.

Doktor Stolz ordnet die einzelnen Instrumente neu.

»Exakt ist ein abstraktes Wort. Aber wir geben stets unser Bestes. Vor achtundvierzig bis zweiundsiebzig Stunden«, sagt er, ohne aufzublicken. Er summt gut gelaunt vor sich hin.

»Woran ist er gestorben?«

Es ist zwar offensichtlich, dass Ramis Dscheidun sein Leben durch Fremdeinwirkung verloren hat, doch mich interessiert mehr das Wie als das Was.

»Herzversagen.« Leise vor sich hin pfeifend trägt er Zahlen in eine Tabelle ein. Danach schaltet er das Diktiergerät ein. Nach einem prüfenden Blick auf die

Uhr über der Tür nennt er die Zeit und das Datum. Gleich darauf folgen der Name, das Gewicht und weitere signifikante Merkmale des Getöteten, die für den Verlauf der Ermittlungen wichtig sind.

Im Hintergrund läuft Volksmusik.

»Das ist nur das erste Opfer, da werden noch weitere folgen«, sagt der hochgewachsene Mann missvergnügt und hebt einen Hautlappen an der Stirn des Toten an. Dabei entsteht ein leises, schmatzendes Geräusch. Wie Klebeband, das von einem Karton abgezogen wird, nur nicht so laut.

»Können Sie das hier erkennen?« Er beugt sich vor und schiebt mit dem Fingerknöchel die Schutzbrille hoch. Meine ist beschlagen, weil ich zu heftig ausgeatmet habe.

Ich folge seiner Bewegung und konzentriere mich auf die schmalen Schnäbel der übergroßen Pinzette.

Er fährt damit die schwachen Einkerbungen entlang.

»Eine Eins«, flüstere ich kaum hörbar und hebe den Blick. Unsere Augen begegnen sich.

»Das wird wohl eine Mordserie.« Der Assistent steht vor den nackten Füßen des Leichnams. Der schwache Abglanz eines boshaften Grinsens huscht über die Augen des jungen Mannes.

Sein Mundschutz bläht sich bei jedem Atemzug auf und klebt dann an seinen Lippen. Ich meine so etwas wie Erregung aus seinem Unterton herauszuhören.

»Das bereitet Ihnen Vergnügen?«, erwidere ich leicht verärgert.

Er steht neben dem Kopf des Toten und ist ebenfalls mit einer Pinzette bewaffnet. Seine ist gerade und hat sehr schmale Schnäbel.

»Du musst mir jetzt assistieren«, wirft Doktor Stolz dazwischen.

Ich wende mich von dem jungen Mann ab.

Aus dem Augenwinkel sehe ich, wie Leopold Stolz mit der Pinzette nach dem trüben Auge greift. Die Neugier überwindet den Ekel.

»Du muss das Augenlid fixieren.«

»Mache ich«, murmelt der junge Assistent.

Jetzt erkenne ich, was mir Doktor Stolz zeigen will. Die Spitzen gleiten am Augapfel vorbei und bohren sich tief in das faulige Fleisch. Das Augenlid hängt nur noch an einem dünnen Hautfetzen.

»Jetzt heb es bitte an, damit mir die Haut nicht im Weg ist.«

Auch der Wangenknochen liegt offen. Der Mörder hat dem Toten das Gesicht regelrecht in Fetzen geschnitten.

Immer tiefer taucht die Pinzette ein. Das leise Schmatzen bringt meine Fingerspitzen zum Kribbeln. Mein Gaumen juckt. Ich fahre mit der Zungenspitze darüber.

Der zahnlose Mund des Mannes ist mit zwei Klammern fixiert.

Ich konzentriere mich wieder auf die Arbeit des Rechtsmediziners und sehe einfach zu.

Doktor Stolz wirkt angespannt, seine linke Hand zittert leicht, während sie auf das Auge drückt. Die dünnen Schnäbel gleiten wieder nach oben. »Ich dachte, ich hätte schon alle erwischt«, murmelt er und atmet tief aus. Eine weiße Made krümmt sich und versucht sich aus dem Griff zu lösen. Die lebendige Larve landet in einem Glas.

»Habe sie für einen Fremdkörper gehalten«, entschuldigt er sich und richtet sich wieder auf.

»Mit welchem Gegenstand wurde die Zahl in den Knochen graviert?«, will ich wissen, als sich Doktor Stolz wieder zu mir umdreht und mich ansieht.

»Mit einem Messer oder einem ähnlich scharfen Gegenstand.«

»Und der Finger?« Meine Stimme zittert leicht, weil ich friere. Ob das nur an der Kälte liegt, kann ich nicht sagen.

Schweigend wirft Doktor Stolz seinem Assistenten einen Blick zu. Der zuckt die Achseln und nickt. »Wir sind gleich wieder da«, sagt er und deckt den Leichnam wieder mit der Plane zu.

Sein Gehilfe legt die Instrumente in eine längliche Wanne, die mit klarer Flüssigkeit gefüllt ist, und folgt seinem Chef. Sie verschwinden hinter einer Tür.

Ich bin allein, bis auf den Toten und die unsichtbaren Geister.

Die Flüssigkeit in der Wanne färbt sich leicht rot. Die Made versucht ununterbrochen, die glatten Wände hinaufzukrabbeln, nur um jedes Mal zu scheitern.

»Hier.« Doktor Stolz steht plötzlich wieder neben mir. Ich habe ihn nicht kommen hören. In seiner behandschuhten Hand hält er ein flaches, glänzendes Metallgefäß. Der abgeschnittene Finger ist fast schwarz und riecht faulig. Der graue Knochen weist scharfe Kanten auf.

»Und hier ist der Ring.« Er legt eine durchsichtige Tüte neben die Leiche und stellt auch die Schale ab, dicht neben der bläulichen, aufgedunsenen Hand des Toten, die unter der Plane hervorlugt. Der Ringfinger fehlt. »Der Mittelhandknochen, auch *Ossa metacarpi* genannt, wurde mit einem Seitenschneider oder einer Heckenschere abgetrennt. Dem Mörder ging es dabei wahrscheinlich allein um den Ring. Sein Vorgehen war extrem rabiat. Das teure Schmuckstück, ein Unikat übrigens, ließ sich nicht abziehen.«

»Ein Unikat?«

Stolz deutet auf die Tür, hinter der sein Helfer verschwunden ist. »Herr Morsch hat in der Pause nachgeforscht, er hat ein Händchen dafür – und das nötige Know-how.«

Ich unterbreche ihn nicht.

»Die Gravur auf der Innenseite ist mit bloßem Auge nicht mehr lesbar. Wir schicken ihn später ins Labor.«

»Wo haben Sie den Finger gefunden?« Ich ahne schon, wie die Antwort auf diese Frage lautet.

»Der abgetrennte Digitus steckte tatsächlich im Anus des Getöteten, tief im Rektalbereich.« Er hüstelt. Auch ihm ist das Thema unangenehm.

Wir schweigen.

»Und die Zähne?«, durchbreche ich die Stille.

»Wir vermuten sie im Magen oder auf dem Weg dahin. Womöglich hat sie der Mörder auch als Trophäe mitgenommen, was aber eher unwahrscheinlich ist. Einer der Zähne, ein Eckzahn, steckte im Gaumen.« Er greift nach einer Taschenlampe, lüpft die Plane, legt den Kopf des Toten frei und leuchtet zwischen die verstümmelten Kiefer.

Ich kneife die Augen zusammen und konzentriere mich auf den Lichtstrahl, dabei gebe ich mir Mühe, nicht zu atmen. Doktor Stolz nimmt ein Skalpell zu Hilfe und kratzt an einem bestimmten Bereich des Gaumensegels. »Genau hier«, fügt er an und lässt die Spitze tiefer in das faulige Fleisch wandern. »Und dort hing der Ring fest. Unter der rechten Tonsille.« Er tippt leicht gegen die Mandel und umkreist eine Stelle.

Ich atme ganz flach. Der Verwesungsgestank ist intensiv. Mein Magen verkrampft sich, die Kehle zieht sich zu einem Nadelöhr zusammen.

»Genau hier.« Der weiße Lichtpunkt tanzt auf dem eitrigen Fleisch und geht plötzlich aus.

Wir richten uns beide auf. Schweigend warte ich auf weitere Informationen.

»Wir haben oberhalb der Stirnhaargrenze einen feinen Riss entdeckt, der von einer stumpfen Gewalteinwirkung zeugt.« Doktor Stolz sieht mich nicht an. Er spricht einfach weiter. Sein Blick ist auf den Schädel des Toten gerichtet. Die Skalpellspitze vollführt eine kreisende Bewegung, dicht am abrasierten Haaransatz der Leiche. »Liquorausfluss aus den Gehörgängen ist ein sicherer Indikator für einen Schädelbasisbruch.«

»Könnte die Verletzung von einem Sturz stammen?«

»Diese Möglichkeit ist nicht auszuschließen«, entgegnet er ruhig, dann zeigt er auf einen Rollwagen. Sein Helfer ist wieder da. Schweigend legt er etwas in das oberste Fach und schiebt das Metallgestell ins Licht. »Wir können anfangen«, sagt der schlaksige Kerl und sieht seinen Vorgesetzten abwartend an.

»Einen Moment, bitte«, erwidert Doktor Stolz.

»Haben Sie Abwehrspuren feststellen können?«, erkundige ich mich und versuche zu erkennen, was der Assistenzarzt mitgebracht hat.

»Nur an den Unterarmen, aber die Verletzungen sind nicht wirklich aussagekräftig. Des Weiteren haben wir verheilte Bissspuren an den Armen ausmachen können.

Da wir bereits wissen, woher sie stammen, bringen sie uns höchstwahrscheinlich nicht weiter.« Er legt die Taschenlampe und das Skalpell akkurat auf ein weißes Tuch.

»Als Nächstes folgt das Öffnen der Schädeldecke. Später werden wir auch die Bauchdecke und den Brustkorb aufmachen. Du kannst schon mal die Temporalismuskulatur lösen«, sagt er mit einem Blick zur Seite.

»Mache ich.« Der junge Arzt bleibt wortkarg.

»Wollen Sie dabei sein, Frau Glass?«

»Wurde der Ring auf Fingerabdrücke untersucht?«, zögere ich meine Antwort hinaus, weil ich mich noch nicht so recht entschieden habe.

Der Rechtsmediziner taxiert die Tüte mit dem Schmuckstück.

Ich höre, wie das Skalpell die Sehnen und Muskeln durchtrennt. Mein Blick klebt immer noch an dem Wagen, auf dem ein Elektrogerät liegt, das einer Bohrmaschine ähnelt. *Eine Oszillationssäge,* fällt mir ein.

In meinem Kopf höre ich das durchdringende Kreischen des Motors und nehme den beißenden Geruch von zersägten Knochen wahr. Die Vorstellung, das mit anzusehen, jagt mir einen unangenehmen Schauer über den Rücken. *Nein, ich will nicht hierbleiben,* sage ich mir, warte aber geduldig auf eine Antwort.

Doktor Stolz hängt seinen Gedanken nach und rührt sich erst wieder, als ich mich bewege.

»Wir schicken das Objekt ins Labor. Wir hatten ihn zum Abgleichen der Kratzspuren mitgenommen.«

»Kratzspuren?«, wiederhole ich und sehe auf die Stirn des Toten.

»Wir hatten ursprünglich angenommen, dass die Zahl mit dem Ring eingeritzt wurde, aber dafür sind die Kanten viel zu glatt, selbst an der Fassung.«

Ich nicke.

»Wollen Sie uns assistieren?«, greift Doktor Stolz seine Frage erneut auf.

Ich überlege noch.

Herr Morsch hält ostentativ die Säge in die Luft und lässt sie zweimal aufheulen.

Mit einer knappen Handbewegung gebietet der Doktor der provokativen Aktion Einhalt. *Der Morsch mag mich nicht,* stelle ich zum wiederholten Male fest. Das Motorengeräusch verklingt.

»Nein, danke. Es ist wirklich spät geworden«, sage ich und versuche zu lächeln. Dann fällt mir der Mundschutz ein und ich lasse es bleiben.

Leopold Stolz begleitet mich zum Ausgang. Im Hintergrund heult die Säge.

»Den vorläufigen Bericht lasse ich Ihnen morgen zukommen. Die Sachen können Sie hier in den Eimer stopfen. Nur die Brille nicht«, fügt er lächelnd hinzu und streckt mir seine Hand entgegen. Ich nehme die Brille ab.

»Diese Sache wird uns wohl länger den Schlaf rauben. Ich hoffe, Nummer zwei kommt nicht so bald.« Seine Anspielung gilt der eingravierten Zahl.

»Eine echte Herausforderung für uns alle«, pflichte ich ihm bei und lege die Brille in seine Hand. Seine Finger schließen sich darum, wobei er peinlichst darauf achtet, mich nicht zu berühren.

Dann dreht er sich um und lässt mich in dem kleinen Vorraum allein. Ich schäle mich aus dem durchsichtigen Schutzkittel und stopfe ihn in einen blauen Sack, gefolgt von dem Mundschutz. Meine Kehle ist trocken, ich muss husten. Die Handschuhe schnalzen laut von meinen feuchten Händen. Die Kälte umschließt mich wie Nebel.

Ich muss hier weg.

10

Stunden später

Auf dem Heimweg

Die Laternen huschen an mir vorbei und wechseln sich mit den Häusern ab. Die Musik aus dem Radio lenkt mich auch nicht wirklich ab. In den meisten Fenstern brennt Licht. Ich bleibe vor einer roten Ampel stehen.
    Aus dem Augenwinkel nehme ich ein Flimmern wahr. Ich sehe einen Mann in einem der Fenster. Er sitzt auf der Couch, in eine warme Decke gehüllt. Er sieht fern und nippt an seinem Feierabendbier. Ich würde mich gerne dazusetzen. Ein zweimaliges Hupen reißt mich aus meinen Gedanken. Ich drücke wieder aufs Gas und folge den Lichtern.
    Arslan Dscheidun ist inzwischen von seiner Mama abgeholt worden. Zur Tatzeit war er angeblich in der Schule. Er macht sein Abitur nach, hat uns die Mutter versichert. Wir haben ihre Aussage überprüft. Alles, was sie berichtet hat, entspricht der Wahrheit. Sie ist gar nicht tot, wie uns der Junge weismachen wollte. Auch dass ihr Sohn ein Idiot ist, haben wir ihr geglaubt. Sie hat sich von ihrem Mann scheiden lassen, da war sie noch schwanger. Das Auto und den Schmuck hat Arslan

vom Vater zu seinem zwanzigsten Geburtstag bekommen, als eine Art Wiedergutmachung.

Die kleine, rundliche Frau tupfte sich ununterbrochen die Augen ab und zupfte ständig an ihrem bunten Kopftuch. Sie hat sich immer wieder entschuldigt. Sie hat uns auch versichert, dass Arslan nichts mit dem Tod seines Vaters zu tun hat und sie ihn dafür bestrafen wird, dass er die Sachen trotz ihres Verbots angenommen hat. Noch in der Tür bekam der coole Sohn eine schallende Backpfeife von seiner Mutter. Als er den Arm hob, bekam er noch eine gepfeffert, aber so, dass sein Basecap in hohem Bogen davonflog. Die Kette und die Uhr hat sie ihm abgenommen und in einen Mülleimer geworfen.

Francesco hat dafür gesorgt, dass die Sachen in Sicherheit gebracht und der Frau per Post zugeschickt werden.

Ich setze den Blinker und werfe einen kurzen Blick in den Rückspiegel. *Ich werde mich wohl noch an mein neues Aussehen gewöhnen*, denke ich, als ich einen Blick auf mein Spiegelbild erhasche. Mein Haar ist jetzt knallrot und riecht immer noch nach Chemie. Ich hatte mich spontan für einen Friseurbesuch entschieden und mir das Haar schneiden und färben lassen.

Der Laden war nicht teuer und lag auf dem Weg. Ich wollte schon immer mal reingehen. Die Schaufenster und die Leute, die dort arbeiten, haben mich einfach fasziniert.

Ich sehe jetzt aus wie Maya, nur älter. Mein Herz schlägt schneller, weil ich nicht weiß, wie das Mädchen darauf reagieren wird. An Joshuas Reaktion habe ich gar nicht gedacht. Meine Vorfreude bekommt einen bitteren Beigeschmack. *Und was, wenn er es blöd findet?* Ich berühre das weiche Haar und spüre ein leises Frösteln.

Ich biege in die Einfahrt und der Mini quietscht. Ich muss in die Werkstatt und die Bremsklötze oder Scheiben, oder wie auch immer diese Dinger heißen, überprüfen, vielleicht auch austauschen lassen. Auch in unserem Haus brennt noch Licht. Ich steige aus dem Wagen.

Wie von Geisterhand geht die Haustür auf. Joshua steht im Türrahmen und sieht mich durchdringend an.

»Wo ist Maya?«

Ich starre ihn perplex an.

Die Außenbeleuchtung springt an.

»Was ist mit deinem Haar passiert?«

»Ich war beim Friseur, gefällt es dir?«, erkundige ich mich kleinlaut und bewege ich mich mit kleinen Schritten auf ihn zu.

Er ignoriert die Frage. »Wo ist Maya? Ist sie nicht im Wagen?« Seine Augen kleben an der Windschutzscheibe.

»Nein. Warum sollte sie?« Ich will gelassen klingen, doch dafür habe ich zu viel Angst. »Sie muss doch längst zu Hause sein.« Ich ringe um Fassung und drehe mich selbst zum Wagen um.

»Du hättest sie von der Schule abholen sollen!«

»Aber wir haben alles geklärt!«, erwidere ich empört.

»Das sehe ich nicht so. *Wo ist mein Kind?!*«

»*Dein* Kind?!« Mir bleibt der Mund offen stehen. Am liebsten würde ich ihm eine scheuern.

»Ich bin hier!«, ertönt eine verängstigte Kinderstimme. Maya taucht aus der Dunkelheit auf. Ihre

Hose ist schmutzig. Die Jacke hat einen langen Riss am Ärmel. Weiße Watte quillt aus dem dunklen Stoff.

»Was ist denn passiert, Liebling?« Ich bin zuerst bei ihr und falle auf die Knie. Ihr rotes Haar steht an einer Seite ab und leuchtet im gelben Licht der Lampe. Joshua versucht mich wegzuschieben, aber ich lasse ihn nicht.

»Wer war das?« Meine Stimme zittert. Meine Finger flattern über ihre schmutzigen Wangen.

»Cedric?«, presse ich durch die Zähne. Joshua steht dicht hinter mir, schweigt jedoch. *Gute Entscheidung,* denke ich und sehe das Kind flehend an.

Sie nickt. »Und unser Mathelehrer hat einfach zugeguckt. Ich habe ihn genau gesehen.« Sie bricht in Tränen aus und schlägt die Hände vor die Augen.

»Dem werd' ich's zeigen«, knurrt Joshua grimmig und stapft ins Haus.

»Wo warst du denn?«, frage ich Maya schnell und schaue auf. Joshua rennt an uns vorbei. Das Garagentor fährt nach oben.

»Joshua! Wo willst du denn jetzt mitten in der Nacht hin?« Meine Stimme klingt schrill.

»Ihr bleibt da, ich bin nicht lange weg.« Er verschwindet in der Garage. Zwei Lichtstrahlen treffen auf den Mini. Der weiße Passat rollt an uns vorbei, wird schneller und verschwindet mit quietschenden Reifen hinter einer Kurve.

»Ich habe mich hinterm Haus versteckt«, holt mich Maya ins Hier und Jetzt zurück. Ihre Hände umfassen mein Gesicht. »Deine Haare sehen schön aus.«

So wie du. Das sage ich nicht laut.

Sie lächelt mich an, als habe sie mich bei etwas ertappt. Ich drücke sie eng an mich und lausche ihrem Herzschlag.

»Ist Papa böse mit mir?« Ihre Stimme klingt dumpf in meinem linken Ohr. Sie löst sich aus meiner Umklammerung und setzt sich auf die Fersen. »Ich hätte mich nicht verstecken dürfen. Ich bin früher nach Hause gekommen. Papa war schon da. Ich habe zuerst nur seine Stimme gehört.«

In ihren Augen flackert etwas auf, das mir nicht gefällt. Panik steigt in mir auf.

»Ich dachte zuerst, du und Papa streitet wieder. Wegen mir.« Beschämt senkt Maya den Blick und sucht nach Worten.

»Aber das war jemand anderer. Eine andere Frau war bei uns im Haus«, stelle ich fest.

Maya nickt.

»Sie hat gesagt, Papa soll endlich seinen Mund aufmachen und Klartext reden. ›Sie liebt dich nicht und deine Tochter auch nicht‹, hat sie gesagt. Das habe ich nicht verstanden. Sie war komisch. Dann ist sie weggefahren. Sie hat einen gelben Sportwagen. Ein Cabrio.«

Etwas in mir zerbricht. *Mein Herz,* denke ich und berühre mich am Ohrläppchen. Maya verschwindet hinter dem trüben Tränenschleier.

»Aber du magst mich doch? Weil ich dich auch sehr liebhabe. Und jetzt siehst du aus wie ich.« Sie drückt mir einen Kuss auf die Wange. »Darf ich jetzt Mama zu dir sagen?«, haucht sie mir ins Ohr und legt ihren Kopf an meine Schulter. Ihr Haar duftet nach Laub und Duschgel.

»Natürlich«, stammle ich und schniefe, weil meine Nase läuft. »Und dann? Wo warst du die ganze Zeit, Mäuschen?«

»Ich wollte auf dich warten und bin im Gartenhäuschen eingeschlafen.«

»Warum auf mich warten?«

»Weil du mich immer gegen Papa verteidigst.«

»Echt, so was mache ich?«

Sie nickt heftig und schenkt mir einen zweiten Kuss – ihre warmen Lippen berühren die andere Wange.

»Lass uns ins Haus gehen«, flüstere ich und stemme mich von dem kalten Boden hoch. Mein linkes Knie schmerzt.

Schweigend steigen wir die drei Stufen hinauf. Der Schmerz im Knie lässt nach.

Ich sehe noch einmal zur Straße. Maya zieht mich ins Haus, das auf einmal nicht mehr ist, was es vorher war. Mein trautes Heim wurde von einer mir nicht ganz fremden Frau mit Eifersucht und Misstrauen befleckt. Ich glaube sogar, ihr Parfum zu riechen.

»War sie schon mal hier, Maya?«

»Die Frau?« Sie legt den Kopf tief in den Nacken und kneift die Augen zu, weil sie direkt unter der hellen Deckenbeleuchtung steht.

»Ja, die Frau. War sie schon mal hier?«

»Nö.« Sie schüttelt den Kopf und zieht die Jacke aus. »Kann man die wieder zunähen?« Sie zeigt auf die Stelle mit dem langen Riss.

»Ich kaufe dir eine neue.«

»Ich habe sie mal auf Papas Arbeit gesehen. Sie hat weiße Haare und falsche Wimpern, und sie *raucht*.« Das letzte Wort spuckt sie regelrecht aus und verzieht den Mund.

»Weißt du auch, wie sie heißt?«

»Mandy, glaube ich.« Maya dreht sich im Kreis. Das Kind begreift nicht, was ich gerade durchmache. Für sie war das nur ein kurzes Erlebnis, mehr nicht.

»Mandy?«

»Ja, Mandy.«

Mandy, wie seine Ex.

»Was hat Papa danach gemacht?«

Maya stockt, bleibt stehen, legt den Zeigefinger an die Lippen und überlegt mit angestrengter Miene. Der rote Lack auf ihrem kleinen Fingernagel ist größtenteils abgeplatzt.

Ich muss ihr wieder mal die Nägel schneiden.

»Er hat aus dem Fenster geschaut und telefoniert. Ich glaube, er hat sich Sorgen gemacht, weil du nicht drangegangen bist.« Sie mustert eingehend ihre Hand. »Meine Nägel sind wieder zu lang. Der hier ist schon abgebrochen.« Sie zeigt mir den Daumen. »Ich glaube, er liebt dich mehr als diese Mandy«, fährt sie schließlich im gleichen unbekümmerten Ton fort und sieht wieder zu mir auf. »Jetzt gehe ich und wasche mir die Pfötchen. Da ist Dreck. Bäh.« Sie streckt angeekelt die Zunge raus und kratzt unter dem Daumennagel. »Igitt. Bekommt man davon Würmer?« Sie zieht die Stirn kraus.

»Du solltest dich gleich komplett waschen«, trage ich ihr auf. »Und zieh deinen Pyjama an. Ich mache dir solange was zu essen.«

Ohne lange zu zögern rennt sie weg.

»Auf was hast du Lust, Maya?«

»Spiegelei mit Würstchenscheiben«, ertönt ihre Stimme aus dem Kinderzimmer.

Ich hänge meine Jacke auf und gehe Richtung Toilette, um auch meine Hände gründlich zu schrubben. Sobald Joshua wieder da ist, werde ich mit *ihm* »Klartext reden«. Mal sehen, was er dazu zu sagen hat. Obwohl – ich greife nach dem Telefon und wähle seine Nummer. Ein Videoanruf könnte Licht ins Dunkel bringen.

Joshua geht nach dem dritten Piepton ran. »Ja?«

Die Qualität ist mäßig. Sein Gesicht ist verpixelt, die Bewegungen ruckelnd.

»Was hat deine Ex noch in unserem Leben zu suchen? Ich dachte ...«

»Dir entgeht wohl nichts, was? Können wir das nicht später klären? Ich weiß, du bist Polizistin, aber das passt mir gerade gar nicht.«

Er sitzt nicht mehr in seinem Wagen. Den sarkastischen Unterton in seiner Stimme ignoriere ich geflissentlich.

»Wo bist du, Joshua? Bei Mandy?« Ein wütender Stich schießt durch meine Brust.

Sein Gesicht verliert ein wenig Farbe, im Großen und Ganzen bleibt er jedoch gefasst – wie immer.

»Ich habe mich hoffentlich nicht verfahren, aber wenn ich mich nicht täusche, stehe ich vor dem Haus des ...«

Die Verbindung ist unterbrochen. Ich sehe nur das eingefrorene Gesicht meines Lebensgefährten.

Ich werde richtig irre, nicht im übertragenen Sinne – nein, ich glaube ernsthaft, dass ich ihn umbringen will. Joshua hat mich verletzt, sehr tief. Was er getan hat, ist unverzeihlich.

Nachdem ich zweimal erfolglos versucht habe, die Verbindung wiederherzustellen, stecke ich das Telefon in die Hosentasche und gehe zur Toilette.

11

Winter 1989

Greta schrie. Aus ihrem Mund kamen keine Worte, nur Luftbläschen. Sie stiegen zum Licht empor. Panisch riss sie die Augen noch weiter auf. Sie wollte auch zum Licht schwimmen, doch die Finsternis zerrte an ihren Beinen und zog sie gnadenlos in die Tiefe.

Sie schrie, hörte jedoch nur ein leises Blubbern.

Plötzlich wurde das trübe Licht über ihr dunkler und verschwand schließlich ganz.

Die Finsternis raubte ihr alle Sinne.

Sie reckte die Arme und strampelte wild mit den Füßen.

»*Patrice!*«, schrie sie erneut. Doch dieses Mal stiegen keine Bläschen mehr aus ihrem Mund – auch nicht aus der Nase.

Jemand griff nach ihrem Haar. Eine Wasserleiche? Die gab es wirklich. Das hatte ihr Patrice erzählt. Sie wehrte sich mit aller Kraft, aber die Klaue klammerte sich zu fest um ihren Zopf.

Greta verlor für einen Moment die Besinnung.

Etwas drückte hart gegen ihre Brust.

Sie hustete und spuckte Wasser.

Dann schrie sie wieder.

Keine Bläschen mehr. Auch der Schrei war nur ein Murmeln.

»Patrice«, hörte sie ihre eigene Stimme und staunte. Ihre Lunge brannte. Sie zitterte umso heftiger, je mehr sie ihre Sinne zurückgewann.

»Sei leise, Greta«, keuchte der Junge. Eine große Hand hielt ihr den Mund zu.

Patrices Gesicht war nun ganz nah an ihrem. Aus seinem Mund stieg eine weiße Wolke.

»Ich bringe euch ins Krankenhaus, Kinder.« Die gesichtslose tiefe Stimme machte dem Mädchen Angst. Für ein paar Augenblicke versagten Gretas Sinne erneut. Die Kälte schnürte ihren Brustkorb zusammen. Sie rang verzweifelt nach Luft. Ihre starren Augen waren schreckgeweitet.

Wasser floss aus einem der Mundwinkel über das blau angelaufene Kinn und tropfte auf das nasse Kleid. Jemand richtete sie auf. Zwei große, warme Hände drückten sanft gegen ihren Rücken. »Spuck alles aus, Kleines«, flüsterte die tiefe Stimme hinter ihr.

»Patrice!« Greta war sich nicht sicher, ob sie laut redete oder sich das alles nur einbildete.

Ihre Zähne klapperten. Die Zehen wurden taub.

Sie spürte eine angenehme Wärme im Rücken, die durch ihre Haut kroch. Etwas Schweres legte sich auf ihre Beine und wurde über ihren Brustkorb geschoben.

Ich schwebe, dachte sie ängstlich.

»Ich bringe euch hier weg.«

Die Person über ihr roch nach Rauch.

»Patrice?« Greta warf den Kopf hin und her.

»Ich bin bei dir.« Eine Hand schloss sich um ihre Finger. »Ich bin bei dir«, wiederholte Patrice und drückte sanft ihre Finger.

12

Herbst 2019

Läppin – in der Nähe von Berlin

Ernst Kraulitz kratzte sich am Bauch und drückte seinen müden Rücken gegen die Lehne. Die Sprungfedern unter ihm gaben quietschend nach. Der weiche Sessel sorgte für etwas Entspannung. In der linken Hand hielt er die Fernbedienung, in der rechten ein Bierglas. Der Fernseher flimmerte grell. Schwarze und weiße Punkte brachten seine müden Augen zum Tränen. Er schob die Brille mit der Fernbedienung hoch und drückte auf ›Play‹.

Die grellen Punkte verschwanden. Der Bildschirm wurde dunkelgrau. In der rechten unteren Ecke tauchten Zahlen auf.

›11.12.1988‹

Ernst Kraulitz grunzte zufrieden. Eine angenehme Hitze kribbelte in seinen Lenden.

Ein prüfender Blick zum Fenster. Die Rollos waren heruntergelassen. Die Nachbarn sollten ja nicht alles mitbekommen. Er legte die Fernbedienung auf die wuchtige Armlehne und schob die Hand in seine Hose.

Ungeduldig wartete er.

Das leise Surren des Videorekorders war alles, was die absolute Stille störte, abgesehen von seinem stöhnenden Keuchen.

»Komm schon«, murmelte er und nippte an seinem Bier. Weißer Schaum blieb an seiner Oberlippe kleben.

Endlich tauchten ruckelige Bilder auf. Zuerst sah er nur ein grelles Licht. Die Silhouetten dahinter schälten sich nur langsam aus dem dunklen Hintergrund. Die vagen Konturen bekamen allmählich schärfere Umrisse. Die Aufnahme war alt, die Farben verwaschen, dennoch erlebte er das Ganze liebend gern. Immer wieder aufs Neue tauchte er in die Vergangenheit ein. Er hatte schließlich mitgespielt.

Die Kamera brauchte eine Weile, bis sie sich scharf gestellt hatte.

Ernst Kraulitz' Finger ertasteten sein schlaffes Glied und rieben zärtlich daran.

Sein Atem stockte.

Die Hose schränkte seine Hand in ihrer Bewegung ein. Dennoch wurde das warme Fleisch zwischen seinen Fingern steifer. Die blauen Pillen zeigten Wirkung.

Seine Atemstöße kamen in kurzen, heftigen Intervallen.

»Da bist du ja.« Seine wässrig-trüben Augen weiteten sich. Ein Mädchen im weißen Kleid hielt sich schützend die Hand vors Gesicht. Sein blondes Haar war zu zwei dünnen Zöpfen geflochten.

»Komm, Gretchen, tanz.« Als habe ihn das Kind gehört, begann es sich im Kreis zu drehen.

»Jetzt du, Patrice.« Der Junge, der verloren in der Ecke gestanden hatte, klatschte in die Hände. Die Musik im Hintergrund klang verzerrt.

Ernst Kraulitz stöhnte erregt und nahm einen großen Schluck Bier. Seine Stirn war von Schweiß benetzt. Das Unterhemd klebte nass an seinem behaarten Oberkörper. Die dunklen Flecken unter den Achselhöhlen wurden größer. Die grauen Brusthaare glänzten feucht, weil er das Bier verschüttet hatte, aber das kümmerte ihn jetzt nicht.

»Jetzt musst du das Kleid ausziehen, Gretchen.« Gierig leerte er das Glas zur Hälfte und stellte es auf den Boden. Mit nassen, nach Bier stinkenden Fingern zerrte er hektisch am Hosenbund. »Zieh das Kleid aus, Gretchen.« Das Mädchen gehorchte.

»Du hättest die Tür abschließen sollen, du perverses Stück Scheiße.« Die Stimme drang nicht aus dem Fernseher. Sie war ganz nah und sehr real. Sie kam von hinten.

Ernst Kraulitz japste vor Schreck und umklammerte seinen schlagartig erschlafften Penis. »Wa…wa…aa«, stotterte er, ohne recht zu begreifen, was geschah. Er war nicht imstande, sich zu rühren. Nur seine schwieligen Finger verkrampften sich immer fester um seinen verschrumpelten Schwanz.

Wie in Zeitlupe drehte er sich schließlich um. Sein Herz stolperte und tat höllisch weh. Die vom Fernsehbildschirm erleuchtete Zimmerdecke kippte. Der Boden unter ihm kräuselte sich, das Wohnzimmer drehte sich immer schneller.

Der erste Faustschlag traf ihn schmerzhaft am rechten Auge und raubte dem alten Mann für einen Augenblick die Besinnung. Er blinzelte heftig.

Der zweite Hieb zertrümmerte seine Nase und spaltete die Lippe.

Das Zimmer drehte sich nicht mehr.

»Bitte«, keuchte Kraulitz. Die linke Hand steckte immer noch in seinem Hosenbund, die rechte betastete die blutende Lippe.

»Danke«, knurrte der Schatten. Eine schnelle Bewegung in der Luft. Ein Windhauch. Ein Stich. Ein Schnitt. Weiterer Schmerz. Jetzt an der Wange. Die Haut platzte auf. Der feine rote Strich wurde zu einem breiten Riss.

Ernst Kraulitz presste die Hand darauf. Warmes, klebriges Blut quoll zwischen seinen Fingern hervor.

Der Fremde stellte sich vor ihn und verdeckte das tanzende Mädchen mit seinem breiten Rücken. Gretchen trug nur noch ein Höschen und ein Unterhemd, das wusste Ernst, weil er den Film auswendig kannte.

Breitbeinig stand der Schatten da und wartete.

»Bitte!«, versuchte es der alte Mann erneut. Das Blut mäanderte zähflüssig über seinen Unterarm zum Ellbogen. Eine rote Lache färbte das nicht mehr sonderlich frische Unterhemd dunkel. Wie Tinte fraß sich das Blut in den weißen Stoff.

»Ich habe wirklich sehr lange gebraucht, um dich zu finden«, sagte der Angreifer emotionslos.

Das Messer sauste erneut durch die Luft. Zuerst spürte Ernst Kraulitz nur einen dumpfen Schlag auf dem linken Handrücken.

Sein Blick wanderte langsam nach unten. Im Hintergrund hörte er seine eigene Stimme. Mechanisch und erregt. *»Komm, Gretchen, setz dich auf meinen Schoß.«*

Das Messer hatte eine rote Blutlache auf seiner Hose hinterlassen. Der dunkle Fleck wurde immer größer. Sein Schwanz flutschte aus der Umklammerung. Seine

Hand ließ sich nicht mehr bewegen. Egal, wie sehr er sich auch anstrengte, er bekam die klebrigen Finger nicht auseinander.

»Grundgütiger«, stammelte er und zerrte die verletzte Hand aus seiner Hose. Die blutende Faust zitterte.

Wie elektrisiert hob er den Kopf und sah die Gestalt mit weit aufgerissenen Augen an.

»Der Glaube an Gott nützt dir jetzt auch nichts mehr«, knurrte der Fremde und holte zum nächsten Schlag aus.

13

Annes Haus

Ich sehe Maya an. Mit betretener Miene stochert sie in ihrem Essen herum. Die Gabel schabt über den Teller und jagt mir eine Gänsehaut über den Rücken.

»Iss ein wenig. Sonst werden die Würstchen kalt. Dein Papa ist bestimmt gleich wieder da. Hat sich vielleicht nur verfahren, du weißt ja, was für ein Tollpatsch er manchmal sein kann. Und der Lehrer wohnt ja in einem Nachbarort.« Ich stehe vor der Spülmaschine und schütte etwas Spülmittel hinein.

»Ich habe keinen Hunger mehr.«

Langsam drehe ich mich um.

Maya legt die Gabel beiseite.

Ich stelle die Bratpfanne in das leere Spülbecken und lasse warmes Wasser darüberlaufen. Es zischt.

Maya knabbert an ihrem Toast und baumelt mit den Füßen. Sie hat einen durchsichtigen Schnurrbart von dem warmen Kakao. Ihr Haar ist immer noch feucht.

»Iss du nur dein Brot, die Würstchen bekommt später der Mülleimer, er hat bestimmt Hunger – und wisch dir den Bart ab«, starte ich einen kläglichen Versuch, amüsiert zu klingen.

Der Wasserkocher beginnt zu gluckern. Das Geräusch wird immer lauter – Maya auch.

»Aber er ist doch erwachsen!«, überschreit sie das Getöse. Ihre linke Wange ist immer noch rot.

Ein Klacken. Der Wasserkocher verstummt.

Ich mache zwei Schritte und stehe im Licht der Lampe neben dem runden Tisch, weil ich das Geschirr in die Spülmaschine einräumen will.

Das Wasser brodelt nicht mehr so ohrenbetäubend laut, doch Mayas Lautstärke bleibt dieselbe. »Und wenn er bei dieser Frau ist?« Die letzten Worte bleiben ihr in der Kehle stecken. Sie hat sich verschluckt und trinkt schlürfend nach.

Die Frage trifft mich wie ein Fausthieb in die Magengrube, ich lasse mich auf den Stuhl sacken und stütze den Kopf in die Hände. Der rechte Ellenbogen rutscht immer wieder ab, weil Maya zuerst hier gesessen und alles mit Butter vollgeschmiert hat.

»Ich bin fertig. Kann ich aufstehen?« Ihre forschen Augen sehen mich fragend an.

»Okay. Geh und putz dir die Zähne.«

Sie hüpft vom Stuhl. Lächelnd kommt sie um den Tisch. Sie ist barfuß.

»Warum hast du keine Schuhe an?«

Ihr Blick verrät einen Anflug von Angst.

»Ich habe sie nicht gefunden«, rechtfertigt sich Maya. »Sie stehen in eurem Zimmer und da brennt kein Licht. Die Lampe ist kaputt oder so.«

Sie steht vor mir und will mir einen Gutenachtkuss geben. Ihr Mund ist klebrig und riecht nach Butter. »Und putz dir die Zähne.«

»Ich habe doch schon ...«

»Die Zähne werden geputzt«, unterbreche ich sie gleich im Ansatz, weil ich für weitere Diskussionen keine Kraft habe.

»Kommst du zum Nachputzen?« Sie spreizt die Finger und hält die Hände in die Luft. »Die Marmelade war zu süß«, sagt sie und läuft mit kleinen Mäuseschritten aus der Küche.

»Zähne putzen!«

»Ich muss aber noch aufs Klo.« Sie schaltet im Flur das Licht ein. Eine Tür knallt. Ich höre sie eine Melodie summen. Jetzt singt sie laut. Das ist ein Trick von ihr. *»So kann man nicht hören, wenn ich pupse«*, hat sie mir verraten.

Schmunzelnd stehe ich wieder auf. Meine Finger greifen nach dem Handy und wählen Joshuas Nummer. Zehn Versuche. Auch der elfte bleibt unbeantwortet. Ich lege das Ding auf den Tisch zurück und lasse meinen Kopf kreisen. Meine Halswirbel knacksen wie trockene Zweige.

Ich sammle das Geschirr ein und stopfe alles in die Spülmaschine. Sie ist zwar erst halb voll, riecht aber säuerlich, darum schalte ich sie trotzdem ein. Diesen Gestank kann ich nicht ertragen, weil er mich an den toten Dscheidun erinnert.

Ich schließe die Klappe und stütze mich auf der Anrichte ab. Mein Blick wandert zu der Uhr, die links neben dem großen roten Kühlschrank hängt. Der lange, schmale Zeiger treibt die Zeit voran. Das leise, monotone Ticken klingt wie ein Herzschlag. Mein Herz und der Zeiger haben jetzt denselben Rhythmus.

Klick-Klack
Klick-Klack
Klick...

Ein leises Scheppern an der Haustür reißt mich aus meiner Starre. Ich stoße mich von der Anrichte ab und folge dem Geräusch.

Die Tür geht auf. Joshua.

»Was ist passiert? Wo warst du so lange? Warum hast du dich nicht gemeldet?«

Joshuas Augen werden groß. Sie quellen aus den Höhlen. Tränen schwimmen darin. Seine Wangen sind fleckig und die Haut hat einen grauen Touch.

So sieht man aus, wenn man kurz vorm Durchdrehen ist.

So sieht man aus, wenn man etwas Schreckliches getan hat.

So sieht man aus, wenn man den Verstand zu verlieren droht.

Genau so stelle ich mir einen Menschen vor, der wahnsinnig geworden ist. Aber *dieser* Mensch ist Joshua. Der Mann, den ich eventuell zu heiraten bereit gewesen wäre, hätte er sich nicht in *unserem* Haus mit Mandy getroffen.

Schweigend sehen wir einander an.

»Papa, wo warst du?« Maya taucht hinter mir auf und zwängt sich an mir vorbei. »Wieso siehst du so komisch aus?« Sie bleibt stehen, ohne ihren Vater in die Arme zu schließen. Auch er vermeidet jeglichen Körperkontakt und senkt den Blick.

»Ich hatte einen Unfall«, krächzt er. »Ein Reh.« Er reibt sich die Nase und schält sich aus der Jacke.

»Ist das arme Tier tot?« Maya sieht zu mir hoch.

Ich hebe nur die Schultern. Mein Lebenspartner lügt, das kann ich geradezu riechen.

»Nein. Nur der Wagen hat eine Beule. Ich muss duschen.« Er hängt die Jacke auf und geht ins Bad.

»Komm, ich putz dir die Zähne nach.«

Maya hüpft auf meinen Schoß. »Papas Hand blutet!« Sie schluckt die Tränen hinunter und umfasst mit ihren nun nicht mehr klebrigen Fingern meinen Nacken. Unsere Nasen berühren sich beinahe. »Ich hoffe, dem kleinen Reh geht es wirklich gut«, raunt sie mir ins Ohr und lehnt ihren Kopf an meine Schulter.

»Du bist aber ganz schön schwer«, sage ich, um das Kind ein wenig aufzuheitern und schmecke Galle im Rachen.

»Ich habe ja auch zwei Toaster gegessen«, murmelt sie schläfrig.

»*Toasts,* nicht Toaster«, verbessere ich und tätschle ihren Rücken.

14

Der Wecker klingelt. Ich bin wie gerädert. Mein ganzer Körper ist taub. Ich starre auf das Fenster.

Maya liegt neben mir und zieht an der Decke. Sie mag es nicht, wenn der Rollladen zu ist.

Ich habe die Nacht in ihrem Bett verbracht. Ich konnte einfach nicht einschlafen.

Meine Hand greift über die Bettkante und tastet über den Boden. Endlich kriege ich das Ding in die Finger und hebe es auf. Ein lachender Pfannkuchen mit lustigen Zeigern. Ein Kochlöffel und eine Gabel. Ich drücke auf einen kleinen Knopf. Der Pfannkuchen verstummt.

»Muss ich schon aufstehen?«, krächzt Maya und reibt sich die Augen.

»Ja.« Die Sonne taucht das Fenster in ein gräuliches Gelb.

Maya streckt sich und zieht sich die Decke bis ans Kinn. »Ich fühle mich krank.«

Ich muss schmunzeln. »Bist du aber nicht«, sage ich und tippe ihr auf die Nase. »Schau, die wächst jetzt schon.«

»Deine auch.« Kichernd versteckt sie sich unter der Decke.

Ich schließe die Augen und zähle bis zehn. Der Wecker liegt auf meiner Brust und zählt mit. Das leise Ticken wirkt beruhigend.

Dann zähle ich rückwärts, ganz so, wie es mir der Kinderpsychologe damals beigebracht hat. Panikattacken entstehen in unserem Kopf.

Ich stehe auf und öffne das Fenster, weil ich keine Luft bekomme. Der rosa Vorhang bauscht sich auf wie ein Segel. Die Kälte kriecht durch mein Nachthemd und meine Haut zieht sich zusammen. Auf nackten Füßen gehe ich zum Bett zurück und decke mich zu.

»Willst du auch nicht zur Arbeit?«, brummt Maya mit tiefer Stimme unter der Decke und kichert.

Als ich ein leises Quietschen der Türangeln vernehme, geht ein Ruck durch meinen Körper. Ich muss meinen Kopf nicht zur Tür drehen, denn ich weiß, wer da steht.

»Darf ich reinkommen?«

Ich presse die Lippen aufeinander. Eine einsame Träne verirrt sich in mein linkes Auge. Ich starre zur Decke.

»Ich möchte mit dir reden.«

Ich schüttle langsam den Kopf. Die Träne löst sich aus dem Augenwinkel und rinnt über meine Wange zum Ohr. Ich schlucke die Wut hinunter.

Maya lugt unter der Decke hervor.

»Warum weinst du?« Ihr kleines Gesicht schwebt dicht über meinem. Sie schielt und ringt mir ein Lächeln ab. »Wir bleiben beide zu Hause, weil wir krank sind«, sagt sie energisch und kriecht wieder unter die Decke.

Joshua steht immer noch auf der Schwelle. Ich kann ihn in der Spiegelschranktür sehen, weil sie nicht richtig zu ist. Er trägt seine Arbeitskleidung. Dunkle Hose, weißes Hemd, graues Sakko und eine schmale Krawatte, die zu seinen dunkelblauen Schuhen passt.

Er hadert mit sich. Ich schließe meine bleischweren Lider.

Joshua setzt sich neben mir auf die Bettkante. Meine Hand zuckt zurück, als er sie mit seinen kalten Fingern berührt. Ich zähle wieder bis zehn.

»Es tut mir leid, Anne. Das hätte nicht geschehen dürfen, und dennoch ist es passiert.« Joshua klingt, als ringe auch er mit den Tränen. »Manchmal bereuen wir unsere Taten schon, bevor wir sie beendet haben.«

»Was willst du damit sagen?«

Ich spüre seine Hand an meiner glühend heißen Wange.

»Ich hatte vor, dich zu heiraten.«

»Und jetzt bereust du, es überhaupt in Erwägung gezogen zu haben?« Ich versuche die Tränen wegzublinzeln. Mein Blick ist stur an die Zimmerdecke gerichtet. Die gelben Sterne auf dem hellblauen Hintergrund verschwimmen zu einem Aquarell.

»Wir müssen eine Pause einlegen.«

Ich schüttle matt den Kopf. »Zur Hölle mit dir, Joshua.« Ich erkenne meine Stimme kaum wieder.

Nun ist es seine Hand, die zurückzuckt, als habe er sich an meiner Haut verbrannt.

»Wieso bist du gleich so ...« Er sucht nach Worten.

Ich richte mich auf. Er rutscht von der Bettkante und springt hastig auf.

»Man sollte das schätzen, was man hat, und nicht das, was man hatte. Verstehst du? Du und ich sind Vergangenheit. Aber Maya werde ich immer lieben.«

Deren erschrockenes Gesicht taucht wieder auf. Sie versteht die Welt nicht mehr. Ich wische grob über meine verquollenen Augen. Das linke brennt wie die Hölle.

»Dieses Haus gehört mir. Du hast eine Woche Zeit, dir eine neue Bleibe zu suchen«, fahre ich mit brüchiger Stimme fort.

»Ich *will* dich nicht verlassen.« Hilflos hebt er die Hände und lässt sie wieder sinken. »Nur eine kleine Verschnaufpause, mehr nicht.«

»Rennst du vor irgendwas weg, Joshua?«

Er runzelt die Stirn.

»Was ist dein Problem? *Wieso* willst du eine Pause?«

»Du hast mich wieder nicht richtig verstanden. Du hörst immer mit dem falschen Ohr zu, Anne. Ich liebe dich. Das weißt du doch. Da *ist* keine andere Frau im Spiel. Ehrlich. Das ist die Wahrheit.«

»Was weißt du schon von Wahrheit.«

»Es tut mir leid, aber das mit uns beiden ... das ist etwas kompliziert. Deine Allüren ...«

»Ach, jetzt bin *ich* schuld an dem Schlamassel. Du schleppst sie hier an und ich bin schuld?«

Joshua sieht zum Fenster.

»Hat *sie* dir dazu geraten, diese Mandy?«

»Nicht vor dem Kind.« Erneut hebt er die Hände und schaut über meine Schulter zu Maya. Wie eine Mumie sitzt sie da, in die Decke eingewickelt, den Rücken an die Wand gelehnt, und versucht dem Gespräch zu folgen.

»Wir sind fertig«, sage ich matt.

Meine Füße klatschen über die kalten Fliesen, ich stürme hinaus.

Mein Noch-Lebenspartner folgt mir.

Vor dem Schrank im Schlafzimmer bleibe ich stehen.

Joshua wartet hinter mir, er atmet schwer. Für eine gefühlte Ewigkeit bleibt sein Atem das einzige Geräusch.

Ich halte immer noch den blöden Wecker in der Hand.

»Anne.«

Ich zucke zusammen. Meine Finger lassen den Pfannkuchen los. Ich höre keinen Aufschlag. Joshua hat ihn in der Luft aufgefangen.

Seine Finger berühren mich am linken Arm. Ich drehe mich um. Meine rechte Hand klatscht in sein Gesicht.

Der Wecker kracht auf die Fliesen.

Seine Augen flackern. Er sagt nichts. Sieht mich nur an. »Ich liebe dich«, flüstert er. »Du bist mein Leben. Doch deine Art, Dinge anzupacken, zehrt an meinen Kräften. Ich brauche nur eine Verschnaufpause.« Er hält sich die Wange. Zum ersten Mal hat er sich nicht rasiert. Er weiß, dass ich das nicht ausstehen kann.

Ich sammle mich. »Bisher habe ich jeder Vernunft zum Trotz auf mein Herz gehört und nicht auf den Verstand, was ich nun bitter bereue. Damals, vor fast drei Jahren, schien es mir der richtige Weg zu sein. Ich habe mich blenden lassen. Ich war einfach naiv, vielleicht auch verliebt. Ein Egoist weiß seine kalte Natur geschickt hinter einer Maske aus Lügen und Doppelspielen zu verstecken. Jetzt hast du deine Maske fallen lassen, Joshua.«

»Es *gibt* keine andere! Ich liebe dich! Nur dich.« Er fällt auf die Knie und senkt den Kopf.

»Steh auf, ich kann diese Scheiße nicht mit ansehen. Du sollst nicht noch tiefer sinken.«

»Ich sage die Wahrheit.«

Was ist schon die Wahrheit? Wir interpretieren diesen vagen Begriff auf sehr individuelle Weise. Die Wahrheit lässt sich formen. Wir alle glauben etwas zu wissen, doch tatsächlich haben wir nur einen Hauch von

Ahnung. Was nicht zu unserer Wahrheit passt, wird ausgeblendet oder wir verändern einfach unsere Sichtweise. Anstatt über Probleme zu reden, schweigen wir uns lieber aus – oder wir legen eine Beziehungspause ein.

Das alles sage ich nicht laut, weil ich keine Lust auf eine tiefgründige Diskussion habe. Ich drehe mich einfach um, schnappe mir zwei Kleiderbügel und stapfe ins Bad.

»Bringst du mich in die Schule?« Maya sitzt auf dem Klo, das Höschen baumelt um ihre Füße. Sie sieht mich fragend an.

»Das macht heute dein Papa. Ich bin schon spät dran.«

»Okay. Aber kannst du dich vielleicht in meinem Zimmer anziehen?«

»Klar. Warum hast du nicht einfach die Tür zugemacht?«

»Zuerst wollte ich nur schnell mal pinkeln.« Sie zieht eine Schnute. »Du musst schnell raus.« Ihre Augen werden groß. Maya summt ihre Klomelodie.

Ich greife nach meinem Schminkkoffer und der Zahnbürste.

»Du hast die Zahnpasta vergessen«, sagt Maya schnell.

Ich nehme die Tube und stürme nach draußen.

In ihrem Zimmer riecht die Luft frisch. Joshua lässt sich nicht blicken.

Ich bin fast schon fertig. Maya kommt rein und zeigt mir ihre Hände. »Du hast meine Fingernägel vergessen.«

»Machen wir heute Abend. Ich bin wirklich spät dran.« Ich knuffe sie in die Wange.

»Ich will nicht in die Schule.«

»Darüber diskutieren wir auch später.«

Ich schlüpfe in die Hose und knöpfe sie mit etwas Anstrengung zu. Ich muss wieder abnehmen.

»Warum soll man die Tube auf den Kopf stellen, was bringt das?« Maya steht vor der verspiegelten Schranktür und balanciert die Zahnpasta auf ihrem Kopf.

»Doch nicht auf *deinen* Kopf.« Ich kann mir das Lachen nicht verkneifen. Die Tube plumpst zu Boden.

»Aber die Zahnpasta hat doch gar keinen Kopf.«

»Zieh dich an. Wir sehen uns heute Abend.«

»Was bedeutet ›eine neue Bleibe suchen‹?« Sie spricht es wie ein einziges Wort aus.

»Ein neues Zuhause suchen?« Mir wird speiübel. Sie steht zwischen den Fronten und wird von beiden Seiten beschossen. Das passiert jedem Scheidungskind. Sie tut mir jetzt schon leid.

»Darf ich dann noch hier wohnen oder muss ich mich mit Papa verpissen?«

»Das habe ich nie gesagt.«

»Das sagt Cedric immer, wenn ihm etwas nicht passt. ›Du sollst dich verpissen‹. Hat er gestern auch zu mir gesagt.«

»Wir reden heute beim Abendessen alle zusammen darüber; du, dein Papa und ich.«

Sie gibt sich zufrieden und hebt die Tube auf. Auf dem Weg zur Haustür schlüpfe ich in die Schuhe und nehme meine Arbeitstasche mit. Heute werde ich nicht direkt aufs Revier fahren. Ich muss bei Horst vorbeischauen und ihn um Rat fragen.

Der Passat steht in der Garage. Am rechten Kotflügel kann ich tatsächlich eine Delle erkennen. Wenigstens in dieser Hinsicht hat Joshua nicht gelogen. Ich gehe näher ran und ... da ist ein roter Fleck. Kein Lack. Nein. Eine Kruste.

Mein Herz hämmert. Ich gehe in die Knie und schaue zum Haus hinüber. Joshua steht am Fenster und beobachtet mich.

In meiner Tasche habe ich alles, was für eine schnelle Tatortinspektion nötig ist. Auch ein Probenröhrchen. Den Handschuh ziehe ich nur schnell drüber, achte nicht auf die Falten.

Ich reibe über die Stelle und packe alles ein. Ich werde es zur Untersuchung ins Labor schicken, weil ich wissen will, ob das Blut von einem Menschen stammt oder nicht.

Joshua bewegt sich nicht – er steht einfach nur da.

Ich steige in den Mini und starte den Motor. Das Handy verbindet sich via Bluetooth mit der Anlage, und just in diesem Moment meldet sich Francesco. »Ciao, Bella.«

»Was ist?«

»Was bist du heute wieder garstig.«

»Sprich Klartext, Francesco. Sonst lege ich auf.«

»Maria und Dragos sind ein Paar«, platzt er lachend heraus.

»Die beiden?«

»Ja, der Dicke und das Thaimädchen. Darf man das sagen, ist das politisch korrekt? Ich als Ausländer darf das, denke ich.«

»Das ist aber nicht alles, oder?« Ich fahre rückwärts aus der Ausfahrt und gebe Gas, weil hinter mir ein großer Wagen angeschossen kommt. Der Fahrer denkt gar nicht daran, vom Gas zu gehen.

»Die beiden waren zur Tatzeit in einem Hotel. Na ja, kein richtiges Hotel, eher eine Absteige, aber sie waren an diesem Abend *nicht* in der Villa. Dragos hat Maria vom Flughafen abgeholt. Bezahlt wurde alles mit einer VISA-Karte, die auf den Namen *J-i-r-a-p-h-a-t K-a-w-r-u-n-g-r-u-a-n-g* läuft.« Ich höre Francesco buchstabieren. »So heißt Maria offiziell. Wir haben die Personalien abgeglichen. Dragos hat eine Aufenthaltsgenehmigung, die dreimal verlängert wurde. Er bezieht Sozialhilfe, ansonsten ist er sauber. Bisher liegt nichts gegen ihn vor. Anfangs haben sich die beiden Turteltäubchen nur heimlich getroffen, bis es richtig gefunkt hat. Wir haben die Überwachungsbänder des Hotels überprüft. Das frisch verliebte Pärchen war die ganze Zeit dort und hat erst einen Tag nach der Tat ausgecheckt. Ich habe sie von der Liste der Tatverdächtigen gestrichen.«

»Gut gemacht.«

»Ich bin doch kein Hund.« Er *hasst* es, wenn ich ihn auf diese Art lobe, und genau das macht es so unwiderstehlich für mich.

»Was noch?« Ich werfe einen Blick in den Rückspiegel. Der orange Lastwagen biegt links in die Nebenstraße ein und verschwindet aus meinem Blickfeld.

»Das Haus, in dem die beiden leben, hätte schon vor Jahren von Grund auf saniert werden müssen. Darum hat sich Dscheidun das Grundstück auch so günstig unter den Nagel reißen können. Stattdessen hat er das Geld woanders reingesteckt.«

»Und?«

»Eine große Baufirma wollte das Grundstück auch haben und dort ein mehrstöckiges Wohngebäude hinstellen – für Flüchtlinge. Die Gemeinde war aber dagegen.«

»Francesco!« Ich werde ungeduldig.

»Wir haben jetzt den Interessenten unter die Lupe genommen.«

Ich schnaufe verärgert und setze den Blinker.

»Er hat schon wegen Rauschgiftbesitzes und Prostitution gesessen.«

»Wer?«

»Pjotr Weiß, ein Weißrusse mit deutschen Wurzeln.«

»Was noch?«

»Er ist seit zwei Tagen unauffindbar. Entweder hat er etwas mit dem Mord zu tun oder er ist womöglich die Nummer zwei auf der Liste des Killers«, schließt Francesco seinen Bericht und verabschiedet sich. »Arrivederci«, sagt er gut gelaunt und legt auf.

Ich stehe an der Ampel. Mir fällt ein, dass ich ja bei Horst vorbeischauen wollte, bevor ich zum Präsidium fahre. Der Gedanke erscheint mir seltsam tröstlich. Seine warme Stimme, seine Ratschläge, seine Nähe. In Momenten wie diesem vermisse ich ihn.

»Weißt du, wie lange wir schon in diesem Fall ermitteln?«, höre ich ihn in meinem Kopf. *»Merk dir eins, mein Kind ...«* So nannte er mich immer, wenn wir unter uns waren und er mich in die Geheimnisse der Polizeiarbeit einweihte. *»... egal, was wir uns zusammenreimen – so lange wir keine Beweise liefern, ist alles, was wir herausfinden, reine Spekulation. Wenn du einen Fall sauber ad acta legen willst, muss der Richter hieb- und stichfeste Tatsachen auf dem Tisch haben. Merk dir das.«*

Ich warte, bis die Ampel auf Grün schaltet und lächle vor Vorfreude. Auf das oft aufgeschobene Wiedersehen freue ich mich wirklich. Meine Finger trommeln auf das Lenkrad.

Den Streit mit Joshua schiebe ich beiseite und drehe die Musik lauter. Als ich wieder an die Beule am Passat denken muss, fängt eine kleine Stelle zwischen meinen Augenbrauen an zu pochen. *Wen oder was hat Joshua da überfahren?*

Mein Magen knurrt, weil ich eine Bäckerei sehe.

Ich halte an und steige aus. Der Geruch von Kaffee und frischen Brötchen ist betörend. Mir läuft jetzt schon das Wasser im Mund zusammen.

Ich habe das Handy im Auto vergessen. Der Motor läuft auch noch und vor der Theke steht eine Menschentraube.

Ich muss improvisieren.

»Ich bin von der Polizei«, sage ich und drängle mich vor. Ich schäme mich jetzt schon, bleibe aber emotionslos und lege einen Zehneuroschein auf die Glastheke. »Einen großen Kaffee und ein Croissant, nein, zwei, bitte!«

Die Menge wird unruhig. »Nichts tun, aber vordrängeln«, murrt ein alter Herr neben mir und wirft mir einen bösen Blick zu. Er zittert am ganzen Leib und hält sich an seinem Gehstock fest. Eine leere Tüte baumelt von seinem Handgelenk.

»Ich spendiere jedem einen kleinen Kaffee.« Ich schaue mich um, rechne im Kopf zusammen und komme etwa auf zwanzig Euro.

»Ich trinke aber diese Plörre nicht«, meckert der alte Mann weiter und sieht an mir vorbei. In seiner Hand steckt ein Zettel. ›*Brot und zwei Brötchen*‹, steht in großen krakeligen Lettern darauf. Eventuell ist er leicht dement.

»Der Kaffee kommt sofort.« Die Kassiererin lächelt verkniffen und eilt zur Kaffeemaschine.

»Und für den Herrn einen Laib Brot.«

»Mit Kümmel«, knurrt der Mann und wirkt nicht mehr ganz so angespannt. »Meine Frau mag es, wenn Kümmel drin ist. Sie hat Krebs«, schiebt er hinterher. Es klingt fast wie eine Entschuldigung

Ich nehme meinen Kaffee, die Tüte mit dem Gebäck, knalle zwei Zehner neben den ersten und will schon hinausstürmen, aber dann halte ich vor der Tür inne und drehe mich um. »Richten Sie Ihrer Frau schöne Grüße von der Polizei aus«, flüstere ich dem alten Herrn zu und schiebe einen weiteren Schein zwischen seine knorrigen Finger.

Er nickt nur.

»Mache ich«, glaube ich seine Stimme zu hören, als ich die Tür aufreiße. Die Türglocke bimmelt leise. Ich laufe eilig zum Wagen. Es nieselt.

Mein Handy klingelt.

Ich werfe mich in den Sitz und gehe ran, ohne auf die Nummer zu schauen.

»Hallo, Anne, hier ist Maya. Ich rufe dich von Papas Handy an. Ich durfte es heute in die Schule mitnehmen«, rattert sie los wie eine Maschinenpistole. »Unser Mathelehrer ist heute nicht da. Wir dürfen jetzt malen. Ich rufe dich an, weil Papa gesagt hat, das muss ich, wenn es ein Notfall oder ganz dringentlich ist. Oder wenn sich die Lage zuspitzt – was er damit gemeint hat, habe ich aber vergessen. Ich wollte nur fragen, ob Herr Kraulitz wegen mir krank geworden ist oder weil Papa so doll mit ihm geschimpft hat? Ich habe keinem erzählt, dass Papa mit ihm geschimpft hat. Ist das eine dringentliche Sitwation?«

Situation, verbessere ich sie im Stillen.

Meine Mundwinkel sacken herunter. Ich drehe die Musik leiser. Ein leichtes Zittern ergreift meine Kinnpartie. *»Unser Mathelehrer ist heute nicht da.«* Mein Blick wandert zu der Tasche mit der Blutprobe, die vor dem Beifahrersitz im Fußraum steht. »Das war kein Reh!«

»Was? Ich kann dich nicht verstehen. Ich muss jetzt los. Jemand zieht an der Tür«, trällert Maya.

»Wo bist du denn?«

»Na, auf der Toilette. Ich muss jetzt auflegen«, flüstert sie und legt auf.

Ich lehne meinen Kopf an die Kopfstütze. Was hat Joshua nur getan? Ich habe keinen Hunger mehr. Das Wiedersehen mit Horst werde ich verschieben müssen, zuerst muss ich bei dem Mathelehrer vorbeifahren. Ich nippe an meinem Kaffee und stelle den Becher in die Halterung. Nach einem fast perfekten U-Turn fahre ich zum Haus von Ernst Kraulitz.

15

Frühling 1989

In der Hütte

»Heute malen wir gemeinsam ein Bild.«

Greta war schon gespannt. Sie und Patrice saßen an einem runden weißen Gartentisch.

»Was ist ein Garten?«, wollte sie von der Frau Lehrerin wissen.

»Das erkläre ich dir später.«

Greta schwieg und kaute auf der Lippe. Sie war traurig. Zwischen ihren Fingern steckte ein blauer Buntstift. Sie rollte ihn zwischen Daumen und Zeigefinger hin und her.

»Welche Farbe ist das?«, fragte die Lehrerin und zog den Mundschutz bis unter die Augen. Sie trug eine weiße Hose, eine weiße Bluse, weiße Schuhe und ein weißes Kopftuch, selbst ihre Handschuhe waren weiß und die Socken auch. Nur die Atemmaske hatte einen grünen Stich. »Wer weiß es?« Die Frau zeigte auf den Stift.

»Himmelblau«, antwortete Patrice als Erster und bekam dafür ein halbes Gummibärchen, das sogleich in seinem Mund verschwand.

Die Lehrerin ging von einer Wand zur anderen. Auch die waren weiß.

»Der Himmel ist aber nicht blau! Der Himmel ist grau und manchmal grün«, protestierte Greta, den Blick auf ihre Finger gerichtet. Der Stift zitterte in ihrer Hand.

»*Grün?*« Die Stimme der Lehrerin wurde schrill. »Schau mich an, wenn ich mit dir rede, Mädchen!« Sie schlug mit einem dünnen Stock in ihre Handfläche, jedoch nicht so fest, wie sie es bei den Kindern tat, wenn sie etwas nicht wussten. Gretas Schulterblätter zogen sich zusammen. Auf den Rücken schlug die Lehrerin am liebsten. »Hast du jemals einen *grünen* Himmel gesehen?« Sie zog die Wörter in die Länge. Der Stock trommelte auf die Tischplatte.

»Ja, wegen der Bäume. Ich mag baumgrünen Himmel lieber.« Greta senkte den Blick und rieb sich den linken Handrücken. Der blaue Buntstift kullerte über die weiße Tischplatte und blieb wippend an der Kante hängen.

Die Lehrerin seufzte und steckte ihn zu den anderen in den Becher. »Wir schauen uns später einen Film an.«

Gretas Brust schwoll an. *Einen Film,* dachte sie und spürte, wie ihr Herz vor Freude zu hüpfen begann.

»Du sollst mich ansehen, Mädchen!« Der Stock klatschte dicht vor Gretas Händen auf die Tischplatte – laut und schneidend.

Mit feuchten Augen sah sie die Frau in Weiß an – direkt in die dunklen, beinahe schwarzen Augen.

»Wenn du allen Ernstes glaubst, dass du dich meinen Anweisungen widersetzen kannst, hole ich dich nicht mehr her. Dann kannst du in dem Loch dumm sterben.« Plötzlich hielt sie inne, als wäre ihr etwas Wichtiges eingefallen. »Du hast ja heute Geburtstag.« Auf einmal klang ihre Stimme etwas wärmer. Sie gestikulierte in eine unbestimmte Richtung und verschwand hinter der weißen Tür.

Die Kinder sahen sich fragend an, schwiegen jedoch. Das gläserne Auge einer Kamera in der oberen Ecke begann zu blinken. Der rote Punkt pulsierte.

Gretas Nacken fror. Ihre Finger wurden eiskalt, die Zehen verwandelten sich in Eisklumpen.

»Würde ich euch beide nicht kennen ...«, trällerte die Lehrerin, kaum dass sie wieder in der Tür erschien. »... müsste ich fast glauben, ihr würdet euch über einen Schokokuchen freuen. Aber ich weiß, dass ihr keine Schokolade mögt.«

Greta wusste nicht einmal, wie Schokolade schmeckte.

Die Lehrerin hielt eine große Tüte in den Händen. Das Plastik raschelte. »Eine ganze Packung Gummibärchen«, trötete sie feierlich und riss die Verpackung auf. »Habe ich schon mal erwähnt, wie tröstend der Gedanke für mich ist, etwas Wichtiges getan zu haben? Jedes Mal, wenn ich ins Bett gehe, danke ich Gott dafür, dass ich euch etwas beibringen konnte. Was ist los? Warum macht ihr ein Gesicht wie drei Tage Regenwetter?«

Die Kinder schwiegen. So etwas hatte es noch nie gegeben.

Greta stupste Patrice mit dem großen Zeh an. Er zuckte zusammen, gab aber keine Antwort. Greta befürchtete, dass er sauer auf sie war, doch weswegen?

Weinte er etwa? Sie war sich nicht sicher, weil sie sein Gesicht nicht sehen konnte – nur seinen Hinterkopf. Dicht hinter seinem linken Ohr war das Haar platt gedrückt, dort konnte Greta die Haut durchschimmern sehen und einen roten Kratzer. Letztes Mal hatte ihm die Lehrerin mit dem dünnen Stock auf den Kopf geschlagen, so arg, dass er geblutet hatte.

Greta trat etwas heftiger. Patrice blickte immer noch zur Wand, grunzte jedoch wie ein Tier. Er weinte tatsächlich.

»Ist etwas nicht in Ordnung?«, fragte die Frau und wandte sich zu Patrice um. Die Tüte in ihren Händen raschelte wieder.

»Warum wurde mein Geburtstag nie gefeiert?«, flüsterte Patrice mit weinerlicher Stimme.

»Ganz einfach, weil du ein Junge bist«, gab sie lapidar zurück und hielt Greta die Tüte hin, sodass sie hineingreifen konnte. Die zögerte jedoch und blickte die Frau nur ängstlich an.

»Die schmecken nach Waldfrüchten«, ermunterte sie das Mädchen. Der Mundschutz bewegte sich dort, wo Greta die Lippen vermutete.

»Ich möchte sie mit Patrice teilen.« Ein dicker Kloß steckte in Gretas Hals. Sie griff haltsuchend nach der Lehne und rutschte vom Stuhl. Sie wollte Patrices Gesicht sehen. Ihr war nicht mehr nach Feiern zumute, zumal sie gar nicht wusste, wie man einen Geburtstag feierte. Ihre Ballerinas verursachten kein Geräusch. Sie machte ganz kleine Schritte.

»Patrice …« Im Kopf formte sie schon eine Entschuldigung und legte ihre Hand auf die Schulter des Jungen.

Auf einmal ging ein heftiger Ruck durch Greta. Sie wurde zu Boden geschleudert. Bunte Gummibärchen rutschten über die ebenfalls weißen Fliesen.

»Es ist einfach nur dumm, wenn man nicht gehorcht. Es ist heuchlerisch, sich mutig zu zeigen, wenn man in

Wirklichkeit ein kleiner, nichtsnutziger Wurm ist«, zischte die Frau. Die Maske über ihrem Mund bekam dunkle Flecken.

Greta hielt sich den Rücken, auch ihr Po tat höllisch weh.

»Was hast du dir dabei gedacht, Kind?« Die Lehrerin ließ die leere Tüte zu Boden fallen. »Heb alles auf! Danach machen wir mit dem Unterricht weiter. Kein Geburtstag, keine Bonbons und kein Film.«

Greta biss die Zähne zusammen. Sie kroch auf allen vieren und streckte die Hand nach der Tüte aus. Der Rohrstock sauste durch die Luft und traf sie am linken Schulterblatt.

Greta spürte ihren Herzschlag im ganzen Körper. Der stechende Schmerz floss über ihren Rücken wie heißes Wasser. Sie kippte zur Seite, zog die Knie an und weinte stumme Tränen.

»Steh sofort auf, sonst zieht dein Verhalten schlimmere Konsequenzen nach sich«, drohte die Lehrerin und holte erneut zum Schlag aus.

Schluchzend schüttelte Greta den Kopf.

Lass sie in Ruhe!« Das war Patrice. Er kreischte.

Einen Lidschlag lang vergaß Greta zu atmen. Sie traute ihren Ohren nicht, die Augen hielt sie fest geschlossen.

»*Was?* Was hast du gesagt?« Die Lehrerin war außer sich.

Zögernd hob Greta die feuchten Lider. Tränen hingen an ihren dunklen Wimpern wie Wassertropfen.

»Sie hat Geburtstag. Sie dürfen Greta nicht schlagen.« Er reckte trotzig das Kinn. Sein flachsblondes Haar glänzte golden im hellen Licht der Leuchtstoffröhre.

Die Frau schüttelte ungläubig den Kopf, das konnte Greta selbst durch den milchig-trüben Schleier sehen. Sie blinzelte heftig. Ihre Sicht klärte sich. Just in diesem Moment sauste der Stab wieder durch die Luft, traf aber ins Leere, weil Patrice dem Schlag leichtfüßig ausgewichen war.

Die Tür ging auf. Eine dunkle Gestalt betrat den Raum. Ein Mann. Er war groß und trug schwarze Kleider. Seine Erscheinung wirkte vor weißem Hintergrund wie ein Schatten. »Was geht hier vor?«, donnerte er mit tiefer Stimme.

Sogar die Lehrerin war wie gelähmt. Der Rohrstock glitt ihr aus den Fingern und fiel klappernd auf die Fliesen. Ihre schmalen Schultern sackten herab, sie wirkte kleinlaut und plötzlich überhaupt nicht mehr furchteinflößend.

»Wir machen heute einen Ausflug. *Du* bleibst da und *du* kommst mit.«

Gretas Lunge war blockiert. Der schwarze Finger zeigte auf sie. Mit einem Mal wurde es finster.

»Steh auf. Er wartet nicht gern. Wenn du alles gut machst, werde ich dir deinen Wunsch erfüllen. Du darfst den Himmel sehen, der soll heute blau werden.«

Greta stellte sich vor, wie es wohl wäre, den blauen Himmel sehen zu dürfen. Sie inhalierte diese Vorstellung regelrecht.

Ein zuckendes Flimmern an der Decke tauchte erneut alles in grelles Weiß, nur der große Schatten vor der Tür blieb schwarz. »Jemand muss die Lampe auswechseln«, brummte der Mann, durchmaß mit drei Schritten den Raum und hob Greta vom Boden auf.

»Nein, ich will den Himmel nicht sehen«, wimmerte sie und suchte hastig Blickkontakt mit Patrice. Dieses

Mal regte sich der Junge nicht. Die Tür ging auf. Der Mann drehte sich um. Da stand er, stocksteif wie eine Statue – Patrice. Er sah ihr nach. Mit ausdrucksloser Miene verfolgte er stumm das Geschehen.

»*Bitte!*«, flüsterte das Mädchen. Die Tür schwang zu. In letzter Sekunde sah Greta noch, wie Patrice von einer weißen Hand gepackt wurde. Die Lehrerin hielt wieder ihren Stock in der Faust und schlug ihrem Freund ins Gesicht. Ein roter Striemen überzog seine linke Wange, dann flog die Tür ins Schloss.

Der schmale Korridor war nicht weiß, auf dieser Seite war auch das Türblatt dunkel gestrichen – blau. An den Wänden klebten gelbe Tapeten mit schwarzen Blumen.

Gretas Lunge brannte. Sie holte tief Atem und erschrak. Zum ersten Mal in ihrem Leben atmete sie frische, saubere Luft ein, die nicht muffig oder nach Schimmel roch.

Das dumpfe Poltern der langen Schritte des Mannes hallte von den Wänden wider. Das künstliche gelbe Licht flackerte.

»Dreh dich mit dem Gesicht zur Wand«, knurrte der Mann und stellte sie auf die Beine.

Greta zog die Zehen ein. An ihrem linken Fuß saß kein Schuh mehr. Das Holz war rau und kalt. »Ich habe meinen Schuh verloren«, flüsterte sie.

Der Mann hinter ihr grunzte. »Rühr dich nicht vom Fleck, ich bin gleich wieder da.«

Greta stierte auf eine schwarze Blume und tat wie geheißen. Der Mann blieb immer wieder stehen und sah sich um, das konnte sie aus dem Augenwinkel erkennen.

Sie zog ihren großen Zeh noch weiter ein und biss sich auf die Unterlippe. Etwas bohrte sich unter den Nagel und tat höllisch weh. Trotz der Drohung warf sie einen Blick nach unten. Die Dielen waren blutig. Sie hatte sich verletzt.

Ganz langsam legte sie den Kopf zur Seite und blickte nach links. Der Mann war gerade eben hinter der Tür verschwunden. Er schrie laut.

Greta ging in die Hocke und drückte mit Daumen und Zeigefinger ihren Zeh zusammen. Der Schmerz ließ nach. Ihre Finger flatterten über die rauen Bretter. Da war was. Sie tastete den spitzen Gegenstand vorsichtig ab und zog daran. Er leistete keinen Widerstand. Ihre Finger klaubten das verbogene Stück Metall vom Boden auf und schlossen sich darum.

Sie stand auf und betrachtete den rostigen, krummen Nagel wie einen Schatz.

»Du, komm sofort her!« Das tiefe Dröhnen traf sie wie eine Schockwelle.

Gretas Finger knackten, als sie sie zur Faust ballte, aus Angst, den Nagel zu verlieren.

»Bist du taub? Komm sofort her!«, brüllte der Mann und hielt die Tür auf.

Greta ging auf unsicheren Beinen auf ihn zu, ohne sich umzublicken. *Wie groß ist dieses Gebäude eigentlich?*, fuhr ihr durch den Kopf. Opa sprach immer von einer Hütte, aber dies hier *war* keine Hütte. Er hatte sie angelogen.

Der weiße Raum tat ihr in den Augen weh. Er hatte sich verändert. Die Wände, der Boden. Das makellose Weiß war mit roten Flecken übersät. Manche zogen sich in halbrunden Bögen dahin, wie schmale Einschnitte, die anderen sahen wie kleine Pfützchen aus.

Patrice stand in einer Ecke, die Hände flach gegen die Wände gestemmt. Sein Gesicht war bleich. Der rote Strich auf seiner Wange schien zu pulsieren. Alles hier bewegte sich, selbst der Boden, auf dem die Lehrerin auf dem Rücken lag. Ihre Brust hob und senkte sich heftig. Auf ihrer Kleidung sah Greta rote Handabdrücke.

Aus ihrem Bauch quoll schwarzes Blut. Der Fleck wurde größer, feuchter.

»Steh nicht so dumm da.« Der schwarze Mann klang unsicher, seine Stimme zitterte. Seine Finger schlossen sich um Gretas Schulter. Es tat weh. Er schleuderte sie auf Patrice zu. Das Mädchen stolperte und fiel hin. Bäuchlings rutschte es über den feuchten Boden, wie ein Pinguin, und hinterließ rote Schlieren.

»Was hast du gemacht, Junge?«, knurrte der große Mann und kniete vor der Frau nieder. Der schwarze Fleck wuchs mit jeder Sekunde. Die Frau röchelte. Auch ihre Maske färbte sich dunkel.

Greta sah zu, wie der Mann nach dem Bauch der Frau griff. Seine Hand verharrte. Die Lehrerin schrie laut auf. Ihre Hände kratzten über die Fliesen.

Das Mädchen hörte ein leises Schmatzen. Die Hand des Mannes bewegte sich zögerlich nach oben. Zuerst glaubte sie, dass er ihren Darm herauszog. Aber das, was er zwischen den Fingern hielt, war dafür viel zu steif und zu dünn. Greta war schon immer wissbegierig gewesen und wusste viel über den menschlichen Körper. Was der Mann in der Hand hielt, gehörte nicht in den Bauch einer Frau. Ein dicker, schleimiger Klumpen glitt an dem glatten Gegenstand hinunter und klatschte auf den Boden.

»Du verdammter Bengel, du hast sie umgebracht!«, fluchte der Mann und starrte Patrice an. Auch Greta sah ihren Freund an. Er zitterte. Seine Hose war nass. Seine Füße standen in einer Pfütze. Zwischen seinen nackten Zehen lag der abgebrochene Rest des Zeigestocks, der an einem Ende spitz zulief, wie ein Pfeil. Greta rappelte sich umständlich auf die Beine, genauso wie ein Pinguin. Pinguine mochte sie am liebsten. Nicht Hunde oder Katzen. Tierfilmunterricht war ihr liebstes Fach.

»Ihr bleibt da und rührt euch nicht vom Fleck«, befahl der Maskierte. Die Frau hing in seinen Armen. Ihre blutigen Finger zeichneten einen roten Kreis auf den Boden.

Die Kinder verharrten auf ihren Plätzen wie Wachsfiguren, zumindest so lange, bis die Tür polternd ins Schloss gefallen war.

»Ich habe ein Geschenk für dich«, flüsterte Greta, ohne sich zu bewegen. Sie stand auf einem roten Fleck, Patrice in seinem Pipi. Er schwieg.

Greta hob den Blick. Der rote Punkt in der Ecke pulsierte immer noch.

Die Tür ging wieder auf. Eine kleine, gedrungene Gestalt betrat den Raum. Das war Opa, Greta erkannte ihn an seinen Klamotten, denn auch er verbarg sein Gesicht hinter einer Maske. »Ach, Kinder, was habt ihr da nur angerichtet?« Er klang müde. »Kommt mit. Du, Greta, musst dich umziehen. Und du, Patrice, gehst dich waschen.«

»Werden wir jetzt bestraft?« Gretas Stimme klang wie das leise Fiepen eines kleinen Kätzchens.

Opas weiche, warme Hände lagen auf ihren Schultern, er trug keine Handschuhe. »Das habe nicht ich zu entscheiden«, brummte er und winkte auch Patrice herbei. »Nehmt euch an der Hand und folgt mir.«

Patrices Finger suchten Gretas Hand, in der sich der Nagel verbarg.

Opa kniete in der Ecke und ächzte vor Anstrengung.

»Den schenke ich dir«, flüsterte Greta hastig und drückte Patrice den rostigen Nagel in die Hand. Der reagierte blitzschnell und versteckte ihn in seinem Mund.

Opa zog mit beiden Händen an der Falltür und richtete sich langsam auf. »Schnell, steigt hinunter und wartet unten auf mich. Ich komme gleich nach. Ihr wisst ja, wie es läuft.«

»Bekommen wir Ärger?«, wollte Greta erneut wissen.

»Ich werde euch vor dem Schlimmsten bewahren können. Aber es wird schwierig werden, eine neue Lehrerin für euch zu finden«, sagte er betroffen und wedelte mit den Armen. »Macht, dass ihr hier verschwindet«, drängte er die Kinder zur Eile und sah zu dem pulsierenden roten Punkt in die Ecke. Er nickte einmal heftig und reckte den Daumen.

Patrice stieg als Erster nach unten, Greta folgte ihm dichtauf.

»*Du* bleibst hier«, herrschte eine tiefe Stimme sie an. »Ich habe doch gesagt, dass er nicht gerne wartet.« Eine starke Hand hob sie aus dem Loch. Der große schwarze Mann war wieder da. »Komm, wir gehen.«

Greta schluckte, ihre Kehle fühlte sich so wund an, als hätte sie eine schwere Erkältung. Ihre Füße baumelten in der Luft. »Mein Schuh!«, schrie sie verzweifelt, doch der große Mann warf sich wortlos über die Schulter. Kreischend trommelte sie auf seinen Rücken.

»Genau das hat ihm so an dir gefallen«, brummte der Mann, als spräche er mit sich selbst. Das Letzte, was Greta sah, war das pulsierende rote Licht, dann fiel die Tür hinter ihnen zu.

»Ich bringe dich später zurück. Deinen Patrice werde ich am Leben lassen«, sagte der Mann, als hätte er ihre Gedanken gelesen, und trat gegen eine weitere Tür, die beinahe aus den Angeln flog. Draußen war es dunkel. *Er hat mich angelogen. Der Himmel ist gar nicht blau, sondern finster.*

Die kalte, frische Luft ließ sie frösteln. Ihr nackter Zeh tat höllisch weh, ihr kleines Herz pochte so schnell wie das einer Taube. Der Wind pfiff in Gretas Ohren. »Zwanzig Minuten«, sagte der schwarze Mann und warf sie auf den Rücksitz eines Autos. Die warme Luft im Inneren roch nach Zitrone.

Durch die dunkle Scheibe sah das Mädchen den Himmel. Er war mit unzähligen Diamanten gespickt. Sie prägte sich das Bild ein. Sie wurde gewahr, dass noch jemand in den Wagen stieg und die Tür zumachte. »Na, mein Liebchen? Lass uns etwas Spaß haben.« Die Stimme überschlug sich vor Freude.

Die Luft wurde auf einmal stickig. Ein Schatten schob sich über sie und verdeckte die Sterne. Es wurde ganz dunkel. Auch in ihrer Seele erlosch der kleine Hoffnungsfunke. Sie fror und wünschte sich, tot zu sein.

16

Herbst 2019

Läppin – in der Nähe von Berlin

Ich tippe die Tür nur leicht mit den Fingerspitzen an. Die Scharniere knarzen kaum. Ich halte den Atem an und lausche.

Verbrauchte, leicht nach Schwefel riechende Luft schlägt mir ins Gesicht. »Hallo?«, rufe ich in die Stille. Ich höre nur das leise Brummen des Kühlschranks, als er angeht. Meine Hände stecken in blauen Einweghandschuhen. »Herr Kraulitz?«

Nichts.

Ich setze den rechten Fuß über die Türschwelle. Die Luft wird dicker und stickiger.

Die ungewohnt düstere Atmosphäre kommt daher, dass immer noch sämtliche Rollläden heruntergelassen sind. Der abgetretene, alte Läufer mit den ausgefransten Rändern in der Diele dämpft meine Schritte.

Etwas streift mein rechtes Bein und miaut. Ein grau gestreifter Haustiger reibt sich an mir und sieht mich mit seinen gelben Augen an. Die Taschenlampe in meinen Fingern wirft ein zuckendes Licht auf den Boden.

»Wo ist dein Herrchen?«, frage ich die Katze und gehe weiter. Das Tier folgt mir auf leisen Tatzen. Zu meiner Linken führt eine Tür in die unaufgeräumte Küche. Da ist niemand, trotzdem werfe ich einen flüchtigen Blick hinein. Eine leere Katzenfutterdose steht auf dem Boden. Zwei Schalen, beide leer. In der Spüle steckt eine Bratpfanne, auf dem Tisch steht ein Teller mit Resten; Eier mit Speckstreifen. »So doll hungrig bist du dann wohl doch nicht?«

Wieder ein Miauen.

Ich laufe weiter.

Die Katze verschwindet in der Küche. Etwas klappert. Eine leere Konservendose, die über den Boden rollt.

Sie miaut erneut.

Der Raum rechts vor mir ist in ein flimmerndes Licht getaucht. *Der Fernseher muss noch an sein,* denke ich und erstarre. Auf dem Boden, am Türrahmen, schaut eine Hand hervor. Blutig, die Finger gespreizt.

Ich mache zwei große Schritte. Glas birst unter dem Absatz meines linken Schuhs.

Die klagenden Rufe der Katze werden zu einem entfernten Geräusch, als ein Bild vor meinem inneren Auge aufblitzt: Joshuas vor Panik verzerrtes Gesicht.

»Hallo, sind Sie verletzt?«, sage ich zu der blutigen Hand. Der restliche Körper verbirgt sich hinter der weiß lackierten Zarge. Noch mehr Scherben liegen auf dem Boden verteilt. Ein kaputter Bilderrahmen lehnt an der weiß gestrichenen Wand, in der unregelmäßig Dutzende schwarzer Einschusslöcher verstreut sind. Der Lehrer war ein passionierter Jäger, das weiß ich noch aus meiner Schulzeit. Auch der gewaltige Eberkopf, der mich von der Seite anstarrt, ist ein Beweis dafür, dass

Kraulitz seine spannenden Geschichten über die Hatz nicht alle erfunden hat.

Ich bewege mich seitwärts, die Pistole mit beiden Händen umklammert, spähe ich durch den Türrahmen. An einer Stelle ist das Holz geborsten. *Zwei Schüsse aus einer Doppelläufigen,* konstatiere ich.

Der unbekannte Tote liegt auf dem Bauch, sein Rücken ist zerfetzt. Ernst Kraulitz sitzt am Boden, den Rücken gegen den Sessel gelehnt. Selbst im Tod wirken seine versteinerten Gesichtszüge arrogant und auf eine skurrile Art selbstgefällig. Seine linke Wange hängt zerfetzt herunter. Die Stirn ist von drei langen Schnitten durchzogen. An einigen Stellen kann ich das Weiß des Schädelknochens ausmachen. Der tote Lehrer trägt ein Unterhemd, das sich dunkel gefärbt hat. Auch im Schritt seiner Jogginghose sehe ich einen schwarzen Fleck. Auf dem Boden Blutschlieren und angetrocknete, gallertartige Pfützen.

Der Fernseher erhellt den Raum nur spärlich. Das eingefrorene Bild zeigt ein Gesicht, das in die Linse starrt. Ich erkenne es wieder, trotz der Maske. Die Augen und die gespaltene Augenbraue gehören dem Toten, der mich mit gebrochenem Blick anstarrt. Neben ihm liegt das Jagdgewehr. Ich kann den schwachen, beißenden Schießpulvergeruch immer noch deutlich ausmachen.

Die Lautsprecher des Fernsehers beginnen zu brummen und geben einen kreischenden, kratzenden Ton von sich. Mein Handy vibriert in der Hosentasche. Ich gehe ran.

»Ciao, Bella«, meldet sich Francesco. »Wie geht es dir? Wo bist du?«

»Blendend, ich bin ein richtiger Glückspilz«, presse ich heraus.

»Lass das. Mit deinem Sarkasmus komme ich nicht zurecht. Du weißt ja, wenn du so weitermachst, wirst du irgendwann zum Zyniker, und mit solchen Leuten komme ich überhaupt nicht klar. Weil sie immer so negativ drauf sind. Was hast du?«

»*Wir* haben zwei weitere Leichen«, sage ich mit matter Stimme und stecke umständlich die Pistole weg. Ich gehe in die Hocke und lege zwei Finger auf die Pulsader des blonden Mannes. Sein lockiges Haar ist schulterlang. Ich muss die Strähnen zur Seite schieben.

»Leichen?«, gibt sich Francesco ungewohnt begriffsstutzig.

Ich brauche den Puls nicht. Die Haut unter meinen Fingern ist so kalt, dass ich leicht erschaudere.

»Zwei tote Männer«, kläre ich meinen Kollegen auf und stehe wieder auf. Ich skizziere in knappen Worten die Sachlage und ordere Verstärkung.

Francesco schweigt.

»Warum hast du mich angerufen?«

»Unter diesen Umständen muss ich die Besprechung wohl abblasen«, meint er lakonisch. Das gilt offenbar einem weiteren Kollegen. Er lacht auf. »Anne?«

»Ja?«

»Kennst du die Toten?«

»Den einen schon.«

Francesco deckt den Hörer mit der Hand ab. Wieder ein kurzer Lacher. »Jetzt müsstest du das Gesicht unseres Kriminaldirektors sehen«, sagt er leicht amüsiert und verabschiedet sich mit dem Versprechen, demnächst bei mir einzutreffen. »Und fass diesmal nichts an, Anne. Kannst du mir einen Gefallen tun?«

»Welchen?«

»Bitte ruf den alten Griesgram nicht an, bis ich da bin.«

»Noch leite *ich* die Kommission«, entgegne ich ruhig.

Francesco schnaubt verärgert, er hasst es wie die Pest, wenn ich nicht auf seine als freundliche Hinweise getarnten Bitten eingehe.

»Okay. Ich weiß ja, dass du eh nicht auf mich hören wirst. Aber warte zumindest so lange damit, bis ich da bin.«

Meine Unnachgiebigkeit hasst er noch mehr als den Gerichtsmediziner, darum beharrt er nicht wirklich darauf, dass ich seinem Wunsch Folge leiste. Am Ende gibt er, wie so oft, klein bei. »Sag mir einfach, wo du bist«, schnaubt er in den Hörer.

Ich diktiere ihm die Adresse und lege auf.

17

Ich stehe draußen und warte auf die Kollegen. Zum Verdruss meines Partners ist Leopold Stolz als Erster da. Er steigt aus dem Wagen, öffnet die Heckklappe und begrüßt mich mit einem flüchtigen Winken.

Er wirft einen Blick nach rechts, dann nach links, und überquert mit schnellen Schritten die schmale Straße. Dabei zieht er einen schwarzen Koffer hinter sich her, der einiges wiegen muss.

»Der Tag fängt ja wieder mal gut an«, sagt er lächelnd, als er bei mir ankommt. Wir reichen uns die Hand.

Die Müdigkeit in seinem Gesicht weicht einem Anflug von Mitleid. »Sie haben eins der Opfer persönlich gekannt?« Seine Stirn legt sich in Falten.

»Mehr oder weniger.« Ich ziehe meine Hand zurück. Er hebt kurz die Brauen.

»Kein Verwandter. Ich mochte den Mann nicht.«

Seine Züge entspannen sich etwas. »Wie darf ich das verstehen? Solche Aussagen klingen für mich wie ›ein bisschen schwanger‹.« Seine lockere Art zaubert mir ein flüchtiges Lächeln auf die Lippen. »Es handelt sich hoffentlich nicht um Ihren Frisör, denn die neue Farbe steht Ihnen wirklich gut. Ihre grünblauen Augen mit diesen feinen, gelben Pünktchen um die Pupille kommen dadurch besser zur Geltung.«

Zum ersten Mal seit Langem glühen meine Wangen. »Danke«, stottere ich wie ein kleines Mädchen und weiß nicht, wohin mit meinem Blick. »Aber nein. Kein Frisör, ein ehemaliger Lehrer.«

Er presst die Lippen aufeinander. Sie werden zu einem weißen Strich.

»Späte Rache?« Leopold Stolz legt den Kopf leicht schräg.

Meine Mundwinkel zucken. Ich schüttle unmerklich den Kopf.

»Sie haben da ein Haar. Hier.« Er tippt sich an die Brust. »Der Tote hat also eine Katze?«, merkt er an und sieht zur Tür. »Wollen wir?«

Ich trete einen Schritt zur Seite und zupfe das Katzenhaar vom schmalen Revers meines dunklen Jacketts.

Leopold Stolz geht als Erster rein. Ächzend wuchtet er den Koffer mit einer Hand über die drei Stufen.

»Beide Männer liegen im selben Raum. Die zweite Tür rechts«, sage ich und eile dem großgewachsenen Mann mit den breiten Schultern hinterher.

»Danke.« Der Pathologe lässt die Tür weit offen stehen.

Mein linker Schuh klappert auf den Knochensteinen. Auf den steinernen Stufen, die zur Haustür führen, wird das Geräusch lauter. Wie bei einem Steppschuh. Ich bleibe stehen, halte mich mit einer Hand an dem rostigen Geländer fest und hebe das Bein, sodass ich die Sohle in Augenschein nehmen kann. Ein rostiger Nagel steckt im leicht abgenutzten Profil meines Schuhs.

»Scheiße«, flüstere ich. Mit einiger Anstrengung ziehe ich das Ding heraus und überlege kurz, was ich damit anstellen soll.

»Wollen Sie nicht mit reinkommen?« Doktor Stolz beäugt mich skeptisch von oben.

»Ich bin da aus Versehen in etwas getreten: Beweisstück oder nur ein rostiger Nagel?«

Der Rechtsmediziner schenkt mir ein Zahnarztlächeln und einen Asservatenbeutel. »Könnte womöglich ein Beweismittel sein oder eben nur ein Nagel, das sollen die Kollegen entscheiden«, sagt er. Er trägt OP-Handschuhe und zieht sich einen Overall über. Ich bekomme einen Mundschutz und ein Haarnetz. »Wir wollen ja den Tatort nicht unnötig kontaminieren – das bekommt die Spusi allein hin.« Er zwinkert mir zu und geht hinein.

DAS ist sarkastisch, denke ich, stopfe die Asservatentüte in die Außentasche meines Jacketts und folge dem Mann ins dunkle Innere des Hauses.

Blaue Stroboskoplichter dringen durch die schmalen Ritzen der Rollläden und tanzen über die Wände. Sirenen übertönen das Brummen des Kühlschranks.

Der Rechtsmediziner lässt sich nicht aus der Ruhe bringen und tastet den Hals des blonden Mannes ab. Dabei summt er vor sich hin. Eine Melodie aus meiner Kindheit.

»Na, wunderbar«, sagt Francesco, dabei klingt er überhaupt nicht so, als würde er das, was er zu sehen bekommen hat, wunderbar finden. Wir beide stehen im Flur und beobachten Leopold Stolz bei seiner Arbeit.

»Er …« Der Doktor zeigt auf den Mathelehrer. »… hat auf ihn geschossen.« Sein Zeigefinger wandert zu dem toten Mann vor unseren Füßen. »Die Schmauchspuren an der Hand und der blaue Fleck an der rechten Schulter, der vom Rückstoß kommt, sind ein Beweis dafür.«

»Sehr aufschlussreich«, kontert Francesco bissig und betrachtet die Einschusslöcher in der Wand. »Und die stammen bestimmt von der Büchse.«

»Könnten wir uns vielleicht auf die Arbeit konzentrieren?«, sage ich. Mein Blick schweift über die schäbigen Möbel, die allesamt aus den guten alten Achtzigern stammen müssen. Francescos Hand klatscht auf den Lichtschalter.

Zwei von drei Lampen gehen an.

Doktor Stolz kneift die Augen zusammen.

»Mach's aus!«, zische ich. Meine Augen starren auf den Bildschirm. Francesco schnaubt. Wortlos knipst er das Licht wieder aus.

Der Rechtsmediziner hebt den Arm des Toten an und lässt ihn wieder los. Die Menschen im Fernseher setzen sich in Bewegung. Der Ton ist immer noch ausgeschaltet.

Zwei Kriminaltechniker drängen sich ins Haus und wollen uns wegschieben. Ich bleibe stehen. Bin drauf und dran, mir an den Hals zu fassen, besinne mich aber anders. Ich bekomme kaum Luft. Die Kehle fühlt sich an wie zugeschnürt. Was ich eben zu sehen bekomme, raubt mir den Verstand.

»Die beiden starben heute Nacht. Die Leichenstarre ist bei beiden immer noch vollständig ausgebildet.«

Die angenehme Stimme des Rechtsmediziners erzeugt in meinem Kopf keine Bilder. Ich betrachte mit großen Augen den hellen Bildschirm. Erneut wird das Licht angemacht. Zwei starke Hände schieben mich zur Seite. Ich starre wie gebannt auf das Gesicht eines kleinen Mädchens. Es steht direkt hinter dem jungen Ernst Kraulitz. Die Kleine trägt nur ein Höschen und weint. Die Fernbedienung steckt in der Hand des

Mannes, der auf der Türschwelle liegt. Im gelben Schein der 40-Watt-Lampen sehe ich statt eines zerschossenen Rückens eine einzige offene Fleischwunde.

»Das Gewehr lag auf der anderen Seite des Sessels«, sagt der Rechtsmediziner und winkt einen Mann von der Spurensicherung herbei. Eine rote Schleifspur bestätigt seine Vermutung. »Ich denke, der Mörder wurde von der Katze gestört. Er ist in den Flur gelaufen, um nachzusehen. Dabei wurde er hinterrücks von Kraulitz erschossen. Der Lehrer starb schließlich am Blutverlust.« All diese Informationen kommen bei mir nicht richtig an.

Ich taumle rückwärts. *Raus aus diesem Haus!* Hinter meinem Rücken drückt ein großer Kleiderschrank gegen meine Schulterblätter. Ich gehe einen Schritt zur Seite und blicke zur Haustür. Mein Körper funktioniert nicht richtig. Alles um mich herum ist neblig. Francescos Hand streift meine Schulter. Ich wische sie fahrig beiseite.

Die Synapsen in meinem Kopf senden falsche Signale. Meine Gedanken bleiben in den Hirnwindungen stecken, wie sperrige Gegenstände ecken sie überall an und verursachen noch mehr Schmerzen. Ich strauchle und renne fluchtartig nach draußen.

»Ist alles in Ordnung mit Ihnen?«, erkundigt sich eine Polizistin bei mir. Ich lasse sie einfach stehen. »Mein Lehrer war ein krankes Schwein. Ein pädophiles, krankes Schwein«, krächze ich. Mein Magen rebelliert. Ich muss an Maya denken. Hat er sie unsittlich berührt? Sämtliche Fasern meines Körpers versteifen sich.

»Anne!«, ruft Francesco. Gleich darauf holt er mich ein. Das Zittern lässt etwas nach.

»Hast du das auch gesehen?«

»Was?« Er kneift die Augen zusammen. »Tote Männer? Ich habe …«

»Ich will die Kassette haben!«

Er sieht mich an, als wäre ich komplett bekloppt und hebt verständnislos die Hände. »Sprich Klartext!«

»Ich will das Videomaterial. Dieses fette Schwein hat Kinder sexuell …« Der Rest des Satzes bleibt mir im Hals stecken. Ich stoße ein frustriertes Schnauben aus, weil ich noch nicht bereit bin, meinem Partner alles zu erzählen, was ich weiß. »Dieser Typ hat *Kinder* vergewaltigt! Er hat den Tod verdient.« Meine Augen füllen sich mit Tränen.

»So nicht, meine Liebe. Erstens entbehrt diese Unterstellung jeglicher Grundlage und zweitens müssen wir objektiv bleiben.«

»Ich habe ihn erkannt. Kraulitz. Er war auf dem Video. Davon bin ich überzeugt!«

»Okay. Wir schauen uns hier draußen um und du kühlst dein Gemüt etwas ab. Drinnen herrscht dicke Luft, und du hast einfach zu viel Blut gesehen.« Er hakt sich bei mir unter und führt mich zur Garage. »Solche Menschen verstecken ihre Kartons gern auf dem Dachboden oder auch in der Garage.« Er zieht seinen Arm aus meiner Armbeuge und schiebt das Tor hoch.

Dem ersten Schrecken folgt jähe Erleichterung, meine Gedanken klären sich wieder, bis ich voller Entsetzen begreife, was der Tod der beiden Männer zu bedeuten hat.

»Ein schöner Wagen!« Francesco wirft mir einen flüchtigen Blick zu und betritt die Garage.

Ein alter gelber Mercedes nimmt beinahe den kompletten Raum ein. Francesco rüttelt am Türgriff. »Abgeschlossen«, murmelt er und sieht sich stirnrunzelnd um. Er macht Anstalten, sich weiter nach vorn zu quetschen, zu einem weißen Hängeschrank, merkt aber, dass das nichts bringt und kehrt wieder um. Hinter seinem Rücken hängt ein grauer Kittel an einem Drahtbügel. Ein verbogener Metallstab, der aus der grauen Betonwand ragt, dient als Kleiderstange.

Francesco fädelt den Drahthaken von dem Metallbolzen. Mit ernster Miene schält er den Kittel vom Bügel, wirft ihn aufs Dach des Wagens und biegt den Draht auseinander.

»Na also«, freut sich mein Partner, als ich ein kurzes *Klack* vernehme. Er zieht erneut am Türgriff. Dieses Mal geht die Tür auf.

»Wonach suchst du?« Ich kann endlich wieder normal atmen.

Francesco zwängt sich an mir vorbei und öffnet den Kofferraum. Unbeirrt hebt er die Abdeckung an und wirft einen Blick hinein. »Kein Ersatzreifen«, konstatiert er und beugt sich weiter vor. Mit den Händen tastet er den Hohlraum ab. »Nichts.« Er klingt enttäuscht.

Ich begebe mich zur Fahrertür. Der Wagen wurde bis zuletzt gepflegt. Das Armaturenbrett ist frisch poliert. Die Ledersitze weisen keine Risse auf. Sogar der Schaltknüppel glänzt. Am Rückspiegel baumelt eine Duftzitrone. Meine Atemwege sind auf einmal blockiert. Ein kurzer Blick auf den Rücksitz. Bilder blitzen in meinem Kopf auf. Ich höre Kinderschreie, sehe wieder das Mädchen vor mir.

»Ich muss hier raus«, würge ich, schiebe mich benommen nach draußen und übergebe mich direkt in die grüne Hecke.

»Was ist denn los?« Francesco stützt mich.

Der Würgereflex pumpt alles aus meinem Magen. Ich schäme mich, kann aber nicht aufhören. Die Krämpfe in der Magengrube lassen einfach nicht nach. Immer wieder zieht sich mein gesamter Bauch spasmisch zusammen. Lange, durchsichtige Speichelfäden hängen aus meinem Mund. »Gib mir ein Taschentuch«, keuche ich und würge erneut. Außer einem hohlen Geräusch kommt nichts mehr heraus.

Francesco drückt mir ein Papiertaschentuch in die Hand und streichelt mir den Rücken. »Was hast du denn, Bella? *Was* hast du gesehen?«

Ich richte mich auf. In meinem Kopf spule ich die gestrige Unterhaltung mit Joshua noch einmal ab. »Ich habe bloß etwas Falsches gegessen«, sage ich. *In meinem Kopf wurde nur ein Schalter umgelegt,* füge ich in Gedanken hinzu. »Du musst etwas für mich erledigen.«

»Alles, was du willst. Du musst jetzt nicht darüber sprechen, wir können es später in Ruhe klären. Nur du und ich.« Sein Mitgefühl ist echt.

Wir laufen zum Haus zurück. Dort steht meine Tasche mit den Utensilien und dem Kolben mit der Blutprobe. Ich gebe sie Francesco. »Diese Probe muss im Labor abgegeben werden.«

»Wo hast du die her?«

»Erzähle ich dir später. Wir müssen erst mal so schnell wie möglich mit den Angehörigen der Opfer Kontakt aufnehmen und die Nachbarn befragen.«

Francesco dreht den schmalen Behälter unschlüssig zwischen seinen Fingern.

Mein Hals brennt immer noch wie die Hölle, aber mein Kopf ist wieder klarer. »Du warst doch letztes Jahr auf einem dieser Seminare über effizientere

Befragungsmethoden. Francesco, ich brauche dich jetzt mehr denn je.«

»Ich habe mehrere Lehrgänge absolviert. Eine kognitive Befragung kann nur dann von Nutzen sein, wenn Menschen bereit sind, mit mir zu kommunizieren. Der Sinn des Ganzen ist, einen Befragten dazu zu bringen, sich an alltägliche Dinge zu erinnern und nicht den kompletten Ablauf vom Anfang bis zum Ende durchzugehen. Das ist anstrengend und wenig erfolgversprechend.«

»Wer hat diese Seminare geleitet?«

»Professor Doktor Dick.«

»Mein ehemaliger Psychiater?«

»Ja. Was passiert mit dir, Anne? Das ist zwar dein erster großer Fall, aber ich erkenne dich kaum wieder. Was ist los?«

»Ich muss mit ihm sprechen.«

»Warum?« Er hebt die Augenbrauen.

»Ich muss mich unbedingt an etwas erinnern – an das, was er mir zu vergessen geholfen hat. Ich muss die Vergangenheit in den richtigen Kontext bringen. Der Geruch in dem Wagen, das Video, der Ring – all das hate früher eine Bedeutung für mich. Ich glaube das Mädchen in dem Video zu kennen.«

Wir schweigen uns eine Sekunde lang an.

»Er kann die Sequenz deiner Erinnerungen erhöhen, indem er dein Leben rückwärts ablaufen lässt. Aber das wird mit Sicherheit nicht schön.«

»Das ist mir egal.«

»Das Mädchen ist doch bestimmt schon längst erwachsen.«

»Das ist mir bewusst.« Ich drehe mich um.

»Hoffentlich lebt die Frau noch.« Francesco folgt meinem Blick.

Der erste Leichnam wird aus dem Haus getragen.

Leopold Stolz verlässt den Tatort und reicht mir zwei Formulare. »Die Totenscheine habe ich ausgefüllt, den Bericht schicke ich Ihnen per E-Mail«, sagt er, ohne Francesco anzuschauen. »Ist Ihnen nicht gut?« Der Mediziner senkt leicht den Kopf. Seine Augen huschen besorgt über mein Gesicht.

»Ist schon okay. Haben Sie etwas für uns?« Ich falte das Taschentuch zu einem kleinen Quadrat zusammen.

»Der Blonde hat Kratzer am Handrücken, die von einer ziemlich großen Katze stammen könnten. Sein Unterarm weist punktförmige Penetrationen auf.« Er tippt sich an den rechten oberen Eckzahn. »Wahrscheinlich von den Reißzähnen unseres Luchses. Wir warten erst die DNA-Analyse ab, aber ich bin mir ziemlich sicher, dass dieser Mann Ramis Dscheidun umgebracht hat.«

Ich lasse die beiden Männer allein und laufe zu den Leichenträgern. »Kann ich den Toten noch mal sehen?«

»Wenn's sein muss«, knurrt einer der beiden und zieht den Reißverschluss auf.

Ich darf jetzt keine Schwäche mehr zeigen. Obwohl meine Knie butterweich werden, bewahre ich Haltung.

»Patrice«, flüstere ich. Meine Haut prickelt. Millionen von unsichtbaren Ameisen krabbeln auf mir herum und kriechen unter meine Haut.

»Was?« Francesco steht schon wieder bei mir. »Du kennst den Mann?«

Dieser Fall nimmt eine Dimension an, der ich nicht gewachsen bin.

»Du musst herausfinden, wer in letzter Zeit bei diesem Haus ...« Ich zeige mit dem Daumen zur Tür. »... und auf dem Dscheidun-Anwesen gesehen wurde.«

»Aber haben wir denn den Fall nicht schon gelöst? Der Griesgram hat doch gesagt, dass dieser Mann der Mörder sein muss. Warten wir doch erst mal die Ergebnisse ab und hoffen, dass sich die Blondlocke nicht geirrt hat.«

»Und wenn doch? Ich will das Video haben.«

Mein aufgebrachter Partner steht einfach nur da und sieht mich vorwurfsvoll an. »Du kannst es einfach nicht, was?«

»Was meinst du?«

Der Reißverschluss surrt wieder nach oben. Das bleiche Gesicht des Toten verschwindet. Die Männer schieben die Bahre zu einem Leichentransporter.

Francesco hebt den Finger und zeigt an mir vorbei Richtung Garage. »Dich öffnen. Ich bin dein Partner und trotzdem verschließt du dich wie eine Auster und lässt mich nicht in dich hineinschauen. Ich will dir doch nur helfen.«

»Ich will mich zuerst mit meinem ehemaligen Psychiater unterhalten. Vielleicht erzähle ich dir danach von meiner Kindheit.«

Seine akkurat gezupften Augenbrauen rutschen einen Millimeter nach oben. In seinen dunklen Augen leuchtet ein alarmierendes Funkeln auf. »*Darum* hasst du Zitronentee und alles Zitronige. Der Duft im Wagen hat dich ...« Unvermittelt weiten sich seine Augen und er hält inne. »Wir haben zwei Opfer und einen toten Mörder. Die Mordfälle tragen nicht unbedingt die Handschrift desselben Täters, weil er womöglich bei seiner letzten Tat gestört wurde. Und da kommst du ins Spiel.«

»Was?«

»Um Rückschlüsse auf den genauen Tatablauf und den Mörder zu ziehen, haben wir zu wenig Informationen. Wir haben nur Indizien und keine Beweise, aber du weißt mehr, als du zugeben willst«, spinnt er seinen Gedanken weiter.

Mein Partner hat recht, wir Menschen gehen immer den Weg des geringsten Widerstandes, weil wir bequem sind. »Ich werde dir alles erzählen, versprochen. Als Nächstes solltest du jedoch die Datenbank des BKA durchsuchen. Ich möchte alles über diesen Mann herausfinden. Er heißt Patrice Wurzel, ist eins-neunzig groß, wiegt ungefähr neunzig Kilo und ist vierzig Jahre alt.«

Francescos Augen werden groß. Ich tippe auf die Dokumente in meiner Hand. »Steht alles im Totenschein. Hatte wohl seinen Ausweis dabei. Leopold Stolz ist nicht nur ein guter Rechtsmediziner, er hätte auch einen guten Kriminalbeamten abgegeben. Ach ja.« Mir fällt noch etwas ein. Ich fische die Tüte mit dem Nagel heraus und drücke sie Francesco in die freie rechte Hand. »Könnte er die Zahlen damit eingeritzt haben?«

Stirnrunzeln.

Ich bewege den Finger durch die Luft und ziehe die Konturen einer Eins nach. Francescos Augen folgen meiner Fingerspitze. »Du meinst, mit diesem Ding hat er sein erstes Opfer markiert?

»Besorg mir das Video.« Ich drücke ihm die Totenscheine an die Brust und laufe mit schnellen Schritten zu meinem Wagen zurück, als mir noch etwas

Wichtiges einfällt. Mit dem Türgriff in der Hand drehe ich mich um. Francesco hält sich das Telefon ans Ohr. Als er meinen Blick bemerkt, beendet er das Gespräch. Er nimmt mich in Augenschein, die Hände in die Hüften gestemmt.

»Jemand soll einen Tierarzt benachrichtigen. Die Katze soll in gute Hände …«

»Schon geschehen«, fällt mir Francesco ins Wort und wedelt mit seinem Smartphone. »Wir sehen uns später im Büro.«

Ich steige ein und fahre zu Joshua, weil ich ihn zur Rede stellen will. Er hat mir nicht die ganze Wahrheit erzählt und das fuchst mich ungemein.

18

Bürogebäude

Berlin

Ich tippe ungeduldig mit dem Fuß auf die weiß glänzenden Bodenplatten des Aufzugs, der mich zu meinem Noch-Lebensgefährten bringt. Die roten Zahlen steigen immer weiter. Joshua hat sich in den letzten Jahren hochgearbeitet, und zwar im wahrsten Sinne des Wortes.

47
48
49
50

Ich spüre, wie der Lift langsam zum Stehen kommt. Ein sanftes Abbremsen. Es macht *Pling*. Die Türen gleiten geräuschlos auf. Ich werfe einen letzten prüfenden Blick in den Spiegel. Nach außen hin wirke ich gefasst, aber in mir brodelt es wie in einem Vulkan kurz vor der Eruption. Trotzdem bewahre ich ein souveränes Auftreten, selbst als ich von zwei Security-Mitarbeitern von Kopf bis Fuß gescannt werde.

»Darf ich?« Ich warte, bis mich die beiden aus der verspiegelten Kabine aussteigen lassen.

Die Männer tragen nicht wirklich teure Anzüge, beide lächeln und treten beiseite. Ich kann ihre Blicke in meinem Nacken und später auf meinem Po spüren. Sie schauen mir lange hinterher.

»Guten Tag«, werde ich von einer jungen Dame in Empfang genommen, die mich freundlich anschaut. Sie steht sogar auf. Bis auf einen Bildschirm und einen Hochglanzkatalog ist ihr Tisch leer. Der kleine Raum wird von hohen Fenstern mit Licht durchflutet. Die Luft ist von ätherischen Ölen geschwängert. Die Skyline ist trotz der Höhe nicht wirklich atemberaubend. Der Nebel hat die Stadt eingehüllt. Nur hier und da ragen Hochhäuser aus der gigantischen Dunstwolke wie die fauligen Zähne eines Riesen.

»Haben Sie einen Termin?«, erkundigt sie sich mit einem Lächeln. Sie klimpert mit ihren falschen Wimpern und bewegt sanft den Kopf zur Seite. Ihr glänzendes pechschwarzes Haar glänzt legt sich in sanften Wellen über ihre Schultern. Mein Lebensgefährte hat sie bestimmt nicht nach ihrem IQ ausgesucht. Hier hatten andere Kriterien Vorrang. Zum Beispiel der Busen, der den Ausschnitt der gelben Bluse für Männer zu einer Augenweide macht.

»Ich möchte zu Joshua Marks.« Das Lächeln auf den Schlauchbootlippen gefriert.

»Aber er hat ein wichtiges Meeting«, stammelt sie, ihr Mund zuckt nervös. »Ich kann Sie anmelden. Ein schöner Tag heute, nicht wahr?« Sie macht Konversation.

»Ich bin seine Frau.«

Die rot lackierten Fingernägel, für die man einen Waffenschein braucht, funkeln im Licht. Sie sucht nach weiteren Argumenten und zupft an ihrer Bluse. Der feine Stoff rutscht die ganze Zeit nach oben, weil sie aufgeregt ist und tief Luft holen will.

Ich beschließe, endgültig einen Schlussstrich zu ziehen. »Sie haben einen schönen Busen, auch ohne BH.« Über meine Lippen huscht ein kaltes Lächeln. Ich laufe auf die Tür mit dem Metallschild zu, auf dem der Name meines Partners eingraviert ist.

»Bitte!« Das dunkelhaarige Püppchen startet einen neuen Versuch und stakst um den Tisch herum, doch ich bin schneller. Mich treibt der Zorn an.

»Bleiben Sie lieber, wo Sie sind!« Ein Blick, und das Sinnbild der Traumfrau jedes schwanzgesteuerten Mannes erstarrt zur Salzsäule. Nur ihre Wimpern flattern immer noch wie die Flügel eines Kolibris.

Meine Hand dreht den Türknauf. Ich sehe immer noch die Empfangsdame an. Die Knöpfe an ihrer Bluse haben mächtig zu kämpfen.

»Klopfen Sie wenigstens an?« Sie lächelt, doch die Fröhlichkeit erreicht ihre Augen nicht. Zu viel Botox.

Ich ziehe an der Tür. Höre Stimmen. Mein Mann und eine Frau führen eine aufgeregte Unterhaltung, von der Leidenschaft zweier Verliebter fehlt jedoch jede Spur. Sie streiten.

»Nein. Das war ein Fehler.«

»Bitte, Joschi, lass mich doch wenigstens was klarstellen.«

»Nein!«, schneidet Joshua der Frau das Wort ab. Ich beobachte die Szene durch den schmalen Spalt, ohne viel von den beiden zu sehen. In dem großen Raum hallen die Stimmen nach. Die Fensterfront reflektiert zwei Silhouetten. Die Tusse hinter mir gibt keinen Ton von sich. Bewegt sich auch nicht.

»Aber sie ist ein *Freak!*«

Meint die etwa mich? Das platinblonde Flittchen im roten Kleid steht mit dem Rücken zu mir.

»Sie ist *kein* Freak«, erwidert Joshua und taucht in meinem Blickfeld auf. Er nimmt die Frau in den Arm. »Lass es einfach gut sein, Mandy. Ich liebe sie. Wir hätten uns nicht treffen sollen. Ich bin wirklich froh, dass ich nichts angestellt habe, was ich später bereut hätte.«

»Bekomme ich wenigsten einen Kuss?«

Er schiebt sie weg. Mein Herz bleibt stehen, ich warte auf den entscheidenden Moment und pumpe Luft in meine Lunge, damit ich ihn so richtig anschreien kann, sobald er ihr die Zunge in den Rachen schiebt.

Doch zu meiner Überraschung schüttelt er nur müde den Kopf. »Nein.« Er lächelt versöhnlich und dreht sich zum Fenster.

»*Bitte.* Einen letzten Kuss.« Ihre Hände wandern nach oben und wischen die schmalen Träger von den Schultern. Das Kleid rutscht langsam nach unten.

Joshua fährt herum. Wie auf Knopfdruck verfinstern sich seine Züge. »*Raus hier!*«, brüllt er sie mit gebleckten Zähnen an.

In diesem Moment lässt die schwarzhaarige Dame hinter mir etwas zu Boden fallen. Ich ziehe die Tür ganz auf und bedenke die beiden mit einem traurigen Blick.

Mandy zieht hektisch an den Trägern und bedeckt ihre nackten Silikonbrüste schließlich mit den Händen.

»Es … es … ist nicht so, wie du denkst«, stammelt Joshua. Sein dunkler Dreiteiler steht in krassem Kontrast zu seinem knallroten Gesicht, das nun greller leuchtet als Mandys Kleid.

»Tut mir leid, Herr Marks, aber Ihre Frau ließ sich nicht aufhalten.«

»Ist gut, Sandy.« Joshua hebt beschwichtigend die Hand. Über das Porzellangesicht huscht ein halbherziges Lächeln.

»Suchst *du* die Namen für die Damen aus?«, fahre ich meinen Lebensgefährten an, während Mandy eilig an mir vorbeiflitzt. Die Tür fällt leise hinter ihr ins Schloss.

Die darauffolgende Stille ist unerträglich.

»Es tut mir leid.« Er sieht mich nicht direkt an.

Ich lasse mir Zeit und schaue auf die Stadt hinaus. Hier und da verflüchtigt sich der Nebel allmählich. Ich kann einzelne Autos ausmachen. Die roten Bremslichter blinken oder leuchten längere Zeit und verschwinden wieder im Nichts. »Sandy, Mandy und wer noch? *Candy?*«

Joshua starrt auf den Boden.

In unserer Beziehung hat es oft längere Momente des Schweigens gegeben. Manchmal saßen wir beide einfach nur da und lauschten der Stille. Jeder hing mit einem Glas Wein in der Hand seinen Gedanken nach und ließ die Seele baumeln. Das war für mich stets ein Zeichen dafür, dass wir uns gut verstanden, aber jetzt ist die Stille erdrückend.

»Du hast mich nicht nur einmal angelogen«, sage ich, ohne den Blick von dem Fenster abzuwenden, das die komplette linke Wand einnimmt.

»Ich weiß. Nach allem, was ich dir in letzter Zeit angetan habe, kann ich nur schwerlich von dir verlangen, dass du mir wieder vertraust.«

Ich schließe die Lider, um die heißen Tränen der Wut einzudämmen.

»Wo warst du gestern Abend?« Ich drehe mich zur Seite. Sehe ihm in die Augen.

Ein betrübter Ausdruck tritt auf sein Antlitz, das jetzt nicht mehr rot, sondern kalkweiß ist. Er zerrt an seiner Krawatte und lockert den Knoten. Sie hängt nun schief um seinen Hals. »Ich war ein Feigling. Das bin ich immer noch. Ich liebe dich wirklich, aber du bist eine sehr starke Persönlichkeit. Oft weiß ich nicht, ob ich dir gewachsen bin.«

»Und darum umgibst du dich mit Frauen, deren Köpfe mit Lachgas gefüllt sind?«

Er fährt mit der Hand über sein Gesicht und zieht es in die Länge. »Ich werde jede deiner Entscheidungen akzeptieren. Maya hat gesagt, dass sie lieber bei dir wohnen möchte, falls wir uns trennen sollten. Weil du *cool* bist.«

Diese Offenbarung reißt mir den Boden unter den Füßen weg. Wir schweigen uns angespannt an.

»Willst du das denn?«, will ich wissen, sobald ich imstande bin, diese Frage zu stellen. Meine Stimme versagt beinahe.

Er schüttelt nur niedergeschlagen den Kopf. Schließlich wagt er einen Schritt auf mich zu. Sein weißer Kragen steht an einer Seite ab. »Der Kerl wird weitermorden, bis du ihm das Handwerk gelegt hast, und so lange werden Maya und ich auf dich verzichten müssen«, prophezeit er mit der monotonen, ruhigen Stimme, die mir so gut gefällt.

»Wo warst du gestern Nacht wirklich?« An seinem Kragen erkenne ich roten Lippenstift. Ein verschmierter Lippenabdruck. Hat Mandy ihn doch geküsst?

»Du hast mal gesagt, dass ein Mörder stets suizidgefährdet ist. Er ist psychisch labil und zerstört damit nicht nur sich selbst, sondern auch sein Umfeld. *Dein* Killer zerstört unbewusst auch unsere Familie.«

»Wir wissen noch nicht, ob es ein Mann oder eine Frau ist«, lüge ich.

»Ich dachte, Frauen werden nicht zu Serienmördern, weil sie emotional viel stärker sind als wir Männer?«

»Worauf willst du hinaus?«

»Du lässt mich nie an dich ran. Ich meine ...« Er ringt nach Worten. Sein Blick wandert nach oben. »... du bist immer so ... introvertiert. Wir reden nie über Dinge, die dich beschäftigen. Du hast bisher nie von deiner Kindheit erzählt.«

»Ich kann das nicht.«

»Jeder von uns braucht einen Ort, wo er sich verstecken oder an den er sich zurückziehen kann. Meistens ist es das eigene Haus, die Familie. Jeder hat so seine Geheimnisse. Aber oft weiß ich nicht, wer du wirklich bist.« Er streckt die Hände nach mir aus und macht einen weiteren Schritt auf mich zu. Ich weiche zurück. Der Glastisch steht zwischen uns. Ich sehe Handabdrücke darauf. Große und kleine.

»Wo warst du gestern wirklich?« Meine Stimme zittert.

Joshuas Hände klammern sich haltsuchend um die Stuhllehne.

»Entweder wir reden Tacheles, oder ich gehe, und zwar für immer! Hast du mich verstanden? Ich werde Maya bei mir wohnen lassen – das Kind kann ja nichts dafür, dass sein Vater auf diesem Tisch hier andere Frauen vögelt.« Ich zeige auf die fettigen Flecken.

Joshuas Blick folgt meinem ausgestreckten Finger. »Das hier ist ein Konferenzraum, hier wird nicht gevögelt. Schau dich doch um. Alles videoüberwacht. Du siehst in allem nur das Schlechte. Vielleicht hätte ich es doch tun sollen?«

Ich will etwas sagen, doch Joshua lässt mich nicht.

»Ich war gestern bei diesem Lehrer!« Jetzt schreit auch er.

»Und der Fleck an deinem Kragen?« Ich *muss* ihn das fragen. Die Eifersucht zehrt an mir und bringt meinen Verstand durcheinander. Ich misstraue ihm. Diesem Gefühl des Alleingelassenseins kann ich nicht Paroli bieten.

»Sie wollte mich küssen und wahrscheinlich auch ficken.« Er breitet die Arme aus und rauft sich hilflos die Haare. »Aber ich habe es nicht zugelassen. Vielleicht war auch das ein Fehler, ich weiß es nicht.«

»Woher stammt die Delle in deinem Wagen? Weißt du, dass Kraulitz tot ist? Hast du etwas damit zu tun?«

Er schließt die Augen und schleudert den Stuhl zur Seite.

Ich atme tief in den Bauch und zähle bis zehn. Um nicht aus der Haut zu fahren, muss ich meine gesamte Beherrschung aufbieten und weiterzählen.

… Zweiunddreißig …

Dreiunddreißig …

»Ich stand vor seiner Tür«, unterbricht Joshua mein meditatives Zählen. »Ich wollte ihn zur Rede stellen. *Einmal* wollte ich so sein wie du. Es war noch nicht wirklich dunkel, trotzdem waren sämtliche Rollläden zu. Ich sah Licht in den Ritzen. Das kam mir spanisch vor. Aber die alten Leute sind nun mal so. Mein Vater ist da nicht viel anders. Ich habe geklingelt und gewartet.« Sein Blick geht an mir vorbei. Er stellt den Stuhl wieder auf seinen Platz, ohne sich daraufzusetzen.

Nach einem Augenblick des Schweigens bewegt er langsam den Kopf in meine Richtung. »Ich glaubte, durch die geschlossene Tür eine Stimme zu vernehmen, eher ein Stöhnen. Ich habe gewartet. Dann knallte es – zweimal. Wie Gewehrschüsse. *PAMM, PAMM!*« Er klatscht zweimal in die Hände.

»Unter der Tür sah ich etwas aufblitzen.« In seinen Augen liegt die schreckliche Erkenntnis, dass er mir etwas Wichtiges verschwiegen hat. »Es tut mir leid. Wer hätte das denn ahnen können?«

»Du bist einfach abgehauen.«

»Ich weiß, ich bin ein Feigling.«

»Du hättest es mir sagen müssen.«

»Ihr beide habt aber schon geschlafen.«

»Wo warst du in der Zeit dazwischen?«

»Ich habe auf dem Rückweg einen Hund überfahren. Mir grauste bei dem Gedanken, ein unschuldiges Lebewesen getötet zu haben. Er war aber gar nicht tot und lief weg. Ich habe nach ihm gesucht und ihn zum Tierarzt gebracht. Er wird wieder gesund, hat mir der Arzt versichert. Ich habe die Rechnung bezahlt und meine Adresse hinterlassen. Daher das Blut und diese verdammte Beule im Wagen.«

»Du bist ein Dummkopf«, sage ich mit kratziger Stimme. Ich habe Mühe zu schlucken, mein Kehlkopf fühlt sich an, als wäre er entzündet.

»Mir bedeutet das Zusammensein mit dir mehr als ein schneller Fick. Ich bin bereit, die Verantwortung zu übernehmen und werde dich auch zu nichts drängen. Wir müssen nicht verheiratet sein, damit unsere Beziehung ›perfekt‹ ist. Wir können auch so glücklich sein.«

Joshua steht plötzlich vor mir. Ich weiß nicht, wie mir geschieht. Er umfängt mich mit seinen starken Armen und drückt mich eng an seine Brust. Ich wehre mich nicht. Seine Nähe tut mir gut. Ich lausche seinem Herzen und schließe kurz die Augen.

»Ich werde meinen ehemaligen Psychiater wieder aufsuchen«, murmle ich.

»Soll ich dich begleiten?«

»Nein. Aber ich verspreche dir, dir etwas über mich zu erzählen.« Diese Vorstellung schmerzt wie ein weher Zahn.

»Was ist gestern wirklich geschehen und warum ist Herr Kraulitz jetzt tot?« Er schiebt mich mit sanfter Bestimmtheit von sich. Die Wärme in meiner Brust weicht einer kühlen Leere.

»Die Ermittlungen laufen noch. Ich darf leider keine Informationen preisgeben.«

Er nickt verständnisvoll.

»Wir werden deine Fingerabdrücke benötigen, Joshua, und du wirst eine Aussage machen müssen. Alles wird protokolliert und dem Staatsanwalt vorgelegt.«

»Werde ich etwa verdächtigt?« Seine Stimme schraubt sich zu einem panischen Ton hoch. Ihm bleibt der Mund offen stehen.

»Wenn das, was du mir erzählt hast, der Wahrheit entspricht, wirst du lediglich als Zeuge vorgeladen.«

»Und *wer* wird mich vernehmen?«

»Nicht vernehmen, *anhören*. Ich denke, Francesco. Und bitte interpretier nichts hinein. Vermutungen oder Theorien schaden dir mehr, als sie helfen. Bleib einfach bei den Tatsachen.«

Mein Handy klingelt.

Joshua nickt. »Diesen Fleck habe ich übrigens von meiner Mutter. Sie hat doch heute Geburtstag. Kannst sie ja anrufen. Sie wollte ihn gleich auswaschen. Als ich ihr Angebot ausgeschlagen habe, bot sie mir an, ein neues Hemd zu kaufen. Hier.« Er greift in die Gesäßtasche und fischt einen Zwanzigeuroschein heraus. »Für ein neues Hemd.« Er wedelt damit.

Wir müssen beide lachen.

Das Telefon verstummt.

»Wann hast du eigentlich das letzte Mal *deine* Mutter besucht, Anne?«

Die heitere Stimmung trübt sich wieder.

»Sie erkennt mich kaum wieder. Ihr Zustand hat sich nach dem letzten Entzug weiter verschlechtert.«

»Aber sie ist deine *Mutter,* Anne, sie hat dich zur Welt gebracht.«

Ich weiß, dass ich jede Lüge akzeptiert hätte, ohne sie zu hinterfragen. Hätte mir jemand irgendeine Geschichte aufgetischt, hätte ich sie nur zu gern geglaubt. Ich hätte mich damit zufriedengegeben, dass meine Mutter an Krebs gestorben oder während der komplizierten Geburt verblutet sei.

»Sie hat mich nie gewollt«, flüstere ich geistesabwesend.

»Das kannst du so nicht sagen.«

Ich lache freudlos auf. »Als ob du da mitreden könntest. *Deine* Mutter ist normal.«

»Ach, wirklich?« Er leckt sich über die Lippen, wägt ab, was er als Nächstes sagen soll. Sein Gesicht spiegelt den Aufruhr seiner Gefühle wider. Er sortiert die Worte in seinem Kopf. Mit dem rechten Zeigefinger knibbelt er an einem Hautfetzen, der von seinem linken

Daumennagel absteht. Sekunden vergehen. Ich höre meinem Herzschlag zu.

»Ich habe dir versprochen, ab heute ehrlich zu dir zu sein.«

Was kommt jetzt? Will ich das überhaupt wissen? Ich lege fragend die Stirn in Falten und schließe kurz die Augen. »Sag bloß, deine Mutter hat dich adoptiert! Und du hast nichts davon gewusst?« Mein Lachen klingt gekünstelt.

Joshua lacht nicht mit.

Ich stocke, weil mir auf einmal siedend heiß bewusst wird, was ich angerichtet habe.

»Hast *du* es gewusst?«

»Nein … nur … vermutet. Du und dein Vater ähnelt euch überhaupt nicht. Und es gibt keine Fotos von dir als Baby. Darum wolltest du immer, dass ich dir welche von mir zeige.«

»Mein Vater hat es erst vor Kurzem rausbekommen und sich deswegen scheiden lassen. Meine Mutter hat sich angeblich künstlich befruchten lassen. Zwei Jahre nach meiner Geburt wurde ich von fremden Leuten in Pflege genommen, weil meine Mutter nicht die Mittel hatte, mich durchzufüttern. So lautet jedenfalls ihre Version.«

»Wann hat dich denn deine Mutter in das Geheimnis eingeweiht?«

»Heute.«

»*An ihrem Geburtstag?* Woher kommt denn diese plötzliche Einsicht? Hat sie auf einmal ein schlechtes Gewissen oder gibt es einen triftigeren Grund dafür?« Ich begreife zu spät, was die Frage impliziert und möchte mich am liebsten ohrfeigen.

Mein Telefon klingelt.

»Geh ruhig ran. Ich muss auch arbeiten. Ich bringe dich noch runter.« Meine Frage bleibt unbeantwortet. Das Klingeln hört auf.

»Nicht nötig«, erwidere ich. »Es tut mir leid. Wir sollten zu Hause darüber reden. Ich möchte nicht, dass wir belauscht werden.« Mein Blick ist auf eine der Kameras gerichtet.

»Bis heute Abend. Wir haben noch viel vor uns, wenn wir alles aufarbeiten müssen, was wir in den letzten drei Jahren versäumt haben.« Ich lasse mir einen Kuss auf die Wange drücken und nehme mir vor, später seine Mutter anzurufen.

Joshua hält mir die Tür auf und berührt sanft meine Schulter. »Diese Haarfarbe steht dir ausgezeichnet«, haucht er mir ins Ohr.

Ich blicke mich nicht um und reagiere auch mit keiner Regung auf sein Kompliment. Er sammelt wieder Punkte, von einer Auszeit keine Rede mehr, hat er es sich anders überlegt? Und ich bin wieder mal in jedes denkbare Fettnäpfchen getreten. Wir sind schon ein tolles Paar.

Sandy sitzt an dem wuchtigen Tisch, schaut zu mir auf und lächelt dümmlich.

»Auf Wiedersehen, Sandy.« *Und sabbere nicht meinen Mann an.*

»Tschüüüß«, zieht sie das Wort in die Länge, wackelt mit den Fingern und blättert geräuschvoll in einem Ordner, der mehr wiegen muss als sie selbst.

Heb dir bloß keinen Bruch, denke ich boshaft.

»Frau Marks?« Ihre säuselnde Stimme zwingt mich, stehen zu bleiben.

»Ja?« Ich habe keine Zeit, sie darauf hinzuweisen, dass Joshua und ich nicht verheiratet sind.

»Sie sind trotz Ihres Alters so schlank geblieben. Haben Sie ein Geheimrezept?«

Du blöde Schnepfe, denke ich und schlucke das fragwürdige Kompliment mit einem verzerrten Lächeln hinunter. Nur schwer kann ich der verlockenden Vorstellung widerstehen, sie auf der Stelle zu erschießen.

»Jeden Morgen trinke ich gleich nach dem Aufstehen ein Glas Rapsöl, damit das Essen besser durchflutschen kann. Man kann sich aber auch die Zunge am Gaumen festnähen lassen.«

Erschrocken schlägt sie die Hand vor den Mund.

Mein Handy klingelt erneut. Ich drehe Sandy den Rücken zu und laufe zu den Aufzügen. Diesmal gehe ich ran. Ein Videoanruf. Ich bleibe vor den geschlossenen Aufzugtüren stehen und entscheide mich, lieber das Treppenhaus zu benutzen. Dort ist die Luft frischer.

»Ciao, Bella«, meldet sich Francesco.

»Hallo, Süßer«, spiele ich sein Spielchen mit, lehne mich an das blau lackierte Geländer und lausche.

»Hörst du das auch?« Er dreht das Telefon so, dass ich unseren Oberhauptkommissar hinter einer gläsernen Tür sitzen sehe. Sein Bauch drückt gegen die Tischkante, das Gesicht ist puterrot angelaufen.

Unser Chef tupft sich die Hängebacken mit einem Stofftaschentuch ab. Seine Schimpftiraden haben ihn sichtlich außer Puste gebracht.

»Worum geht es eigentlich?«, flüstere ich.

Francescos Gesicht taucht kurz auf dem Bildschirm auf. Er sieht amüsiert aus. »Gleich geht's weiter«, nutzt er die Atempause und richtet die Kamera wieder auf unseren beleibten Vorgesetzten.

»Ich bin für heute fertig. Und wo ist eigentlich diese Glass?« Er lässt seine Faust auf die Tischplatte krachen. »Alle raus hier, lasst mich allein. Macht euch an die Arbeit!«

»Schade«, meldet sich mein Partner zurück und versteckt sich hinter der Tür zu unserem Büro. »Er hat nach Beweisen verlangt. Und dann wollte er sich unbedingt das Video anschauen. Konnte ja keiner wissen, dass die Fernbedienung nicht mehr so funktioniert wie vor zwanzig Jahren. Angeblich haben wir alle den Arsch offen und er macht sich Sorgen um unsere psychische Verfassung. Und *du* bist die mit den meisten Macken. Überdies wäre bei dir ein Besuch bei einem Psychiater längst überfällig, kein Witz. Er will es durchziehen. Das Video ist echt hart. Der arme Techniker hat das meiste abbekommen.«

»Welches Video?« Ich kenne die Antwort, will aber auf Nummer sicher gehen.

»Das, das du auch sehen willst. Ich bezweifle, dass du es besser verkraftest als unser Boss.«

Die Freude über den schnellen Abschluss des Falles weicht einem flauen Gefühl, das sich in meinem Bauch ausbreitet.

»Dieser Kraulitz war ein richtig perverses Schwein.« Francesco reibt sich die Stirn.

»Nein, das geht nun wirklich nicht, Herr Buchmüller! Ich habe mich extra hierherbemüht und Sie verlangen, dass ich wieder gehe?«, empört sich eine Männerstimme.

Francesco wirft wieder einen verstohlenen Blick in den Korridor.

»Ich werde in Ihrem Beisein kein Wort über die laufenden Ermittlungen verlieren«, lehnt der Herr

Oberhauptkommissar kurz angebunden die Bitte des Mannes ab, den ich nicht sehen kann.

»Unser Boss erteilt heute jedem eine Abfuhr, sogar dem Staatsrat«, murmelt Francesco.

»Kommissar Zucchero?«, meldet sich im Hintergrund eine Frau zu Wort.

»Warte kurz«, sagt Francesco und steckt das Handy in seine Brusttasche.

»Hier sind die Ergebnisse der Blutprobe, die Sie bei uns abgegeben haben«, höre ich die Frau wie aus einer anderen Realität. »Das Blut stammt von einem Tier. Höchstwahrscheinlich von einem Hund.«

Mir fällt ein riesiger Stein vom Herzen. Eine prickelnde Wärme legt sich über die innere Leere und beschleunigt meinen Herzschlag.

»Danke, Süße«, gibt sich Francesco galant wie immer und holt mich aus der Finsternis wieder ins Licht. »Hast du etwa einen Hund totgefahren?«

»Nein.« Ich sehe nur seine Nase.

»Geht es dir wieder gut, Süße?«

»Ja. Ich möchte mich noch einmal bei Ramis Dscheidun umsehen. Willst du mich begleiten?«

»Von mir aus. Wir haben hier auch noch einen Ausdruck von der Abteilung für forensische Handschriftenuntersuchung auf dem Tisch liegen.«

»Wie bitte?« Ich runzle die Stirn und kaue nachdenklich auf der Unterlippe.

»Der Ring mit dem Schriftzug«, hilft mir Francesco auf die Sprünge. Er sieht mich ernst an. »Finger im Po, Mexiko, na, klingelt's?«

Ein bitterer Geschmack legt sich auf meine Zunge. »Halt, Francesco, stopp, ist schon gut. Ich weiß es wieder«, gebiete ich ihm Einhalt. »Aber warum die grafologische Abteilung?«

»Weil der Schriftzug freihändig in den Ring eingraviert wurde.« Er spricht mit mir wie mit einem begriffsstutzigen Kind. »Denselben Ring haben die Kollegen auch bei Kraulitz gefunden. Lag unter dem Sessel.« Ich höre Francescos Schritte. Er steht vor einem Tisch. Papier raschelt.

»Und? Was hat die Untersuchung ergeben?«, höre ich mich fragen. Er lässt sich Zeit.

»Keine Ahnung. Hier steht nur, dass die Buchstaben dieselbe Handschrift aufweisen. Die beiden Ringe sind Handarbeit und stammen vom gleichen Goldschmied.«

»Konnte die Schrift entziffert werden?«, dränge ich ungeduldig, um den wichtigsten Teil der Untersuchungsergebnisse zu erfahren.

»*S-i-m-u-l u-s-qu-e*«, buchstabiert er. Wieder raschelt Papier. Er legt das Handy auf den Tisch. Ich sehe ihn von unten. Seine Nasenflügel blähen sich. »Auf dem zweiten Blatt steht auch noch was.« Er zieht die Augenbrauen zusammen. Seine Nase kräuselt sich. »Müssen die auch alles so klein schreiben!«, empört er sich und hebt das Blatt ganz dicht an die Augen. »*Simul usque ad mortem.* Was soll das bedeuten?«

»Das ist Latein, da kommt es auf den Kontext an. ›Zusammen bis in den Tod‹ oder so ähnlich. Jedenfalls geht es um den Tod und eine Gemeinschaft.«

»Haben wir es etwa mit einer Sekte zu tun? War unser Mörder ein Aussteiger? Oder ein Opfer – vielleicht sogar eins der Kinder aus dem Video?«

»Möglich.«

Francesco legt den Bericht weg und reibt sich angestrengt die Stirn. »Dann gibt es noch mehr von diesen perversen Schweinen. Dieser Patrice Wurzel wurde zu früh gestoppt«, murmelt er.

»Wir treffen uns in einer halben Stunde vor der Villa des ersten Opfers«, sage ich und lege auf. Meine Hände zittern. Erneut tauchen Erinnerungsfetzen auf und ich schlottere am ganzen Leib.

19

Sommer 1989

In der Waldhütte

Greta saß links neben der Tür und blätterte in einem Buch. Die kleine Lampe über ihr spendete nur wenig Licht. Ihre Augen brannten von der Anstrengung.

Sie senkte die Lider und stellte sich vor, wie es wohl wäre, unter einem wolkenlosen blauen Himmel zu schlafen.

»Hast du schon mal einen blauen Himmel gesehen, Patrice? Ich meine in echt.« Sie öffnete die Augen und schaute zu dem Jungen hinüber.

Patrice stand in einer Ecke. Greta sah nur seinen Rücken.

»Schleifst du wieder an deinem Nagel?«, flüsterte sie und warf einen Blick auf die Kamera an der Decke. Das Lämpchen blinkte, Patrice stand direkt darunter.

»Du sollst still sein«, gab er sich abweisend und steckte die Hände in die Hosentaschen.

»Warum hast du das damals gemacht, Patrice?«

Er drehte sich zögernd um. Patrice trug keine Schuhe, seine Füße waren schmutzig.

»Weil ich das hier nicht mehr will.« Er bleckte die Zähne und begann leise zu winseln. Seine Augen waren zu schmalen Schlitzen zusammengekniffen. Seine schmächtige Brust hob und senkte sich heftig. Das schmuddelige Unterhemd hing wie ein Lappen an seinen knochigen Schultern.

Greta durfte ihn nicht weiter reizen. Es fehlte nicht viel, und er würde erneut explodieren. Die Anfälle häuften sich.

»Ich kann das nicht mehr ertragen, Greta.« Er schluchzte. Seine Unterlippe bebte. »*Ich will nicht mehr hier sein!*«, brüllte er gedämpft. Spucke sprühte aus seinem Mund, dann kniete er vor ihr nieder.

»Du musst etwas für uns beide tun, Gretchen«, flehte er sie an. Sein Atem roch faulig. Wie das Essen, das sie zur Strafe zu sich nehmen mussten, nachdem Patrice die Lehrerin so schwer verletzt hatte. Erst seit gestern durften die beiden Kinder wieder am Unterricht teilnehmen. In Handschellen, die mit einer Kette am Boden fixiert waren – als wären sie Hunde.

Selbst nachts im Schlaf hörte Greta das Rasseln der Ketten.

Patrice legte seinen Kopf an ihre Schulter. Er weinte. Seine Tränen durchnässten ihr Kleid. »Du musst sie ablenken, Greta. Du musst tanzen. Du musst das rote Auge ablenken.«

Sein heißer Atem kitzelte sie am Ohr. Schon bei der Vorstellung wurde ihr unsäglich kalt, bis unter die Haut. »Aber wie?«, stotterte sie. Ihre Finger verkrampften sich um den Rücken des Buches, das in ihrem Schoß lag.

»Du musst tanzen, Gretchen. Du musst tanzen.«

»Aber dann werden sie mich holen!« Ihre Stimme brach. »Die werden mir wehtun, Patrice.« Sie ließ das Buch los und griff nach seiner Hand.

Patrice streichelte ihre Wangen und nahm ihr Gesicht in seine warmen Hände, die nach Putz rochen.

»Sie holen uns auch so! Verstehst du?« Obwohl er flüsterte, zuckte Greta zusammen.

Patrice rappelte sich ungeschickt auf. »Wir müssen es versuchen. Sie schlafen bestimmt schon.«

»Dann brauche ich ja nicht zu tanzen«, startete Greta einen weiteren Versuch.

»Willst du den Himmel sehen?« Er nahm ihre Hand und zog sie hoch. Greta stand wackelig auf den Beinen und drohte jede Sekunde den Halt zu verlieren.

»Willst du den Himmel sehen?«, wiederholte er.

Sie nickte zaghaft und zog die Nase hoch.

»Dann tanz.« Er hob das Buch auf und legte es auf einen Stapel unter dem Fenster.

»Ich habe Angst.«

»Ich auch.« Patrice kam zurück, zog sie am kleinen Finger und stellte sie direkt vor die Kamera. »Bitte, Gretchen, tu es für uns.«

Der staubige Boden gab unter ihren Füßen nach, wie das Bett des schwarzen Mannes.

Zuerst zögernd, dann immer schneller, begann sich Greta zu drehen. Der kleine quadratische Raum, die zwei klapprigen Betten mit den dünnen Matratzen, das kleine Fenster – alles um sie herum geriet in Bewegung. Der Saum ihres Kleides schlug Wellen. Ihre Schuhe wirbelten kleine Staubwölkchen auf und sie drehte sich immer wilder.

Das gelbe Lämpchen neben der Tür verzerrte sich zu einem Lichtschweif. Die Stimmen in ihrem Kopf sprachen von Sonne, Mond und Regenbogen. Wie in Zeitlupe verschwand die Schwärze vor ihren Augen. Sie versank in der Welt ihrer Träume und hob die Hände, drehte sich immer und immer weiter. Wie losgelöst glitt sie in ihre Welt hinab, in der es keine Menschen in schwarzen oder weißen Umhängen gab.

»Komm mit, Gretchen.«

Eine sanfte, tiefe Stimme holte sie in die Schwärze zurück. Greta riss die Augen auf und taumelte rückwärts, bis sie mit dem Rücken gegen etwas Hartes stieß und daran zu Boden glitt. Der Traum flackerte nach und verschwand. Opa stand leicht gebückt vor ihr und legte seine zittrige Hand auf ihren Nacken. »Komm mit, du hast Besuch.«

Sie schlug die Hände vors Gesicht und begann zu schluchzen. Patrice stand neben dem Fenster, die Hände hinter dem Rücken versteckt. Sein Gesichtsausdruck war ängstlich und mitfühlend.

Opa hob Greta vom Boden auf und warf sie sich wie einen Sack über die Schulter.

Sie war immer noch außer Atem und schwitzte leicht, gleichzeitig fror sie am ganzen Körper.

»Patrice!«, winselte sie, doch der Junge schüttelte mit geweiteten Augen den Kopf.

»*Hilf mir!*«, formte sie mit den Lippen. Er jedoch legte den Zeigefinger an den Mund.

Greta sah ihren einzigen Freund durch den Tränenschleier flehend an, dann fiel ihr Blick auf das rote Lämpchen. Es leuchtete nicht mehr. Die Tür fiel kreischend ins Schloss. Opa stellte sie auf dem Boden ab, drehte den Schlüssel dreimal im Uhrzeigersinn und zeigte auf die schmale Treppe.

»Ich trage dich nicht auch noch nach oben.« Er hielt sich die Seite und klopfte sich auf den runden Bauch. »Komm. Es geht ganz schnell. Das verspreche ich dir. Aber nur, wenn du keine Mätzchen machst. Danach darfst du deinen Lieblingsfilm anschauen.«

»Über die Pinguine?«

»Über die Pinguine.« Er nickte feierlich. »Du bist ein braves Mädchen. Gib dir einfach einen Ruck«, sagte er sanft und schob sie auf die Treppe zu.

»Ich möchte aber nicht«, wehrte sie sich mit brüchiger Stimme und bekam prompt einen zweiten, härteren Stoß.

»Danach hat dich niemand gefragt.« Opa klang auf einmal nicht mehr so gutmütig. Seine Hand traf das Kind am Po.

Es brannte.

»Ich geh ja schon«, fügte sich das Mädchen und stellte seinen rechten Fuß auf das erste Brett der Treppe. Das Holz gab etwas nach und quietschte leise.

»Beeil dich«, knurrte Opa und schlug ihr erneut auf den kleinen Hintern. »Sonst versohle ich dir den Arsch.«

Ihre Füße wurden schneller. Hinter ihrem Rücken schnaufte Opa und zog sich mit aller Kraft an dem wackligen Geländer hoch. Das morsche Holz ächzte unter seinem Gewicht, brach aber nicht.

»Da bist du ja.« Oben in dem hellen Viereck stand die Lehrerin und streckte ihr die Hand entgegen.

Greta weinte stumme Tränen. In diesem Moment hasste sie Patrice noch mehr als die Menschen in den schwarzen Umhängen.

20

Herbst 2019

Läppin – Dscheiduns Villa

»Wie gelangt ein fremder Mann in so ein Haus, ohne von einer der Kameras erwischt zu werden?« Ich sehe Francesco fragend an.

Der wickelt ein Bonbon aus, stopft es sich in den Mund und zuckt die Schultern. »Minzgeschmack«, nuschelt er entschuldigend, weil er weiß, dass ich Minze hasse – fast genauso wie Zitrone. Das Papier raschelt zwischen seinen Fingern. »Vielleicht kann er sich unsichtbar machen«, scherzt er und lässt das Bonbon über seine makellos weißen Zähne klappern.

Wir stehen neben einer Doppelgarage, vor einem schmiedeeisernen Tor. »Oder er kennt sich mit Einsen und Nullen aus.« Ich nehme das Schloss in Augenschein, mit dem die beiden Tore mithilfe eines Schlüssels hochgefahren werden können. Mein Blick wandert weiter nach unten. »Ist das nicht so ein Ding, das man mit dem Smartphone bedienen kann?« Ich gehe in die Hocke und begutachte das dunkle Quadrat.

Francesco beugt sich über mich und klopft mit einem Kugelschreiber an das schwarze Fenster. »Hörst du, wie es klappert?«

Umständlich zieht er sich einen Handschuh über und klopft diesmal mit dem Fingerknöchel auf die glatte Oberfläche, die in ein Blech eingelassen ist. »Warte«, murmelt mein Partner und fingert an einem kleinen Schweizermesser herum. »Das könnte klappen.« Damit steckt er einen Minischraubendreher in den Schlitz einer Schraube. »Tatsächlich«, freut er sich und dreht. Nachdem auch die vierte Schraube auf dem Boden gelandet ist, hebelt Francesco die Abdeckung aus der Wand und pfeift durch die Zähne.

Mehrere Drähte hängen lose herunter. »Er hat die gesamte Anlage manipuliert. Die Kamera da oben ...« Er zeigt auf eine Stelle rechts über dem Rolltor. »... die hat er einfach mit einem Stock oder dem Besenstiel da zur Seite geschoben«, konstatiert Francesco und ist voll in seinem Element. Er hebt den Besen auf und demonstriert mir seine Schlussfolgerung, indem er mit dem Stiel nach der Kamera schlägt, ohne sie zu berühren.

»Zack«, sagt er und sieht mich mit einem breiten Grinsen an. »Die Anlage ist clever – eigentlich. Aber Computer sind eben auch nur Maschinen und im Grunde genommen dämlich.« Er lacht spöttisch und kommt zurück. »Mach mal Platz.«

Ich stehe auf und gehe einen Schritt zur Seite, ohne Francesco aus den Augen zu lassen. Auch seine zweite Hand steckt nun in einem Handschuh. Mit spitzen Fingern greift er nach zwei von den dünnen Kabeln und reibt die abisolierten Enden aneinander. Das Tor ruckelt und gleitet zur Seite.

»Et voilà.« Er klatscht in die Hände und grinst wie ein Honigkuchenpferd.

»Hat man dir das auf der Polizeischule beigebracht? Zuerst der Mercedes, jetzt das hier?«

»Nein, das hat mir mein Cousin Celeste beigebracht. Ich wollte immer so cool sein wie er, aber nachdem er im Gefängnis gelandet war, habe ich mich für die andere Seite entschieden und bei der Polizei beworben.«

»Was ist passiert?« Wir folgen einem breiten, gepflasterten Weg, selbst hier wechseln sich dunkle und helle Steine ab, wie auf einem überdimensionierten Schachbrett.

»Celeste war kein Mafioso oder so. Sein Vater war GI, hatte aber nie Zeit für seinen Sohn. Eines Tages wollte mein Cousin ein Mädchen ausführen. Sie hatte einen Freund.« Er schnaubt. »Mein Cousin wusste aber nichts davon. Dieser Typ hatte natürlich etwas dagegen, und der gehörnte Kerl und mein Cousin gerieten in Streit. Am Ende ist es zu einer blutigen Schlägerei ausgeartet. Ich war die ganze Zeit dabei und sah zu. Das Mädchen hat geschrien und Celeste an den Haaren gezogen. Aber er ließ einfach nicht von dem Typen ab. Er war schon immer verbissen, wie ein Pitbull. Selbst als ihn das Mädchen mit einem Stock malträtiert hat, schlug er mit beiden Fäusten auf seinen Kontrahenten ein. An diesem Tag hat er sein wahres Wesen offenbart. Wo laufen wir eigentlich hin?«, wechselt er abrupt das Thema. Das Bonbon kracht zwischen seinen Zähnen.

»Und dieses Schlüsselerlebnis hat zu deinem Sinneswandel geführt? Danach hast du einfach die Seiten gewechselt?« Wir bleiben vor einem Busch stehen. Dahinter erstreckt sich eine grüne Wiese.

»Der Junge starb zwei Jahre später an den Folgen. Mein Cousin kam nach drei Monaten wieder frei und vergewaltigte das Mädchen. ›Ich bekomme alles, was ich will‹ – das hat er zu mir gesagt. Ich wollte nie wieder so cool sein wie Celeste Stewart«, beendet er seine traurige Geschichte und lässt den Blick über die grüne Rasenfläche schweifen. »Wusstest du, dass Jack the Ripper ein polnischer Einwanderer war? Ein Barbier namens Kosminski, so steht es im Internet. Den hatte die Polizei schon damals verdächtigt, aber die Beweise fehlten, genau wie bei meinem Cousin, deswegen kam er frei. Ein finnischer Biochemiker hat die DNA-Spuren von damals ausgewertet und angeblich einen Treffer gelandet. Ich habe da allerdings so meine Zweifel. Aber das Schicksal ist nicht immer ein Arschloch. Manchmal holt sich der Tod dann doch den Richtigen.«

Ich sehe mein verblüfftes Spiegelbild in einem der großen Fenster der riesigen Villa.

»Mein Cousin starb drei Jahre danach an einer Überdosis, in einer Disco, mitten auf der Tanzfläche. Dabei hat er sich vollgeschissen.« Francesco schüttelt angewidert den Kopf. »Nach der Beerdigung habe ich Celestes Versteck geplündert und dem Mädchen sein ganzes Geld in den Briefkasten gesteckt.«

Ich denke, mein Partner hat nur auf den richtigen Moment gewartet, um dieses Geheimnis endlich loszuwerden. Minutiös beschreibt er mir seinen damaligen Zustand in allen Details. Ich höre ihm schweigend zu. Ich weiß, wie gut einem dieses Zuhören tut.

»Ich habe das Mädchen auf Schritt und Tritt verfolgt, so lange, bis es einen neuen Freund gefunden hat«, beendet er seine Erzählung. Dann legt er den Kopf in den Nacken. »Der Himmel ist wunderschön heute«, murmelt er und schließt die Augen.

Ich antworte nicht.

»Nun bist du die Einzige, die von meinem Geheimnis weiß.«

Ich lächle ihn traurig an. »Danke.« Ich bin tatsächlich gerührt.

Francesco lässt seinen Kopf kreisen und wendet sich wieder unserem Tatort zu. »Da hat einer sehr viel Geld und Arbeit reingesteckt. Der Rasen sieht nach professioneller Pflege aus.« Jetzt klingt er nicht mehr schwermütig.

»Fällt dir was auf?«

»Ziemlich grün und frisch gemäht.« Er hebt die Brauen.

»Und? Was noch, Süßer?«

»De facto hat Arslan nicht gelogen. In dem Schuppen dort steht ein Rasenmäher so groß wie ein Traktor.«

»Uuund?«

»Nun spann mich nicht auf die Folter.« Er boxt mich sanft gegen die Schulter.

»Siehst du den Fleck dort? Er ist grüner als der Rest.«

»Sollen wir jetzt jeden einzelnen Grashalm kriminalistisch untersuchen lassen, nur weil er grüner ist als der Rest?« Er springt über die kniehohe Hecke und reicht mir die Hand. Der Gummihandschuh ist faltig und warm.

»Weißt du, worauf Pflanzen am besten wachsen?«

Wir marschieren schnurstracks auf die besagte Stelle zu. Sie liegt neben dem heruntergekommenen Haus, über dem ein großer Baum mit knorrigen Ästen thront. Seine bunten Blätter rascheln in dem flauen Wind. Einige lösen sich und fliegen davon.

»Ich bin zwar kein Gärtner, aber auf gedüngtem Boden wächst alles besser!«

Ich nicke zustimmend. Bei jedem Schritt versinke ich in dem weichen Rasen.

»Und?«, neckt er mich und lächelt.

»Pjotr Weiß ist spurlos verschwunden.«

»Pjotr *wer?*« Er macht eine kreisende Bewegung mit dem Fuß. Die glänzende Schuhspitze streift die satten grünen Halme.

»Der Weißrusse.«

»Ach, der!« Francesco zupft an dem Handschuh. »Du meinst …« Er lässt den Satz offen. »Dort liegt also der Hund begraben, oder habe ich die Redewendung wieder falsch benutzt?«

»Dieses Mal kann man es so gelten lassen.«

Er schüttelt fassungslos den Kopf. »Wenn das wahr ist, dann hat unser feiner Herr Dscheidun seine Leiche womöglich im Garten vergraben. Oder der Mörder war Gärtner.« Das Lachen verändert seine Ausstrahlung auf eine sehr sympathische Weise.

»Wir müssen einen Bagger anfordern.«

»Anne, weißt du, was unser Boss dazu sagen wird?«

»Nein.«

»Lass uns doch zuerst den Boden mit Stangen absuchen. Das ist viel günstiger und erregt nicht so viel Aufsehen. Das können sogar die Azubis machen.«

»Was soll denn das bringen?« Ich komme gerade nicht ganz mit.

»Wir haben eine Hundestaffel – die sogenannten Leichenspürhunde –, die speziell darauf trainiert ist, vergrabene menschliche Überreste aufzustöbern. Und das …« Er geht in die Hocke und streift mit den Fingern über den Rasen. »… *ohne* den Boden komplett umzugraben. Das ist das Beste daran Wir brauchen nur ein Dutzend Männer, die die Wiese mit Metallstangen in Planquadrate unterteilen. Oh, pardon, Frauen *und* Männer. Ich bin kein Sexist, das weißt du ja.« Er bohrt den Finger ins Erdreich, kommt aber nicht weit. »In einem Abstand von dreißig bis fünfzig Zentimetern.« Er steht wieder auf und misst mit seinen Schritten ein Quadrat ab. »Wir müssen ja nicht die komplette Wiese durchlöchern. Wir beginnen am Haus. In diesem Bereich.« Er deutet eine ungefähre Fläche an und schreitet weiter die fiktiven Eckpunkte ab. »Wenn wir uns erst mal sicher sind, können wir auch den Bagger bestellen.«

»Du hast recht, Francesco«, unterbreche ich seinen Redefluss. Seine Euphorie ist angemessen.

»Darum hat er das Haus auch nicht sanieren lassen«, spricht er meine Vermutung laut aus. »Ich habe mich mit sämtlichen Dienststellen in Verbindung gesetzt, die sich damals mit dem Fall befasst haben. Dieser Pjotr Weiß hatte nicht unbedingt eine weiße Weste und war kein unbeschriebenes Blatt. Ich habe alle Unterlagen angefordert, in denen etwas über diesen Mann steht. Aber wie kam dieser Patrice Wurzel ins Haus? Und noch etwas …« Francesco dreht sich zu mir um. »Hast du ihn gekannt? Diesen Patrice?«

»Ich weiß es nicht.«

Er neigt den Kopf. In seinen Augen lauert der Argwohn. »Das kaufe ich dir nicht ab.« Er verschränkt die Arme hinter dem Rücken.

»Ich habe versucht, etwas zu vergessen, das mich beinahe zerstört hat. Jetzt muss ich alles dafür tun, mich wieder daran zu erinnern. Patrice hat etwas in mir heraufbeschworen, wovor ich mich fürchte.«

»Bist du diesem Patrice schon mal begegnet?« Er legt eine kurze Pause ein, um seine Frage wirken zu lassen. »Du *kennst* ihn. Willst aber nicht akzeptieren, dass er der Mörder ist. So wie ich damals nicht akzeptieren wollte, dass mein Cousin eine dissoziative Persönlichkeit hatte. Es scherte ihn einen Scheißdreck, wem er Schmerzen zufügte oder warum. Alles, was für ihn zählte, war die Befriedigung seines Verlangens. Mitleid, Gewissen, Empathie, Liebe waren ihm nicht gegeben. War Patrice dein Ex?«

»Ich weiß es nicht!«, begehre ich auf.

»Auf jeden Fall ist er dein Trigger«, konstatiert Francesco ungerührt und holt sein Handy aus der Hosentasche. »Wir haben eine Spur, womöglich liegt hier eine Leiche unter der Erde. Dafür brauchen wir ein Team. Ein Dutzend Kolleginnen und Kollegen. Nein, alles zusammen. Also zwölf Beamte, die den Ort für die Hunde präparieren. Und danach die Leichenspürhunde ... Nein ... Ja, ihr sollt heute noch anfangen. Nein, muss nicht Hälfte-Hälfte sein ... Insgesamt ein Dutzend Helferinnen und Helfer ... ach verdammt, einfach zwölf Leute mit Stäben!« Er legt auf und läuft auf die Villa zu. Ich folge ihm.

»Warum bist du zum Morddezernat gegangen?« Ich mache Konversation, um die Zeit zu überbrücken.

»Weißt du, was ich auf der Polizeischule gelernt habe? Die Methoden der Fallanalyse haben mich schon immer total fasziniert. ›Viktimologie‹ ist ein schwieriges Wort. Hab' ich bei der Prüfung damals falsch geschrieben.« Er bleibt stehen. Ich stelle mich neben ihn. »Die Beziehung zwischen Täter und Opfer ist einer der wichtigsten Bestandteile.«

»Er ist hier hochgeklettert.« Ich zeige auf ein Fallrohr, das an einem der Pfosten der gläsernen

Terrassenüberdachung angebracht ist. »Siehst du die schwachen Schuhabdrücke auf dem Glas?«

Francesco nickt und umfasst das Rohr mit den Händen. »Wie machst du das?«

»Was?« Ich werfe ihm einen leicht irritierten Blick zu.

»Woher wusstest du, dass der Typ genau an dieser Stelle hochgeklettert ist?«

»Die Jungs von der Spurensicherung haben an der Tür da oben Einbruchspuren festgestellt.« Ich deute auf die Terrassentür, die immer noch offen steht. »Und die Efeupflanze hier ...« Ich ziehe an der Ranke, die ab Hüfthöhe lose nach unten hängt. »Die hat er wohl abgerissen oder mit den Füßen abgebrochen. Außerdem weist das Rohr Druckstellen auf, die von Schuhen stammen könnten.«

»Er war kräftig und ein guter Kletterer. Kletterst du auch gern? Bist du ihm vielleicht dabei über den Weg gelaufen?« Er lässt einfach nicht locker.

»Ich bin ab und zu in der Kletterhalle, aber wir waren definitiv kein Paar.«

Er schnaubt verärgert. »Das habe ich auch nie behauptet. Du verdrehst einem gern das Wort im Mund, was?« Seine linke Augenbraue zuckt.

Ich mustere emotionslos das Grundstück.

Francesco zupft wieder an dem Handschuh herum, zieht ihn aber nicht aus. Es wird langsam kühler. »Unser Boss verbucht Erfolge gern für sich, Anne. Auch jetzt brüstet er sich damit, wie schnell wir den Fall ›*dank seiner Intuition*‹ gelöst haben. Irgendetwas sagt mir, dass wir uns gewaltig täuschen. Ich denke, dass das nur der Anfang ist. Und ich bin überzeugt, dass du mir etwas verheimlichst, vielleicht auch unbewusst. So bist du nun mal.« Er schaut stur auf seine glänzenden Lackschuhe.

»Verdächtigst du etwa mich? Glaubst du, ich bin seine Komplizin?« Ich lache schallend.

»Nein. Aber auf dem Video waren mindestens *vier* Männer. Kraulitz und drei andere, die Tiermasken aufhatten. Ein Schwein, ein Wolf oder Hund und ein Hase. Wir haben bisher nur zwei Tote. Sie trugen identische Ringe mit derselben Inschrift.«

»Da waren auch Kinder drauf.«

»Richtig. Ein Lehrsatz der Viktimologie besagt: Die Wege der Täter müssen sich irgendwo mit denen ihrer Opfer gekreuzt haben. Ein Blickkontakt, eine Berührung. Schon eine flüchtige Geste könnte vollkommen ausreichen.«

Ich hole genervt Luft. Francesco kann einen mit seinen Lehrsätzen manchmal wirklich zur Weißglut bringen.

»Dieser Patrice war Klempner. Seine Wohnung wird in diesem Moment auf den Kopf gestellt. Hattest du vielleicht mal einen Rohrbruch oder so und diesen Mann engagiert?«

»Wie kommst du überhaupt darauf, dass ich ihn kenne?«

»Weil du seinen Namen richtig ausgesprochen hast. Im Ausweis steht ›*Wunzel*‹, verstehst du? Darauf hat mich der alte Griesgram aufmerksam gemacht. Er hat es zuerst auch so im Totenschein vermerkt. Aber in der Geburtsurkunde steht sein richtiger Name: *Wurzel,* nicht Wunzel. Dein Unterbewusstsein hat ihn richtig gespeichert.«

Eine Schockwelle rast durch meinen Körper.

Energisch verscheuche ich die grauenhaften Fragmente aus meinem Kopf und habe das Gefühl zu ertrinken. Eiskaltes Wasser rinnt durch meine Kehle.

»Anne! *Anne!*«, ruft Francesco und rüttelt mich an den Schultern.

»Ich bin okay.«

»Was war denn das, bitte schön?«

»Nichts.« Ich streife seine Arme ab.

»Du warst auf einmal so blass. Wie weggetreten.«

»Mir graut nur davor, den Psychologen wieder aufsuchen zu müssen, das ist alles.«

Mein Handy klingelt. Ich gehe ran.

»Hier ist Jens Wirts. Bei der Durchsuchung der Wohnung von Patrice Wurzel konnte ein Mann verhaftet werden, der sich der Festnahme heftig widersetzt hat. Bei einem Fluchtversuch durch ein Fenster im dritten Stock hat er sich am Oberarm geschnitten, ist aber voll vernehmungsfähig. Er sitzt in Untersuchungshaft. Sie haben vierundzwanzig Stunden Zeit.«

»In welcher Beziehung steht er zu dem Verstorbenen?«

Ich warte auf eine Antwort. Francesco drückt sein Ohr an mein Handy und hört mit.

»Das liegt nicht in meinem Aufgabenbereich. Ich bin hier nicht das Mädchen für alles.« Er versucht locker zu klingen, doch eine gewisse Angespanntheit in der Stimme des Polizeiführers verrät mir seinen tatsächlichen Gemütszustand. »Heute drehen wohl alle am Rad. Der Chef war auch schon hier.«

»Ist der Mann aktenkundig?«

Ich höre eine Tastatur klackern.

»Weiß ich nicht. Er schweigt zu allem.«

»Okay, wir sind schon unterwegs.«

Jens Wirts legt auf.

»Kümmerst du dich um die Leichenhunde?« Ich schenke Francesco ein breites Lächeln.

»Habt ihr euch wieder versöhnt, du und Joshua?«

Ich nicke. Mein Partner zieht enttäuscht die Luft ein. Ich muss mich auf die Zehenspitzen stellen, um ihn auf die Wange zu küssen. »Mehr ist heute nicht für dich drin, Süßer.«

Er verkneift sich einen weiteren Spruch und zieht sein Telefon aus der Hosentasche.

»Übrigens solltest du dich mal wieder rasieren. Ich mag Männer mit Bartstoppeln nicht.« Damit wende ich mich ab und laufe zu meinem Mini.

21

Drei Stunden später

Polizeipräsidium

Mit dem großen Fenster, den vorgezogenen gelben Vorhängen und den weißen Wänden wirkt das geräumige Zimmer heimelig und überhaupt nicht so bedrückend, wie es in den Detektivfilmen gern dargestellt wird. Ein runder Tisch, vier Stühle, ein Waschbecken und ein Spiegel. In der Ecke neben der Tür ein Schrank. Hier sollen sich die Befragten öffnen.

Mein Gegenüber blickt zu Boden. Marwin Herzberg ist aus dem Fenster gesprungen, doch die Verletzungen sind nicht so schlimm wie ursprünglich angenommen.

»Das hier ist kein Vernehmungsraum. Wir unterhalten uns nur«, versuche ich die angespannte Atmosphäre aufzulockern und zwinge mich zu einem Lächeln.

Er schweigt, hebt nicht einmal den Kopf.

»Sie sind als Zeuge hier und nicht als Mittäter.«

»Ich wurde abgeführt und aus dem Fenster geschubst!« Erst jetzt richtet sich Herzberg auf und lehnt sich zurück. In seinen Augen lodert der Zorn.

»Das wage ich zu bezweifeln. Die Kollegen haben Ihnen das Leben gerettet. Wenn Sie brav mitspielen, sind Sie bald wieder draußen. Es sei denn, Sie waren mit am Tatort oder haben etwas davon gewusst.«

»Patrice und ich wohnen lediglich zusammen.« Der Mann fläzt sich auf dem Stuhl, die Beine weit ausgestreckt, die Arme vor der Brust verschränkt. Er spielt sich hier als cooler Macker auf. Harte Schale, fauliger Kern, sage ich immer. Beiläufig richte ich die aufgestapelten Ordner Kante auf Kante. Das soll den Typen beeindrucken. »Ich weiß nicht, wie meine Kollegen so schnell so viel über Sie zusammengetragen haben. Das sind alles Ihre Akten.«

Seine Fassade zeigt erste Risse.

In der linken oberen Ecke meines Smartphones blinkt ein gelbes Lämpchen. Ich wische über das Display. Eine kurze Nachricht aus der rechtsmedizinischen Abteilung.

Nachdenklich runzle ich die Stirn. »Wussten Sie, dass es eine Straftat ist, eine Leiche zu bewegen, ohne dass ein ersichtlicher Grund dafür besteht?«, frage ich, ohne aufzublicken und trommle mit den Fingern auf die Tischplatte. Ich wende einen raffinierten Trick an, um Herzberg durcheinanderzubringen.

»Ich habe ihn nicht angerührt!«, fährt er auf. Unvermittelt sitzt er wieder aufrecht da.

»Also waren Sie doch dort?« Ich glaube zu hören, wie die Rädchen in seinem Kopf knirschen.

»*Nein!*«, schreit er mich an und will aufspringen, besinnt sich jedoch anders. »Ich habe mit dem ganzen Scheiß nichts am Hut!« Er klingt nicht wirklich überzeugend.

Ich schweige und lese währenddessen die kurze Nachricht, die stichpunktartig aufgelistet ist:

- *Verhärtung (Vernarbung) der Analmuskulatur (Analfissur)*
- *Spuren von Ejakulat im Analkanal*
- *Winzige Hautpartikel unter den Fingernägeln (DNA-Ergebnisse stehen noch aus)*
- *Ein Tattoo auf der Wangeninnenseite (Siehe Anhang)*

Ich lade die Bilddatei herunter. Zwei ineinandergreifende Kreise mit jeweils einem Pfeil, der nach rechts oben zeigt.

Patrice war schwul, so viel steht nun fest.

Ich trommle weiter. Mit ernster Miene suche ich den Blickkontakt. »Sie und Patrice Wurzel waren ein Paar.« Es ist keine Frage, sondern eine Feststellung.

Marwin Herzberg, der mir nun mit gestrecktem Rücken gegenübersitzt, nickt. Ich lege das Handy vor ihm auf den Tisch.

Er überlegt, dann stülpt er seine linke Wange nach außen. Dasselbe Bild.

»Aber ich war nicht dabei. Ich habe auch nicht gewusst, was Patrice treibt. Er war schon immer introvertiert. Und ich glaube, er war gar nicht wirklich schwul.« Er schlägt die Hände vors Gesicht. »Wir hatten keinen Sex miteinander, nur gekuschelt. Mehr war da nicht. Ich habe ihn dazu gedrängt, sich das stechen zu lassen. Aber …« Er wischt sich über die Augen. »… er war wie besessen. Einmal hat er bei der Arbeit einen Anruf gekriegt, da kam er nach Hause und schrieb die ganze Nacht in sein Tagebuch. ›*Ich habe es endlich gefunden*‹, hat er gesagt. ›*Ich erinnere mich wieder.*‹ Ich dachte, er nimmt irgendwelche Drogen. Nach drei Wochen hielt ich es nicht mehr aus. Er blieb nächtelang weg, kam verdreckt nach Hause und sprach kein Wort mit mir. Ich wollte mich von ihm trennen. Und ausgerechnet an dem Tag, an dem ich es Patrice sagen wollte, kam die Polizei und meinte, er sei tot. Da bin ich einfach durchgedreht und wollte mir das Leben nehmen.«

Unaufgefordert zieht Herzberg die Hemdsärmel hoch. Seine Unterarme sind mit frischen und vernarbten Schnitten überzogen. Einige der Wülste sind fingerdick. »Ich habe schon immer dicht am Abgrund gelebt, schon als kleines Kind.« Er legt die linke Hand auf die Stelle, an der er sich bei dem Fluchtversuch verletzt hat. »Das habe ich mir selbst zugefügt. Der Schnitt ist nur aufgegangen. Jetzt hat ihn der Arzt geklebt. Ich bin ein Feigling. Habe nur so getan, als ob ich springen würde, dabei habe ich bloß darauf gewartet, dass mich die Polizisten davon abhalten.«

»Sie *sind* gar nicht gesprungen?«

Er zieht die Stirn kraus. »Nein. Unsere Wohnung befindet sich im dritten Stock.«

Da hat Jens was durcheinandergebracht, denke ich. »Patrice wurde schon als Kind sexuell missbraucht«, lenke ich das Gespräch wieder in die für mich relevante Richtung.

»Das wussten Sie auch?« Seine Augen werden groß.

»Und Sie?«, antworte ich mit einer Gegenfrage.

»Ich habe es geahnt.«

»Meineid ist auch eine Straftat«, ermahne ich ihn.

»Aber ich stehe nicht vor Gericht.«

»Haben Sie mir bei der Belehrung nicht zugehört? Sie haben das Recht zu schweigen oder einen Anwalt zu Rate zu ziehen. Dieses Gespräch wird zwar aufgezeichnet, aber die Aufnahme darf vor Gericht nicht verwendet werden. Dennoch rate ich Ihnen, bei der

Wahrheit zu bleiben. Vorsätzliche Falschaussagen oder Behinderung der Ermittlungsarbeiten werden als Straftaten geahndet.«

Herzberg ringt die Hände. »Ich war nicht am Tatort oder wie ihr das nennt. Ich weiß auch nicht viel über Patrice. Er redete ungern über sich. Ich weiß nur, dass er bei einem gewissen Professor Dick in psychiatrischer Behandlung war. Patrice hat nicht geahnt, dass ich das wusste. Ich habe in seinen privaten Sachen rumgeschnüffelt, weil ich mehr über ihn erfahren wollte«, gibt er kleinlaut zu.

Meine Finger verkrampfen sich. Ich wurde von demselben Arzt behandelt. Professor Doktor Dick. Ein kleiner Mann mit Hornbrille, in der Mitte gescheiteltem weißem Haar und einer gespaltenen Oberlippe – einer Hasenscharte, die er mit seinem dichten Schnurrbart kaschiert.

»Wir sind fertig für heute«, beende ich die Befragung und stehe auf. Sogleich treten zwei uniformierte Beamten ein und führen Herzberg ab. Handschellen klicken.

Ein enttäuschtes Seufzen. Ein stechender Blick. Eine unausgesprochene Beleidigung. Ein schmaler, durchnässter Rücken. Pink gefärbtes, lichtes Haar mit Geheimratsecken. Wässrige Augen. Ein androgynes Erscheinungsbild. Und ein latenter Schweißgeruch mit leichter Haschnote. All diese Details brennen sich mit seinem Gesicht in mein Gedächtnis ein, sodass ich sie später abrufen kann. Dieses Nicht-Vergessen ist nicht immer ein Segen, oft ist es eher ein Fluch, der auf einem lastet.

Marwin Herzberg hat sich ein Tattoo stechen lassen, genauso wie der Mörder. Ein weiteres Detail, das mich stutzig macht. Denn seins ist noch frisch, das von Patrice ist älter. Gibt es noch mehr Männer mit diesen Markierungen?

Die Eindrücke werden von einem einzigen Gedanken aus meinem Kopf vertrieben: *Ich muss mit dem Psychiater reden.*

Mit auf den Tisch gestützten Ellbogen forsche ich in meinem Kopf nach vergessenen Erinnerungen, ohne fündig zu werden.

Die Tür fällt ins Schloss, das mechanische Klicken holt mich aus meinen Überlegungen. Ich beschließe, für heute wirklich Schluss zu machen und laufe zu den Aufzügen. Aufgeregte Stimmen, Rufe, das Scharren von Stühlen und diverse mechanische Geräusche hinter verschlossenen Türen wechseln sich nur in der Lautstärke ab. Von dieser Kakophonie begleitet, weiche ich Kollegen aus, deren Funkgeräte rauschen. Einige beginnen zu rennen. Dann werden es immer mehr. Die meisten benutzen die Treppe. Das Poltern von schweren Schuhen bringt die Luft zum Vibrieren.

Schon wieder ein Großeinsatz, denke ich und weiche zur Seite. »*Massenschlägerei«,* höre ich aus den Worten heraus.

Ich bin müde und ausgelaugt. Ich sehne mich nach meinem Bett. Die Aufzüge sind schon in Reichweite. Mein Körper schaltet auf Sparflamme. Aber dann fällt mir siedend heiß ein, dass ich daheim gar keinen Videorekorder habe. Wir haben erst letzte Woche den Keller entrümpelt und alles zur Mülldeponie gefahren, was Staub angesetzt hatte.

»Fahren Sie auch nach unten?« Eine korpulente Frau um die Sechzig schiebt einen Wagen mit Putzutensilien vor sich her. Ihr graues, beinahe weißes Haar ist zu einem akkuraten Dutt gebunden.

Eins der Räder quietscht.

Im Gang ist es etwas ruhiger geworden.

»Ja, dritter Stock?«, entgegne ich fragend.

»Ich fahre mit. Könnten Sie für mich auf die Zwei drücken?«, sagt sie und manövriert ihren Wagen etwas ungeschickt zwischen den Türen durch, die sich schließen wollen und wieder auseinandergleiten.

Ich stelle mich mit dem Rücken zu der Frau. Die Türen gehen endlich zu. Sofort ist die Luft vom beißenden Geruch chemischer Reinigungsmittel geschwängert und reizt meine Nasenschleimhäute.

»Haben Sie auf die Zwei gedrückt?«, erkundigt sich die Putzfrau.

Mein Finger drückt auf den Knopf.

»Danke!«

Ich schenke ihr über die Schulter ein Lächeln.

»Wie ist es so, als Frau unter all den Männern seiner Arbeit nachzugehen? Hat man da keine Versagensängste?« Ihr Berliner Zungenschlag wird mit jedem Wort deutlicher, sie fühlt sich sicher.

Ich habe ja keine tiefschürfende Konversation von ihr erwartet, aber dieser Spruch verdirbt mir endgültig die Feierabendlaune. Deshalb gehe ich gar nicht erst darauf ein und bleibe ihr die Antwort schuldig.

»Der Kerl, den Sie heute befragt haben, war schon öfter hier. Ich habe ein Gedächtnis wie ein Elefant.«

Ich verkneife mir eine sarkastische Bemerkung bezüglich des Vergleichs.

»Er heißt Marwin Herzberg. Sein Haar war damals auch schon pink. Ein komischer Kauz.« Die Frau hinter mir schnäuzt sich laut.

Meine Verärgerung weicht konzentrierter Wachsamkeit.

»Wie bitte?« Ich will herumfahren, stecke jedoch zwischen Wagen und Türen fest.

»Er war hier früher Hausmeister. Wurde jedoch wegen Diebstahls fristlos entlassen.« Die Nonchalance in ihrer Stimme bringt mich noch mehr in Rage.

»Was hat er denn mitgehen lassen?«

»Was weiß denn ich? Ich mische mich in solche Angelegenheiten nicht ein. Klopapier war es bestimmt nicht.«

Die Türen gehen auf.

»Bitte denken Sie nach. Strengen Sie sich an.« Ich stehe zwischen den Türen und halte sie mit den Händen offen.

»Ich habe schon alles gesagt, was ich weiß. Ich muss weiter. Meine Schicht endet in drei Stunden, und ich muss noch die komplette Etage auf Vordermann bringen.«

»Ich erzähle auch keinem, dass Sie Klopapier mitgehen lassen«, starte ich einen verzweifelten Versuch, die Frau in die Enge zu treiben.

Ihre Augen funkeln mich an. »Das können Sie ruhig tun. Ich klaue nicht.«

Enttäuscht trete ich einen Schritt nach hinten.

»Sie sollten an Ihrem Kampfgewicht arbeiten.« Die Putzfrau verzieht missbilligend den Mund. »Sie haben ja kaum was auf den Rippen. Wenn Sie den männlichen Kollegen Paroli bieten wollen, sollten Sie nicht nur hier was haben.« Sie tippt sich an die Schläfe.

Die Türen schließen sich. Die Frau verschwindet vor meinen Augen. Ein leises *Pling* ertönt. Der Aufzug fährt nach unten.

Mein Telefon klingelt. Ich gehe ran und laufe in mein Büro.

»Hier ist Doktor Stolz.«

»In der Rechtsmedizin wird wohl auch nie geschlafen?«

Leopold Stolz lacht leise. Die Müdigkeit in seiner Stimme ist nicht zu überhören. »Bei diesen Temperaturen und immer neuen Patienten ist an Schlaf nicht zu denken.«

Wir schweigen einen Augenblick. Der Rechtsmediziner räuspert sich. »Ich habe Patrice Wurzel erneut untersucht. Die Bissspuren stammen eindeutig von der Raubkatze. An den Krallen gab es Blutrückstände. AB Rhesus positiv. Dieselbe Gruppe wie bei Herrn Wurzel. Die Morphologie der prämortalen Verletzungen der beiden Opfer ist eindeutig und weist unverfälscht die Handschrift desselben Täters auf. Auch wenn der Zweite nicht so schlimm verstümmelt wurde. Sein Zustand ist darauf zurückzuführen, dass der Täter abgelenkt wurde, vermutlich durch die Katze oder möglicherweise von einem wachsamen Nachbarn. Vielleicht hat jemand den Krach gehört und an der Tür geklingelt.«

Das haben wir Joshua zu verdanken, denke ich und trete in mein Büro, das ich kaum wiedererkenne. Mit einem genervten Seufzen sehe ich mich um und schließe die Tür hinter mir ab. Mein Tisch gleicht einer Mülldeponie. Die Beweismittel liegen herum, als hätte jemand einfach einen Karton ausgekippt. Was erstaunlich ist, denn dieser Jemand ist niemand Geringerer als mein Partner, der großen Wert auf seine gepflegte Erscheinung legt und eigentlich auch sonst recht ordentlich ist. Zuoberst liegt eine Schachtel. ›VHS-Kassette‹ steht in Druckbuchstaben darauf.

Leopold Stolz hüstelt verlegen. »Ich mache für heute Feierabend. Lust auf einen Drink? Ich kenne da eine Bar – trinken Sie gern Cocktails?«

Der holprige Versuch, mich auf einen Cocktail einzuladen, entlockt mir ein Lächeln. »Ich brauche einen klaren Kopf. Muss noch einiges erledigen. Vielleicht ein andermal«, winde ich mich nicht besonders geschickt aus der Situation und verabschiede mich mit einem: »Wir sehen uns morgen.«

»Bis morgen«, echot Stolz und legt auf.

Ich inspiziere weiter unser Büro. Zu meiner Linken sind mehrere Plexiglasplatten an der Wand angebracht worden. Dutzende Fotos mit Eckdaten kleben darauf. Einige sind durch rote und blaue Linien miteinander verbunden. Das digitale Glassboard mit den Markern befindet sich in der linken Ecke. In der rechten der Fernseher mit dem dazugehörigen Videorekorder. Francescos leerer Stuhl steht direkt davor.

Ich greife nach der Schachtel. Sie ist leer. Die Kassette steckt also noch im Gerät. Die Fernbedienung finde ich nach einer gefühlten Ewigkeit auf dem schweren Röhrenfernseher.

Ich dimme das Licht, greife nach der Fernbedienung, vergewissere mich, dass der Stecker in der Dose steckt, drücke auf die ›Power‹-Taste und lasse mich in Francescos Stuhl plumpsen.

Der Film ist zu Ende. Die Kassette muss zurückgespult werden. Ich lehne den Kopf zurück und lausche dem monotonen Surren, das immer schneller wird.

Ein Klacken. Der Film läuft automatisch an. Zuerst sehe ich nur schwarz-weißes Rauschen. Ein maskiertes Gesicht taucht auf dem Bildschirm auf und entfernt sich. Die Position der Kamera wird korrigiert.

Ich versuche die Lautstärke aufzudrehen, doch der Film hat keinen Ton. Die maskierte Gestalt hält etwas in der Hand. Nach der Statur zu urteilen, verbirgt sich unter der schwarzen Verkleidung ein Mann.

»Test, Test«, höre ich eine verzerrte Stimme aus den Lautsprechern.

Der Ton ist also doch vorhanden. Ich minimiere die Lautstärke.

»Komm her, meine Kleine. Hab dich nicht so.« Der schwarze Mann winkt jemanden zu sich. Er benutzt offenbar einen Stimmenverzerrer, denn was er sagt, klingt blechern.

Ein kleines Mädchen taucht auf der Bildfläche auf. Der Raum weist keine greifbaren Konturen auf. Wände und Boden sind weiß. Die Deckenbeleuchtung flimmert leicht.

Das Kind trägt ein weißes Kleid und hat zwei Zöpfe mit schmalen Bändchen darin.

Mir graut davor, was mich in diesem Film erwartet. Die Härchen auf meinen Unterarmen richten sich auf. Ich halte den Atem an und warte, was passiert.

Eine weitere Gestalt erscheint vor der Linse. Diese trägt eine Schweinsmaske. Bittere Galle steigt mir in Rachen.

Das Kind steht ängstlich zwischen den beiden.

»Komm, Gretchen, genier dich nicht«, ermuntert der kleinere Mann das Kind. Er gleicht einem viel zu dicken Ninja. Sein Bauch hängt über die schwarze Hose und

wippt, weil der Mann aus einem mir unerklärlichen Grund zu lachen anfängt.

Die Tür hinter mir geht auf. Instinktiv drücke ich auf ›Pause‹. Das Bild gefriert.

Ich drehe mich um.

Schwer atmend steht Oberhauptkommissar Buchmüller auf der Türschwelle und sieht zuerst mich, dann den Fernseher an. Er kommt auf mich zu und nimmt auf Francescos leerem Tisch Platz.

»Ich habe doch abgeschlossen«, flüstere ich verblüfft.

Mein Chef zeigt mir einen Schlüssel.

»Ich habe Ihnen etwas mitzuteilen, das Sie nicht auf die leichte Schulter nehmen sollten.« Er tupft sich die Stirn ab und hält sich die Brust. »Der Aufzug geht nicht. Die Putzfrau ist samt ihrem Wagen darin stecken geblieben«, klärt er mich bezüglich seiner Kurzatmigkeit auf.

So viel zum Kampfgewicht. Ich grinse, Buchmüller deutet meine Reaktion falsch und bekommt rote Hängewangen.

»Legen Sie bitte Ihre Meinungsverschiedenheiten bei. Nehmen Sie sich meine Bitte zu Herzen. Sie und Ihr Partner sind ein Team.«

»Wie bitte?«

»Sie sollen zusammenarbeiten und nicht gegeneinander. Hier gibt es keinen Preis zu gewinnen. Entweder kommen wir gemeinsam ans Ziel oder wir ertrinken.«

Ich verstehe nur Bahnhof. »Hat sich Francesco etwa bei Ihnen über meine Vorgehensweise beklagt?«

»Nein. Nicht Francesco. Ich spreche von Ihrem Lebenspartner. Er meint, Sie haben ihn bedrängt – er hat dafür das Wort *gebeten* verwendet.« Er malt Gänsefüßchen in die Luft. »Der Fall ist abgeschlossen. Ich brauche nicht noch mehr Papierkram. Der mediale Druck ist jetzt schon enorm. Wir haben den Mörder. Uns fehlen die Mittel und kompetente Mitarbeiter. Wir dürfen den Fall nicht zu etwas aufblasen, das zu unnötigen Ausgaben führen kann. Wir brauchen keine Aussagen Ihres Mannes, die nur noch mehr Fragen aufwerfen.«

»*Was?*« Ich reibe mein Ohrläppchen, weil ich wirklich nichts kapiere. Eine Marotte, die ich nicht abstellen kann.

Der Oberhauptkommissar schnaubt. »Wir haben die Aussage Ihres Mannes ...«

»Wir *sind* nicht verheiratet«, falle ich ihm ins Wort wie ein trotziges Kind.

»Wie dem auch sei. Seine Aussage wurde aus dem Protokoll gestrichen.«

»*What the fuck?*«, kreischt eine Stimme in meinem Kopf. Ich hebe verständnislos die Hände. »Warum?«, frage ich leise.

Er streckt den rechten Zeigefinger hoch und erhebt die Stimme. »Ist das nicht offensichtlich? Seine Aussage untermauert Ihre These bezüglich des Tathergangs. Er glättet mit seinem Engagement die Wogen in Ihrer Beziehung. Sie verzeihen ihm. Die Diskrepanzen sind aus dem Weg geräumt, und Sie vermeiden damit unliebsame Fragen.«

Ich knirsche mit den Zähnen.

»Hatte Ihre Ziehtochter nicht kürzlich einen Streit in der Schule, den der tote Lehrer schlichten sollte und dabei Ihrer Meinung nach als Pädagoge völlig versagt hat? Kurz darauf krepiert der Gute in seiner Wohnung und Sie sind als Erste am Tatort? Böse Zungen könnten behaupten, *Sie* hätten den Killer engagiert. Schließlich war Ihnen ja der Mann nicht unbekannt.« Buchmüller lächelt maliziös. »Aber so dreist sind Sie dann doch nicht, oder?«

Ich spüre meinen Herzschlag in der Schläfe pochen. Die Pulsader brennt unter der Haut. Mir ist schlecht.

»Meine Tage bei der Polizei sind gezählt. Ich kann vor meiner Pensionierung keine offenen Fälle gebrauchen.«

Daher weht also der Wind.

»Hören Sie. Wir gehen alle auf dem Zahnfleisch. Zusammenarbeit bedeutet Kompromissbereitschaft. Wir müssen auch mal nachgeben und nicht nur fordern. Der Fall ist abgeschlossen. In den nächsten Tagen will die Richterin alles auf dem Tisch haben, um die Akte zu schließen. Ich werde die Aussage Ihres Lebensgefährten mit keinem Sterbenswörtchen erwähnen.« Er gibt sich fast schon väterlich.

»Wie gütig von Ihnen!«, gifte ich ihn an, weil ich mich kaum noch zu beherrschen weiß.

»Gehen Sie nach Hause und ruhen Sie sich aus. Für Sie gibt es keine bezahlten Überstunden mehr. Nehmen Sie sich eine Auszeit.« Er stemmt sich schwerfällig vom Tisch. »Ab nächster Woche will ich Sie bei diesem Psychiater wissen. Wir alle müssen uns diesen Tests unterziehen. Wir haben einen stressigen Job und müssen in den unmöglichsten Situationen schwierige Entscheidungen treffen, und zwar ohne lange darüber nachzugrübeln, aus dem Effeff.« Er zückt eine unsichtbare Waffe, wie ein Cowboy in einem billigen Western. »Da darf der Finger nicht zu früh zucken.«

Ich kann nur entgeistert den Kopf schütteln.

»Bitte schalten Sie alles aus. Ich werde Sie nicht allein hierlassen.« Mit einer versöhnlichen Geste streckt er die Hand nach meiner Schulter aus. Ich entziehe mich dem Versuch und zwänge mich an ihm vorbei, ohne ihn zu berühren.

»Objektivität und Sorgfalt sind das A und O. Für Subjektivität ist kein Platz. Wir sind eine Gemeinschaft – nein, wir sind wie ein kompliziertes Uhrwerk. Wenn eines der Rädchen aus dem Takt kommt, gerät der gesamte Komplex durcheinander.« Mit diesen Worten bewegt er sich auf die Tür zu. »Ich wünsche Ihnen einen schönen Abend. Sie haben zwanzig Minuten, dann sind Sie weg.«

»Gute Nacht. Bitte schließen Sie mein Büro ab, wenn Sie gehen«, sage ich und verschwinde durch die Glastür ins Treppenhaus. Meine Schritte hallen von den Wänden wider. Ich kann immer noch nicht fassen, dass ich in dem Fall nicht weiterermitteln darf.

22

Annes Haus

»Hallo Schatz, wie war dein Tag?« Joshua und Maya sitzen unter einer Decke auf dem Sofa und lesen. »Ich bringe Maya noch schnell ins Bett. Wir reden gleich in der Küche weiter. Ich habe noch etwas Omelett übrig.« Seine Stimme zittert. Sein Blick ist unstet. Er schluckt und lächelt.

»Wie lief es in der Schule? Hat Cedric dich wieder geärgert?« Ich schenke Maya ein Lächeln.

»Cedric war wieder ganz doof. Er hat mich zuerst auf der Toilette eingesperrt, dann wollte er meine Katze sehen. ›Aber wir haben gar keine Katze‹, habe ich gesagt, da hat er ganz blöd gelacht.«

»Davon hast du mir aber nichts erzählt!«, fährt Joshua seine Tochter entgeistert an. Als er seinen Ausrutscher bemerkt, fasst er sie an den Händen und schlägt einen sanften Ton an. »Wir haben doch ausgemacht, dass du mir alles erzählst.«

»Aber du hast mich nicht danach gefragt.«

»Doch. Ich habe dich gefragt, wie dein Tag war. Im Auto, auf dem Nachhauseweg. Als ich dich von der Schule abgeholt habe!« Joshuas Blick wandert zu mir, als wolle er sich irgendwie rechtfertigen.

»Ja«, fährt Maya fort. »Du wolltest wissen, wie mein Tag war, aber nicht, was ich in der Schule gemacht habe.« Sie sagt es so, als wäre Joshua ein Idiot.

»Ich kaufe dir morgen eine Katze.« Joshua bereut sofort, was er gesagt hat.

»Juhuu!«, ruft das Mädchen freudestrahlend und klammert sich an Joshuas Hals. »Du bist der beste Papa auf der Welt«, flötet sie mit Babystimme. Wenn Kinder so reden, rollen sich mir sofort die Fußnägel auf und ich bekomme einen Hautauschlag, deswegen greife ich ein und klatsche laut in die Hände. Beide sehen mich fragend an.

»Was hat Cedric denn genau gesagt? Kannst du es Wort für Wort wiederholen?«

»›*Zeig mir deine Muschi!*‹« Sie ahmt Cedrics Stimme nach, die Mayas Meinung nach piepsig klingt. Dabei verzieht sie ihr kleines Gesicht zu einer Fratze.

Joshua wird kreidebleich. Er will aufspringen. Ich schüttle unmerklich den Kopf.

»Ich rufe seine Mutter an, sofort!« Er sucht unter der Decke nach dem Telefon.

»Nein. Wirst du nicht. Es hat gereicht, wie du mit Mayas Lehrer geredet hast.«

Nun bekommt sein Gesicht rote Flecken.

»Was hat Herr Kraulitz denn? Zwei Jungs in unserer Klasse haben gesagt, dass er den Löffel abgegeben hat. Dann kann er doch keine Suppe mehr essen?« Maya runzelt die Stirn und zieht die Schultern hoch.

»Dein Lehrer hat … das Zeitliche gesegnet. Er weilt nicht mehr unter uns.« Joshua pellt sich umständlich aus der Decke, klappt das Buch zu und sieht Maya mit müden Augen an.

»Ist er umgezogen?« Sie springt in Joshuas Arme und hält sich an seinem Hals fest. Sie trägt einen Pyjama und hat nackte Füße.

»So in etwa.« Joshua unterdrückt ein Gähnen.

»Papa, wann fahren wir morgen meine Katze holen?« Sie spielt mit seinem Haar.

»Eigentlich habe ich dabei an ein Plüschtier gedacht«, versucht er sich aus der Affäre zu ziehen.

»Das ist aber ganz schön doof. Ich will eine *richtige* Katze.« Zwei dicke Tränen quellen aus ihren Augen und bleiben an den Wimpern hängen.

»Und wer macht dann das Klo sauber?«

»Ich natürlich, du Dummerchen, wer denn sonst?« Sie lacht und weint zugleich. Ihre Stimme bebt.

»Wir könnten uns doch erst mal auf Probe eine aus dem Tierheim holen?« Joshua bleibt vor mir stehen, wartet, bis mir Maya einen Gutenachtkuss auf die Wange drückt. Die ist jetzt aber bockig und fordert lautstark ihre Katze.

»Was macht eigentlich der Hund, der dir vors Auto gelaufen ist?« Die beiden sehen mich verdattert an. Mayas Augenbrauen wandern nach oben.

»Ich werde mich morgen wieder nach ihm erkundigen.«

»Ein Hundi wäre noch toller!« Mayas Augen funkeln, die Tränen lösen sich von den Wimpern und kullern über ihre geröteten Wangen. Sie wischt sich mit dem Handrücken übers Gesicht und schnieft.

»Okay. Aber nur so lange, bis sein Frauchen oder Herrchen auftaucht.«

Mit diesem Kompromiss scheinen beide Parteien einverstanden zu sein und ich bekomme meinen Kuss, der heute besonders *schmatzig* ausfällt.

›Schmatzig‹ bedeutet, die Lippen müssen fest auf die Wange gedrückt werden und sich für eine Minisekunde festsaugen, hat mir Maya einmal erklärt.

Ich laufe mit einem flauen Gefühl im Magen in die unaufgeräumte Küche. Auf dem Tisch stehen noch zwei Teller und zwei halb volle Gläser. Eine Gabel und ein Stück Brot liegen auf dem Boden. Dort muss Maya gesessen haben.

Ich hole mir ein frisches Glas und fülle es mit kaltem Wasser aus dem Hahn. Mit langen Zügen leere ich es zur Hälfte und greife nach der Gabel, die in der Bratpfanne liegt. Gedankenverloren stochere ich in den größtenteils angebrannten Eierklumpen herum und schiebe mir einen davon in den Mund. Schon beim ersten Bissen knirscht ein Stück Eierschale zwischen meinen Zähnen. Ich spucke den Brocken in den Mülleimer. Das restliche Omelett bleibt unberührt.

Joshua taucht in der Tür auf. Er ist kurz versucht, reinzukommen, bleibt jedoch im Türrahmen stehen. Sein Gesichtsausdruck spiegelt genau das wider, was ich empfinde, nämlich eine unsägliche Leere, die sich zunehmend mit Verzweiflung füllt.

»Wie geht es nun mit uns beiden weiter?« Seine Stimme ist brüchig.

»Wir werden *keine* Beziehungspause einlegen«, entscheide ich kategorisch. »Ansonsten kannst du, wie gesagt, morgen ausziehen.«

Er schnalzt mit der Zunge. »Hat dir meine Kochkunst nicht gemundet? Maya hat gesagt, es schmeckt wie Kotze mit Schale.«

Wir müssen beide schmunzeln. »Ich habe einfach keinen Hunger«, lüge ich und lächle nachsichtig.

»Ich habe gehört, ihr habt einen Komplizen geschnappt?« Er knibbelt an seinem Daumen und beißt das kleine Stück Haut schlussendlich ab.

»Woher hast du diese Information?« Ich nippe an meinem Wasser und schaue ihn über den Rand des Glases fragend an.

»Ich habe mit Francesco telefoniert. Und dein Chef hat mir gegenüber angedeutet, dass alles vorbei ist.« Er zuckt die Achseln. »Bedeutet das, dass der Fall abgeschlossen ist?« So etwas wie Hoffnung tritt in seine traurigen Augen.

»Möglich.« Ich hole tief Luft, stelle das Glas in die Spüle und halte mich mit den Händen an der Arbeitsplatte fest. »Uns fehlen die entscheidenden Details. Die Beweislage ist nicht gesichert, zudem besteht immer noch Verdunkelungs-, womöglich sogar Fluchtgefahr. Ich gehe eine Runde joggen«, beschließe ich spontan.

Joshua streift sein welliges Haar hinter die Ohren und weicht mir aus. An den Schläfen haben sich graue Strähnen in das helle Braun geschlichen. Er wirkt auf einmal viel älter.

Wir starren uns gegenseitig an. »Wie soll es mit uns beiden weitergehen?«, durchbricht er die Stille. »Ich liebe dich«, flüstert er und erntet einen kalten Blick von mir.

»Ich muss mich umziehen«, sage ich leise und verschwinde im Schlafzimmer. Manchmal weiß ich nicht, was Joshua wirklich von mir will. Beziehungspause oder doch Liebe? Ihn lasse ich im dunklen Flur zurück. Ich habe keinen Nerv für ein Gespräch, das leicht in einen Streit ausarten kann, weil ich für eine konstruktive Auseinandersetzung einfach noch nicht bereit bin. Die Tatsache, dass Francesco meinem Lebenspartner gegenüber interne Informationen ausgeplaudert hat, bekümmert mich zusätzlich. Ich stehe vor dem Spiegel und ziehe mich langsam aus. »Wage es ja nicht«, ermahne ich Joshua, den ich hinter der Tür vermute.

»Wann kommst du zurück?«

»Keine Ahnung. Beim Joggen vergesse ich oft die Zeit.« Der Sport-BH presst meinen Busen nach oben. Ich betrachte meinen flachen Bauch. *Ob ich jemals bereit wäre, ein Kind zu gebären?*, frage ich mich und betaste die straffe Haut mit den Fingern. Dabei versuche ich nachzuempfinden, wie es wohl wäre, ein Leben in mir zu wissen.

»Ich meine nicht das Joggen. Wann kommst du in unsere Familie zurück? Maya vermisst dich, und ich auch. Als ich sie auf dem Sofa habe sitzen sehen, kam mir der Gedanke ...«

»Das ist ein sehr schlechter Zeitpunkt, Joshua.« Ich ziehe den Bauch ein. »Kümmere dich lieber darum, dass deine Tochter nicht mehr von dem Jungen geärgert wird«, fahre ich ihn mit scharfer Stimme an.

»Maya ist *unsere* Tochter«, begehrt er auf.

Ich schüttle erbittert den Kopf. »Nein, sie ist *deine* Tochter. Und jetzt lass mich bitte in Ruhe. Wir reden morgen darüber. Ich will allein sein.«

»Ich liebe dich, Anne.« Die Tür geht ein Stück weiter auf. Ich strecke den Arm aus und drücke sie bis auf einen schmalen Spalt wieder zu.

»Auf diesen emotionalen Scheiß habe ich jetzt wirklich keine Lust.« Ich ziehe meine Sportklamotten an und suche nach passenden Socken in der Schublade, die mal wieder aufgeräumt werden muss. »Dieses ›Ich-liebe-dich‹-Geschwätz mag für andere Paare nett und aufbauend sein, ich jedoch kann diese Gefühlsduselei nicht ausstehen. Also hör lieber auf damit.« Die linke

Socke hat ein kleines Loch an der Ferse. *Scheiß drauf,* denke ich und schlüpfe in die rechte.

»Anne!« Joshua versucht sich mir in den Weg zu stellen.

Ich lege den Kopf schief und ermahne ihn mit einem eisigen Blick. »Ich nehme die Schlüssel mit, du brauchst also nicht auf mich zu warten«, sage ich, ziehe die Laufschuhe an und gehe nach draußen. Es graupelt. Die kleinen Eiskügelchen prasseln ununterbrochen auf mein Gesicht ein. Weißer Dampf steigt aus meinem Mund auf. Ich koche innerlich, weil alles, was mich umgibt, tonnenschwer auf meinen Schultern lastet. Ich habe Angst, unter dieser Bürde zu zerbrechen.

Die Kälte tut meinem erhitzten Seelenleben gut.

Ich weiß, dass man sich immer aussprechen muss. Eine verbale Auseinandersetzung ist eminent wichtig für eine halbwegs gesunde Beziehung. *»Sie müssen lernen, Ihre Bedürfnisse hintanzustellen, wenn Sie Ihr Leben nicht allein verbringen wollen«,* hat mir Professor Dick bei meinem letzten Besuch mit auf den Weg gegeben.

Morgen werde ich Joshua eine Chance geben, über uns beide zu reden, heute will ich einfach nur davonlaufen.

23

Professor Dicks Haus

Odin Dick saß in seinem ledernen Ohrensessel und blätterte in der Tageszeitung. Die Leselampe über seiner rechten Schulter warf einen hellen gelben Kreis auf das zerknitterte Papier. Der junge neue Postbote hatte alles in den schmalen Briefkastenschlitz gestopft, auch die Werbebroschüren.

Einige der dünnen Seiten hatten sogar Risse bekommen. Das Papier raschelte in der beinahe vollkommenen Stille. Nur hin und wieder fuhr draußen ein Auto vorbei. Professor Dick war in einen Artikel vertieft, der sich mit der Suche nach einem Mörder befasste.

Ein Poltern am Fenster. Der Psychiater horchte erschrocken auf.

War bestimmt der Wind, überlegte er und las weiter.

Die heruntergelassenen Rollläden klapperten, als klopfe jemand mit einem Gegenstand oder einer Faust dagegen.

Professor Dick schrak zusammen. Sein Blick glitt durch den Raum. Das Telefon stand in Reichweite.

»Nur keine Panik«, redete er sich selbst gut zu. »Du bildest dir da nur etwas ein und steigerst dich zu sehr hinein, Odin. Ist da jemand?«, rief er dann etwas lauter und wartete.

War da eine Stimme?

Er bewegte den Kopf langsam nach links und rückte seine Hornbrille zurecht.

Stille.

Der Wind heulte auf.

Erneut krachte etwas gegen den Rollladen.

»Hallo?«

Nichts.

Selbst der Wind flaute ab.

Nun herrschte bedrückende Stille.

Das leise Ticken der Uhr wurde von seinem Herzschlag übertönt.

Die Geräusche hinter dem verhangenen Fenster glichen einem Kratzen.

Es war nur der Wind, versuchte sich der Psychiater erneut zu beruhigen und stellte sich vor, wie die trockenen Zweige der Bäume über die Rollläden schabten. Aber in seinem Garten standen keine Bäume, zumindest nicht so dicht am Haus. Er faltete die Zeitung zusammen und legte sie auf den Boden.

Professor Dick keuchte vor Anstrengung, nur mit Mühe kam aus den weichen Polstern hoch. Die Wolldecke rutschte von seinen Beinen auf den Boden. Die Gicht machte ihm immer mehr zu schaffen. Seine Füße steckten in ausgetretenen Pantoffeln. Leicht humpelnd schlurfte er über den Boden. Den linken Fuß zog er etwas nach. Die Hüfte fühlte sich an, als hätte jemand Glassplitter in das Gelenk gestreut.

In all den Jahren seines beruflichen Werdegangs als Psychiater hatte Odin Dick viele Menschen aus ihren Depressionen und seelischen Sackgassen ins Leben zurückgeholt.

Aber nicht alle waren für diesen Sinneswandel bereit gewesen. Einige waren rückfällig geworden oder hatten sich sogar das Leben genommen. Es war aber auch schon vorgekommen, dass ihn enttäuschte Patienten angegriffen oder überfallen hatten.

Sein letzter Fall lag zwei Monate zurück. Patrice Wurzel. Ein langjähriger Patient mit einer schlimmen Vergangenheit. Er war als Kind sexuell missbraucht worden. Von einem schüchternen, zurückhaltenden und dennoch lebensfrohen Jungen war Patrice zu einem borniertem, lebensmüden Erwachsenen mutiert.

Das Kratzen am Fenster verwandelte sich in ein Quietschen. Wie von einem Nagel oder einer Messerspitze, die über das Glas schrammte. Tatsächlich. Vor einem der Fenster blockierten Schatten das bisschen Licht, das durch den Rollladen hereinfiel.

Professor Dick sah sich unschlüssig um. Das Telefon blinkte. Er griff danach. Der Akku musste aufgeladen werden. Das durchdringende Quietschen wiederholte sich.

Er schlurfte aus dem Wohnzimmer in den Flur und stellte den Hörer mit klammen Fingern in die Ladeschale. Seine steifen Hände zitterten so sehr, dass er nicht auf Anhieb traf.

»Vielleicht reicht der Strom noch, um die Polizei zu rufen«, redete er mit sich selbst, wie es viele alte Leute tun, und wählte die Nummer.

Dabei musste er unentwegt an diesen Patrice denken. Der junge Mann hatte schon als kleiner Junge an einer psychischen Deprivation gelitten. Nach dem Tod seines Vaters hatte sich sein Zustand drastisch verschlechtert, weil er als Kind mehrere Jahre gefangen gehalten und in dieser Zeit von sämtlichen äußeren Reizen isoliert worden war. Diese Abschirmung und der Missbrauch hatten seine Seele zerstört. Halluzinationen und Wahnvorstellungen waren zu seinen täglichen Begleitern geworden.

Die Mutter war verzweifelt und später gänzlich überfordert gewesen. ›*Manchmal glaube ich, es wäre besser für uns alle, wenn Patrice tot wäre*‹, hatte sie dem Psychiater anvertraut und dabei bitterlich geweint. Nach der Trennung von seiner Mutter war es mit Patrices Geisteszustand weiter bergab gegangen. Erst nach jahrelanger, intensiver Betreuung in der psychiatrischen Klinik war es Professor Dick gelungen, den Jungen aus seinen Depressionen herauszuholen und ihm trotz der schwierigen Lebensumstände ein halbwegs normales Leben zu ermöglichen. Die Mutter hatte ihren Sohn nie wiedergesehen, sie hatte einen Surfer kennengelernt und war nach Australien abgehauen. Patrice war in Heimen aufgewachsen.

Als junger Erwachsener landete er regelmäßig hinter Gittern. All diese Umstände und Rückschläge führten zum Hospitalismus. Patrice Wurzel war ein seelisches Wrack. *Und nun steht er womöglich in meinem Garten*, überlegte der Psychiater und lehnte sich mit dem Rücken an die Wand.

Schwer atmend drückte der gebrechliche Professor den Hörer fester an sein Ohr und wartete auf eine Stimme.

Kein Rauschen, kein Klingeln, keine Stimme – nichts. Die Leitung war tot.

Odin Dick vergewisserte sich, dass das Telefon nicht ausgeschaltet war. Das Batteriezeichen blinkte noch. Schwer schluckend wählte er erneut die Notrufnummer – mit demselben vernichtenden Ergebnis.

Manchmal, wenn der Psychiater nach Hause gekommen war – das war schon Jahre her –, traf er den

Jungen vor seinem Haus an. Patrice saß vor der Haustür auf den Stufen, die Knie eng an die Brust gezogen. Er hatte geweint und Rat gesucht.

Ein dumpfer Schlag, gefolgt von einem klirrenden Bersten, erschreckte den alten Mann fast zu Tode.

Die Vorhänge blähten sich. Kalte Luft strömte ins Haus und jagte dem zutiefst verängstigten Professor noch größeres Entsetzen ein. Mit beiden Händen umklammerte er das Telefon und starrte auf das zerbrochene Fenster. Irgendetwas war hindurchgeflogen und kullerte jetzt polternd über den Boden.

Es war eine Puppe.

Dieses abscheuliche Ding hatte Patrice immer bei den Sitzungen dabeigehabt. Es war eine Art Voodoo-Puppe mit einem einzelnen Knopfauge, das an losen Nähten baumelte.

Nun lag sie vor Professor Dicks Füßen. Der Knopf hatte sich gelöst und rollte in einer Spirale über die Dielenbretter. Die Kreise wurden immer kleiner.

Alles um ihn herum wurde von einem schwarzen Nebel umnachtet. Er nahm die Welt nur noch vage wahr. Seine Kehle war zugeschnürt.

Der Knopf wurde langsamer.

Dicks Lider flatterten. Das Telefon rutschte ihm aus den Fingern. Er hob die Hände zum Hals und kratzte sich die faltige Haut auf, weil er zu ersticken drohte.

»Weiche von mir, du Teufel!«, krächzte der Psychiater. Obwohl er nie abergläubisch gewesen war, glaubte er nun im Fenster eine Fratze zu erahnen, die ihn höhnisch angrinste. Sie bellte wie ein Hund.

»Vater unser im Himmel ...«, betete er keuchend. Auch wenn er in den letzten zwanzig Jahren an keinem

Gottesdienst mehr teilgenommen hatte, suchte er jetzt Trost im Glauben. »Oh Herr, lass das alles nur einen Traum sein.«

24

Annes Haus

Ich werde vom Klingeln meines Telefons geweckt. Joshua liegt nicht neben mir. In der Küche höre ich leise Geschirr klirren und taste blindlings auf dem Nachttisch herum. Mit verschlafenem Blick versuche ich, die Nummer zu entziffern.

»Francesco«, flüstere ich ärgerlich und gehe ran, ohne mich im Bett aufzusetzen. Nach dem unruhigen Schlaf wiegt mein Kopf eine Tonne und meine Schläfen pochen.

»Ciao, Bella«, erschallt sein Standardspruch aus dem Lautsprecher. »Habe ich dich geweckt?«, schiebt er fröhlich hinterher und wartet auf meine Reaktion. »Hallo?« Nun klingt er leicht gereizt.

»Was willst du? Hast du mal auf die Uhr geschaut?«, fahre ich ihn an.

Joshuas Kopf taucht in der Tür auf. »Habe ich dich etwa geweckt?«

Ich scheuche ihn mit einer ungeduldigen Handbewegung weg.

»Es ist gleich sieben Uhr«, begehrt mein Kollege auf und schlürft demonstrativ laut an seinem Kaffee, in dem Wissen, dass ich dabei ausflippen könnte.

»Wieso erzählst du meinem Mann wichtige Informationen?«, verlange ich von Francesco zu wissen und setze mich nun doch auf, weil mir das Schimpfen so leichter fällt.

Francesco scheint abzuwägen, was er darauf antworten soll. »Die Leichenhunde haben angeschlagen.«

»Nicht dein Ernst!«

Joshua taucht mit einer dampfenden Tasse auf. Der herbe Geruch von frischem Kaffee besänftigt meinen Zorn und blockiert meine Stimmbänder.

»Ist noch sehr heiß«, warnt mich Joshua und drückt mir sogar einen Kuss auf die Stirn. Immer noch lächelnd stellt er die Tasse auf dem Nachttisch ab und verschwindet wieder.

»Das ist unfair, ich war eigentlich noch wütend auf dich«, rufe ich ihm hinterher und schmolle vor mich hin. Es ist ihm wieder gelungen, mich zu überrumpeln. Ich verspüre kein Verlangen mehr, ihn zu verlassen oder irgendetwas auf seinem Kopf zu zerschmettern.

»Was? Mit wem redest du da?«

»Ab sofort redest du nicht mehr mit Joshua über interne Angelegenheiten, haben wir uns verstanden?«

»Reg dich nicht auf, Bella. Kommst du jetzt aus den Federn oder muss ich hier alles allein managen?«

Im Hintergrund höre ich entferntes Hundegebell.

»Du musst doch lediglich die Grabung koordinieren, Süßer. Ich werde aufs Präsidium fahren und später meinen Pflichttermin ...«

»Warte kurz«, unterbricht mich Francesco. »Ich habe einen eingehenden Anruf, den ich annehmen muss.«

Während der Pause nippe ich an meinem heißen Kaffee und schließe kurz die Augen. Es klackt in der Leitung.

»Marwin Herzberg ist flüchtig.«

Ich verschütte etwas Kaffee auf die weiße Bettdecke und fluche leise, weil ich mir den Mund verbrüht habe.

»*Was?!*«

»Der Typ ...«

»Ich *weiß,* wer der Mann ist!« Ich stelle die Tasse ab und schleudere die Decke weg. »Wie ist das möglich?« Meine Finger klammern sich um das Handy. Mit nackten Füßen laufe ich auf die Toilette, weil meine Blase drückt.

»Guten Morgen, Anne«, ruft Maya aus der Küche. Das Kinn auf die Handflächen gestützt, betrachtet sie die Kochkünste ihres Vaters auf ihrem Teller. Die Begeisterung eines Kindes sieht etwas anders aus.

»Guten Morgen, Maya.« Ich versuche es mit einem Lächeln und husche weiter den Flur entlang.

»Wer war der Diensthabende?« Die Klobrille fühlt sich unter meinem Hintern kalt an.

»Das weiß ich nicht. Und wie es aussieht, wird aus deinem Pflichttermin nichts mehr. Zumindest nicht in den nächsten Tagen. Bei deinem Seelenklempner wurde letzte Nacht eingebrochen – na ja, nicht direkt *eingebrochen,* aber ...«

Seine Stimme geht im Wasserrauschen unter.

»Warst du die ganze Zeit auf der Toilette?«, unterbricht er seinen Redefluss. »Das ist aber nicht ladylike.«

»Ich bin ja auch nicht deine Lady, bleib lieber bei der Arbeit, und nein, ich sage dir nicht, welches Höschen ich trage.«

»Wie dem auch sei. Professor Dick ist nicht in der Verfassung, um zu arbeiten. Im Moment wird er selbst vom Kriseninterventionsteam psychologisch betreut.

Anscheinend hat er bei einem seiner Patienten versagt.«

»Aber warum bricht man bei ihm ein?« Ich spritze mir etwas Wasser ins Gesicht.

»Vielleicht hat der alte Knacker auch eine seiner Patientinnen bei sich zu Hause *sonderbehandelt* und der notorisch eifersüchtige Ehemann hat es herausgefunden. Jedenfalls hat dem Seelenklempner heute Nacht jemand einen Denkzettel verpasst.«

»Was redest du da für einen Stuss?«

»Bei ihm wurde ein Fenster eingeschlagen, die Telefonleitung war kurze Zeit tot. Im Haus haben die Kollegen vom Dauerdienst eine Voodoo-Puppe sichergestellt.«

»Eine Voodoo-Puppe?«, wiederhole ich ungläubig.

»Klingelt da was bei dir? Voodoo-Puppe sagt dir was, habe ich recht?«

»Nein«, lüge ich und wasche mir zum zweiten Mal die Hände. »Wie konnte Marwin Herzberg überhaupt entwischen?«, komme ich beim Händeabtrocknen auf das Thema zurück, das mir auf den Nägeln brennt. Das Handy liegt auf dem Waschbecken, dadurch klingt Francescos Stimme etwas verzerrt.

»Die näheren Umstände sind mir nicht bekannt.«

»Okay, ich kümmere mich darum. Wo ist Professor Dick jetzt?«

»In der Charité.«

»Wir sehen uns dann später.« Ich mustere mein zerknautschtes Gesicht im Spiegel und finde mich schrecklich.

»Was hast du jetzt vor?« Francesco stopft sich etwas in den Mund und kaut darauf herum.

»Ich werde Horst Hohenweider einen Besuch abstatten. In diesem Milieu kennt sich keiner so gut aus wie er.«

»Wie meinst du das?«, fragt er schmatzend. »Welches *Milieu?* Ich hasse es, wenn du so redest!«

»Und *ich* hasse es, wenn du mit vollem Mund redest!«

»Ist nur ein Croissant. Wir Italiener ...«

»Du bist kein richtiger Italiener.«

»Okay.« Er gibt den Kampf auf. »Was willst du bei deinem Mentor? Was für ein Milieu?«

»Ist eine lange Geschichte. Eins steht jedoch fest: Wir haben es hier mit einem Psychopathen zu tun, vielleicht mit zwei. Die Voodoo-Puppe ist ein Denkzettel, da hast du vollkommen recht. Aber sie gehörte keinem gehörnten Ehemann, sondern einem Toten.«

»Einem was?«

»Patrice Wurzel. Das Böse kommt selten allein und kündigt sein Auftauchen nie lauthals an. Wir sehen uns später.« Ich lege auf und gehe ins Schlafzimmer zurück.

»Musst du weg?« Joshua sieht mich unglücklich an.

»Wir reden heute Abend«, wiegle ich mit einer weiteren Lüge ab, ziehe frische Unterwäsche und Socken aus der Schublade und schiebe sie mit dem Fuß wieder zu. »Ich muss duschen.«

Er macht mir Platz.

»Ich werde mit Maya ausziehen«, ruft er mir traurig hinterher. *Er blufft nur,* denke ich und schließe mich im Bad ein.

25

Horst Hohenweiders Haus

Horst Hohenweider empfängt mich schon vor seiner Haustür mit einer Umarmung und einem »Ja, wen haben wir denn da?«. Er hustet röchelnd und winkt ab. »Ich werde *nicht* mit dem Rauchen aufhören, das kannst du dir abschminken. Komm lieber rein, dieses Hundewetter geht mir auf den Senkel.« Er drückt mit dem Rücken die Tür auf und macht eine einladende Geste.

Auch im Haus riecht die Luft nach kaltem Tabakrauch, Kaffee und Hundefutter.

»Die Schuhe kannst du ruhig anlassen«, spricht er mit heiserer Stimme weiter, obwohl ich in dieser Hinsicht gar keine Anstalten mache, und schließt die Tür.

Ein Golden Retriever taucht in dem schmalen Flur auf und wedelt freundlich. Ich strecke ihm meine Hand entgegen, damit er daran schnuppern kann, was er mit erhobenem Blick auch tut.

»Na, komm, Dicker, geh zurück ins Wohnzimmer. Lass unseren Gast erst einmal reinkommen.« Er tätschelt dem dicklichen Tier die Flanke und schiebt es sanft mit dem Knie in die gewünschte Richtung. Der Hund blafft einmal und trottet davon. Seine Krallen kratzen über die dunklen Fliesen. Das ganze Haus mit seinen dunklen Möbeln wirkt erdrückend auf mich.

»Willst du einen Kaffee?« Horst sieht mich lächelnd an und streicht über seinen weißen Bart. »Ist ziemlich dunkel hier, oder werden meine alten Augen immer schwächer?«, murmelt er und drückt auf den Lichtschalter.

Eine gelbe Lampe über seiner Glatze wirft Schatten auf sein Gesicht. Die Wülste über seinen Augen sind sehr stark ausgeprägt und verleihen seinem Aussehen etwas Archaisches.

»Was ist denn los mit dir? Ich weiß, der Zahn der Zeit hat ziemlich heftig an mir genagt, aber du siehst mich an, als stände ich schon mit einem Fuß in der Grube. So leicht gebe ich mich nicht geschlagen. Der Kerl mit der Sense kann noch lange auf mich warten«, scherzt er. »Ich hole uns einen Kaffee, du kannst schon mal Hildegard Guten Tag sagen. Seit dem letzten Schlaganfall wohnt sie bei mir. Es hat sie ziemlich schlimm erwischt, aber in Anbetracht der Umstände geht es ihr gut. Nur hört sie auf einem Ohr schlecht, und ihre linke Gesichtshälfte hängt herunter wie ein Lappen. Waldemar, zeig Anne das Zimmer, in dem Hildegard liegt«, sagt er zu dem Hund, der hechelnd vor mir auftaucht.

Tatsächlich läuft der schlaue Vierbeiner vor mir her und sieht sich immer wieder um, um sich zu vergewissern, dass ich ihm folge. Er ist genauso klug wie Viktor. Viktor war ein Schäferhund, den Horst über alles geliebt hat. Auch ich hatte den großen, intelligenten Hund gern.

Vor der geschlossenen Tür legt sich Waldemar auf den Bauch und sieht zu mir auf. Seine schwarzen Lefzen glänzen. Wieder bellt er einmal kurz.

»Er will, dass du ihm die Tür aufmachst«, ruft mir Horst zu. Ich höre, wie die Kaffeemaschine gurgelnd zum Leben erwacht.

Meine Finger drücken die Klinke nach unten. Sofort schiebt sich Waldemars Schnauze in den schmalen Spalt und schiebt die Tür ganz auf. Bei dem Anblick, der sich mir bietet, ziehe ich scharf die nach Medizin, vollen Windeln und anderen menschlichen Ausdünstungen riechende Luft ein.

Hildegard sitzt in einem Rollstuhl. »Hallo, Anne«, nuschelt sie und hebt den Kopf von ihrer flachen Brust. Sie trägt eins dieser Krankenhaushemden. Ihre von wulstigen blauen Adern durchzogenen Arme ruhen schlaff im Schoß.

»Hallo, Hildegard. Wie geht es dir?« Ich gehe vor ihr in die Hocke, damit wir auf Augenhöhe sind.

Sie hebt den rechten Arm und berührt meine Wange. »Wie hübsch du doch bist«, murmelt sie undeutlich. Sie schmatzt und versucht zu schlucken. Ein durchsichtiger Speichelfaden zieht sich von ihrem erschlafften Mundwinkel nach unten. »Entschuldige. Ich sehe erbärmlich aus.« Sie schmatzt erneut.

Ich stehe auf, blicke mich um. Auf einem kleinen Tisch neben der Tür finde ich eine Box mit Taschentüchern. Daneben steht ein Foto, auf dem Hildegard ungefähr in meinem Alter ist. Sie war wirklich hübsch, hatte lange schwarze Haare und ein zauberhaftes Lächeln. Ich setze mich wieder vor ihr auf die Fersen und tupfe vorsichtig den Speichel ab. An den Mundrändern ist ihre Haut aufgeschürft. *Was ist von dir geblieben, Hildegard?*

Bei dem Gedanken, dass ich vielleicht auch nicht davon verschont bleibe, dass mein Haar mit der Zeit dünn und weiß, meine Haut rissig und mein Verstand von unzähligen Gedächtnislücken zerschossen sein wird, beschleicht mich ein ungutes Gefühl. Meine halbwegs gute Laune trübt sich.

»Gut, dass du da bist.« Horst kommt herein und stellt die Tassen neben dem hübschen Porträt ab. »An diesem Tag war sie dreißig Jahre alt und hat noch im selben Jahr einen extrem komplizierten Eingriff überlebt.«

»Wäre ich doch nur damals gestorben«, höre ich Hildegards krächzende Stimme.

»Nach der Operation musste Hildegard erfahren, dass sie keine Kinder gebären kann«, sagt Horst wehmütig und streicht beinahe zärtlich über den silbernen Bilderrahmen.

»Was war geschehen?«

»Hilfst du mir, sie ins Bett zu legen? Die Pflegerin kommt erst in einer Stunde.« Er klingt traurig, beantwortet aber meine Frage nicht. »Waldemar, du gehst jetzt wieder auf deinen Platz.« Der Hund hechelt. »Ab mit dir!« Horst zeigt zur Tür.

Der Hund wirft mir einen hilfesuchenden Blick zu.

»Verkrümelst du dich wohl?«, brummt Horst.

Erst jetzt schleicht Waldemar mit eingezogenem Schwanz aus dem Raum.

Das Bett ist der gleiche Bautyp, den ich aus dem Krankenhaus kenne. Horst schiebt den Rollstuhl parallel zu dem stabilen Gestell und wartet auf mich.

»Was soll ich machen?« Ich fühle mich fehl am Platz und komme mir ziemlich blöd vor.

»Du hebst nur ihre Beine an, das ist alles. Früher hätte ich das ohne fremde Hilfe geschafft, aber jetzt bin ich zu alt«, gibt er unumwunden zu und schenkt mir ein freudloses Lächeln. Er stellt sich hinter seine Schwester und schiebt die Hände unter ihre Achseln.

»Nicht vor dem Mädchen! Bitte, Horst!«, ereifert sich Hildegard und versucht sich aus seiner Umklammerung zu befreien.

»Da ist doch nichts dabei, Süße«, beschwichtigt er sie und hebt ihren ausgemergelten Körper leicht an. Ich greife ungeschickt nach den Beinen. Wie zwei trockene Äste. Ich habe Angst, Hildegard wehzutun. Horst geht damit ganz anders um. Seine Bewegungen sind routiniert.

Trotzdem atmet er schwer. »Bin jetzt schon außer Puste«, schnauft er und hält sich die Seite.

Bei unserem Versuch, Hildegard aufs Bett zu hieven, ist das Flügelhemd nach oben gerutscht. Ich sehe die Windel und ihren Bauch. Über dem Nabel ist die Haut vernarbt und weist einen senkrechten Wulst auf, der silbern glänzt.

»*Nicht vor dem Mädchen!*«, protestiert Hildegard vehement und zupft unkontrolliert mit ihren knochigen Händen an dem dünnen Stoff.

»Nimm bitte den Kaffee und warte im Wohnzimmer auf mich.« Horst schiebt mich keuchend aus der Tür, drückt mir die beiden Tassen in die Hände und verharrt einen Augenblick auf der Schwelle. Er reibt seinen Ringfinger. Der Ring fehlt, die Verjüngung ist jedoch deutlich zu sehen. »Hab ihn mir abnehmen lassen«, murmelt er gedankenverloren und schließt die Tür. Hildegard kreischt. Waldemar eilt herbei und fängt traurig an zu winseln.

»Komm mit, Großer.« Er reibt sich an meinem Bein und folgt mir ins Wohnzimmer.

»*Anne!*«, schreit Horst. Ich stelle die Tassen auf die Kommode und folge dem Hilferuf. »Anne, komm bitte schnell her!«

Ich stürme ins Zimmer. Hildegard zappelt heftig. Horst drückt ihre Schultern aufs Bett und sieht mich ängstlich an. »Sie hat einen Anfall«, keucht der alte Mann und redet beruhigend auf seine Schwester ein.

Ihre gelähmte Gesichtshälfte ist blau angelaufen. »In meinem Schlafzimmer! Im Safe liegt ein roter Koffer. Schnell! Bring ihn her«, erteilt er abgehackt die überlebenswichtigen Anweisungen.

Leider weiß ich nicht genau, wo sein Schlafzimmer ist. Als hätte er meine Gedanken gelesen, wendet er sich an den Hund. »Waldemar, zeig Anne, wo mein Schlafzimmer ist.«

Der Hund macht kehrt und läuft voraus.

Horsts Beziehung zu seiner Schwester war stets innig, zuweilen schon beinahe krankhaft. Sollte dieser Anfall Hildegard dahinraffen, will ich mir gar nicht vorstellen, wie hart ihn ihr Tod treffen wird.

Das Schlafzimmer ist groß. Das Bett gemacht. Selbst die Kissen sind aufgeschüttelt und ordentlich nebeneinandergelegt. Waldemar kratzt mit den Vorderpfoten an der schweren Tür des schwarzen Tresors.

Verdammt, und wie lautet die Kombination? Waldemar kratzt unaufhörlich weiter. Ich komme ihm zu Hilfe und ziehe probeweise am Türgriff. Die Tür ist nicht abgeschlossen.

»Braver Hund«, lobe ich ihn und atme erleichtert auf, um im selben Moment zu erstarren. Im obersten Fach liegt eine VHS-Kassette. Dieselbe Aufschrift.

Derselbe Hersteller. Dasselbe Datum. Meine Kehle wird eng.

Waldemar stupst mich mit seiner feuchten Nase an und knurrt. Ich schnappe mir den roten Kasten und laufe zurück.

Schaum tritt aus Hildegards bleichem Mund. Sie röchelt.

Zwei Hände entreißen mir hektisch den Koffer. »Du gehst jetzt lieber wieder raus.« Horsts dunkel geränderte Augen sind blutunterlaufen. Er weint. Schweißperlen bedecken seine Glatze. Das weiße T-Shirt klebt feucht an seinem Rücken.

»*Geh raus!*«, brüllt er mich an und kramt in der roten Box nach dem lebensrettenden Präparat.

Der Kaffee steht immer noch auf der Kommode. Benommen laufe ich in Horsts Schlafzimmer zurück.

Der Safe ist beinahe leer. Auf Augenhöhe liegt eine kleine Schachtel. Ich klappe sie auf, darin befindet sich ein Ring. Aufgesägt. In einer Tüte. Er glänzt golden. Ich fasse die Tüte nicht an.

Die Kassette liegt zuoberst, ich möchte danach greifen. Meine Finger schließen und öffnen sich wieder. Meine Hand verharrt unschlüssig in der Luft.

Plötzlich werde ich an der Schulter gepackt und zurückgerissen. »Was machst du hier?« Horsts Brust hebt und senkt sich heftig. Sein Blick gleitet an mir vorbei.

»Woher hast du diese Kassette?«

»Ich war auch mal Polizist, schon vergessen?«

»Warum bewahrst du sie dann bei dir zu Hause auf? Kanntest du Ernst Kraulitz persönlich?«

»Nein.« Es klingt nicht überzeugend.

»Wo hast du dann die Kassette her?« Ich massiere mir die Nasenwurzel, weil nichts von dem, was in meinem Kopf herumschwirrt, einen Sinn ergibt. »Horst, du warst immer wie ein Vater für mich. Was in Gottes Namen ist auf dieser Kassette?«

»Das ist Blasphemie.«

»Mir ist nicht nach Scherzen zumute.«

»Mir auch nicht«, murrt er und schnieft.

»Dann sag mir, was hier los ist!«

Er hebt beschwichtigend die Hände.

Meine Lider senken sich träge, die Augen brennen wie die Hölle.

»Ich habe mit Maik Buchmüller telefoniert, deinem Vorgesetzten.«

»Ich weiß, wie mein Chef heißt.«

»Jetzt reg dich doch nicht gleich über jedes Wort auf.« Er setzt sich aufs Bett und klemmt die Hände zwischen die Beine.

»Warum hast du ihn angerufen?« Ich lasse mich neben ihn plumpsen. »*Ich* leite den Fall, schon vergessen?« Meine Stimme geht in ein hysterisches Zischen über. Die nächste Frage bleibt irgendwo auf dem Weg zu meinen Lippen stecken. Heraus kommt nur ein tonloses »Wieso?«.

»Ich habe mit deinem Boss telefoniert, weil ...« Er kratzt sich die Wange. »Scheinbar hast du die beiden Männer schnappen können, die in diesem Video zu sehen sind.«

»Das war nicht mein Verdienst. Und Buchmüller hat dir die Kassette ausgehändigt?«

»Nein.« Er schüttelt den Kopf. »Allem Anschein nach gibt es noch mehr von diesen Filmen. Kannst du dich noch an Dr. Birkenhoff erinnern?«

»Den Kinderarzt?«

Er nickt. »Diese Kassette habe ich in seiner Garage gefunden. Leider wollte er mir ums Verrecken nicht verraten, wer die anderen Männer waren. Er starb ein Jahr später an Herzversagen. In der Zelle. So lautet zumindest die offizielle Version.«

»Woran ist er wirklich gestorben?«

Er lacht traurig auf. »Als Kinderschänder ist es praktisch unmöglich, im Knast zu überleben. Ein Mitgefangener hat ihm mit dem Fingernagel die Kehle aufgeschlitzt. Der schlaksige, unscheinbare Typ hatte seinen Daumennagel an einem kleinen Rostfleck an der Tür rasiermesserscharf gewetzt und auf den richtigen Augenblick gewartet.« Horst fährt demonstrativ mit dem Daumen von einem Ohr zum anderen. »Seitdem liegt sie in meinem Safe.«

»Und der Ring? Wieso hast du ihn abnehmen lassen?«

»MRT.« Mehr sagt er nicht.

»Hat dir mein Chef auch erzählt, *wer* die beiden Männer ermordet hat?«

»Patrice.« Er gibt sich immer noch wortkarg. Ich genieße seine Nähe dennoch.

»Du hast mich damals aus dem Wasser gefischt.«

»Daran kannst du dich wirklich noch erinnern?« Er nimmt meine Hand zwischen seine.

»Ich weiß es nicht.«

»Patrice war nie so stark wie du.«

»Kannst du mir die Stelle zeigen, an der du mich gefunden hast?«

Seine Hände quetschen meine Finger. Eine Reaktion, die er nicht kontrollieren kann. »Warum?«

»Vielleicht hast du damals etwas übersehen.«

Er lächelt schief. »Du gibst wohl nie auf, was?«

Wir schweigen eine Weile. Mein Kopf lehnt an seiner Schulter.

»Kannst du dich auch an die Zeit *vor* deiner Rettung erinnern, mein Kind?«

»Ich weiß nicht, ob ich das möchte. Wie geht es Hildegard?«

»Sie schläft.«

»Zeigst du mir nun den Ort?«

»Wenn du das unbedingt willst. Wann hast du eigentlich deine Mutter zuletzt besucht? Unser Leben rauscht unwiederbringlich an uns vorbei. Du siehst ja, wie schnell wir altern. Gib ihr noch eine Chance. In deinen Augen hat sie als Mutter versagt, ich weiß. Aber kann man ihr das verübeln, nach allem, was sie durchmachen musste? Du warst lange weg, spurlos verschwunden. Sie blieb mit ihren Ängsten und Sorgen allein zurück.«

»Ich wurde *gekidnappt*. Ich weiß gar nicht, wie unser Verhältnis vor meiner Entführung gewesen ist. Hat sie mich überhaupt je geliebt?«

»Das solltest du sie persönlich fragen.«

»Hatte ich auch eine Puppe?«

Horsts weiße Augenbrauen rutschen nach oben. Seine wässrigen Augen verengen sich zu schmalen Schlitzen.

Ich ziehe meine Hand weg und richte mich auf. »Patrice hatte eine Voodoo-Puppe. Sie hat ihm geholfen, die schrecklichen Ereignisse zu verarbeiten.« Galle steigt mir in die Speiseröhre.

»Du hast keine gebraucht, soviel ich weiß. Das solltest du lieber Professor Dick fragen. Wie gesagt, du warst emotional viel stärker als Patrice.«

Vielleicht, weil ich eine Familie hatte? Ich kaue auf der Innenseite meiner Wange. Das Leben ist eine Wundertüte voller hässlicher Überraschungen.

Horst gestikuliert Richtung Tür. »Lass uns ins Wohnzimmer gehen.«

»Kann ich die Kassette mitnehmen?«

»Hast du nicht gesagt, dass du selbst eine hast? Maik hat mir verraten, dass der Fall so gut wie abgeschlossen ist. Du musst endlich lernen, loszulassen, Anne.« Er tätschelt mein Knie und steht auf.

»Vielleicht hast du recht«, pflichte ich ihm bei und streiche das Bett wieder glatt.

»Komm, wir trinken einen Kaffee. Ich setze frischen auf.«

Ich zupfe an der Ecke der Bettdecke. Etwas raschelt. Ich schiebe meine Finger unter den weichen Stoff, der nach Weichspüler riecht. Ein Kondomblister? Ist Horst doch fitter, als er sich gibt? Ich schiebe das silberne Ding zurück und setze eine entspannte Miene auf.

Waldemar reibt sich wieder an meinem Bein und wackelt mit dem Hinterteil.

»Er scheint dich mehr zu mögen als mich. Wahrscheinlich glaubt er, dass er mich überlebt und du dich um ihn kümmern wirst.«

»Red keinen Quatsch.«

»Hunde können so etwas riechen. Waldemar ist ein ganz Schlauer. Jetzt lass uns in die Küche gehen«, sagt Horst und geht voraus. Ich folge ihm.

»Morgen kann ich dich zum See fahren, aber nur unter einer Bedingung.« Horst füllt frisches Wasser nach und wechselt den Filter. Dann zählt er drei volle Löffel Kaffeepulver ab. Die Kaffeemaschine blubbert.

»Und die wäre?«

»Dass du mich danach nicht mehr mit deiner Vergangenheit behelligst.«

Ich lächle. »Versprochen.«

Horst schaut nach draußen. »Ich mag den Winter nicht. Er hat etwas an sich, das mich an die Endgültigkeit unseres Lebens erinnert. So stelle ich mir den Tod vor: kalt, grau und einsam.«

Mein Telefon klingelt. *Francesco*.

»Wir haben eine Grube ausgehoben, das musst du dir unbedingt ansehen. Kommst du?«

»Ja.« Ich warte auf nähere Informationen, die nicht kommen.

»Musst du schon wieder weg?« Horst klingt traurig.

Ich nicke und lege auf.

»Es wird so früh dunkel. Die Kälte und der ewig graue Himmel machen mir am meisten zu schaffen.« Er wendet den Blick vom Fenster ab und sieht auf die Kaffeemaschine. »Willst du welchen mitnehmen? Ich habe solche Thermobecher. Gab's im Lidl, zwei Stück zum halben Preis.« Er zieht eine Schublade auf und präsentiert mir stolz einen der Becher.

»Gern.« Ich muss wieder an den Ring denken. Hat seiner auch so eine Gravur? *Zusammen bis in den Tod*. Ist *Horst* womöglich einer von diesen Männern? Diese Vorstellung treibt mir den Schweiß auf die Stirn. »Deine Heizkosten müssen ja immens hoch sein, so warm, wie es hier drin ist.«

»Der Thermostat steht immer auf der drei«, wirft er über die Schulter und schraubt den Deckel auf.

»Was hat Hildegard eigentlich?«

Horst greift nach der halb vollen Kanne und gießt den schwarzen, dampfenden Kaffee für mich ein. »Und die hier nimmst du auch mit.« Er langt in eine Kristallvase, die auf dem Tisch steht, und steckt mir mehrere bunte Bonbons in die Tasche meines Jacketts.

»Ihr Leben neigt sich dem Ende zu. Das ist nun mal der Lauf der Dinge. Sie wurde schon des Öfteren operiert, aber nach jeder OP ging es ihr nur noch schlechter. Die blauen schmecken am besten.« Er grinst müde und steckt sich eins in den Mund, das bunte Papier knüllt er zusammen und lässt es in der Hosentasche verschwinden.

»Ich muss auf meine Figur achten.«

Horst drückt mir den Becher in die Hände. »Achte lieber auf meine.« Grinsend drückt er seinen Bauch zu einer kleinen Falte zusammen. »Das hier ist alles Speck. Früher war ich jung, stark und hübsch. Aber das Alter hat mir meine Jugend geraubt. Hier.«

Ich bekomme den Deckel und schraube ihn fest zu.

Mit dem Becher in der Hand stehe ich in der Tür. Horst hilft mir in die Jacke und winkt mir zum Abschied. Waldemar verschwindet im Wohnzimmer und taucht kurz darauf mit einem Spielzeug zwischen den Zähnen wieder auf.

Der schlaue Hund wirft mir das undefinierbare Ding vor die Füße, indem er die Schnauze aufreißt und ausgiebig gähnt.

Ein kalter Schauer kriecht über meinen Rücken. Ich deute auf die Puppe. »Ist das nicht Greta?« Sie hat keine Augen mehr und fast keine Haare. Der grobe Stoff ist schmutzig.

»Ach wo. Welche Greta denn? Waldemar hat sie irgendwo im Garten ausgegraben und gibt sie nicht mehr her.« Wie aufs Stichwort schnappt der Hund nach der Puppe und trottet ins Wohnzimmer zurück.

»Horst!«, ruft Hildegard kläglich.

»Meine Schwester ist wieder wach.« Er schiebt mich vollends nach draußen und zieht die Tür zu. Der kalte Wind zerrt an meinem Kragen und kriecht mir unter den Rock.

Greta, Greta, Greta, wiederhole ich den Namen im Stillen. Ein bitterer Geschmack legt sich auf meine Zunge. Wie von einer Tablette gegen Fieber.

»Auf drei bist du wieder bei mir«, höre ich Professor Dicks Stimme. Sie kommt von weit, weit her, aus Tagen, in denen ich noch ein kleines Mädchen war. Ich höre eine Melodie, dann die Stimme meiner Mutter. Das Wiegenlied, das ich nur in Gedanken nachsingen kann, wühlt erneut alles in mir auf.

26

Frühling 1990

Im Sprechzimmer bei Professor Dick

»Ihre Impertinenz kennt wohl keine Grenzen! Diese bodenlose Dreistigkeit verschlägt mir die Sprache. Was erlauben Sie sich? Solche Lügen über mich zu verbreiten, wird Konsequenzen haben!«, maßregelte Doktor Dick jemanden am anderen Ende der Leitung, tupfte sich die Stirn ab und knallte den Hörer auf das Telefon.

Bevor er mit seiner Arbeit fortfahren konnte, rückte er alle Gegenstände auf seinem Tisch an ihren Platz und maß die Abstände zur Kante mit einem Lineal nach. Das gerahmte Bild mit seinem jungen, lachenden Konterfei stand in der rechten Ecke. An jenem Tag hatte man ihm seinen Doktortitel verliehen. Jedes Mal, wenn er das Foto sah, stiegen die Glücksgefühle aufs Neue in ihm auf und gaben ihm den nötigen Antrieb, um die Tristesse des Alltags für einen Augenblick zu vergessen. Mit den Jahren waren diese Momente des Glücks weniger geworden.

Auch heute war kein besonders schöner Tag. Obwohl die Sonne im Fenster einen warmen Vormittag ankündigte, spürte er in der Magengrube, dass diese Verheißung trügerisch war. »Man kann die

Geschehnisse nicht in einzelne Erfahrungen zerlegen und später nach Belieben zusammenfügen«, murmelte er vor sich hin, lehnte sich in seinem Sessel zurück und massierte sich die Schläfen.

Er hasste seinen Job. Die meisten seiner Patienten waren junge, unschuldige Wesen. Die Wirklichkeit und ihre Fantasien waren untrennbar ineinander verwoben und diese beiden Parallelwelten voneinander zu lösen, ohne ihre zerbrechliche Psyche noch mehr zu schädigen, verlangte Professor Dick alles ab. Auch heute stand ihm eine äußerst komplizierte Begegnung bevor.

Um seinen Job aus tiefstem Herzen zu verachten, muss man ihn anfänglich lieben gelernt haben.

Als zaghaft an die Tür geklopft wurde, richtete sich der Professor auf. Eine schlanke Frau im gelben Kleid erschien im Türrahmen.

»Professor Dick? Greta und Anne sind hier, sie wollen Ihnen etwas erzählen.«

Er verschränkte die Finger und schenkte seiner Sekretärin ein Lächeln. »Sie sollen reinkommen«, sagte er mit warmer Stimme und stand auf.

Anne war ein Mädchen von sieben Jahren. Aufgrund eines Vitamin-D-Mangels war sie viel kleiner als gleichaltrige Kinder. Trotz der unmenschlichen Strapazen, die sie durchgemacht hatte, schien sie hochintelligent zu sein. Ihr Körper war feingliedrig, ihr Verstand scharf. Das Mädchen hatte Zeit seines Lebens keine Sonne gesehen, trotzdem wusste es viel von der Außenwelt, selbst über den Süd- und Nordpol wusste es Bescheid.

Heute trug sie ihr blondes Haar offen. Sie stand hinter der Sekretärin und knetete die Stoffpupe, die ihr Professor Dick bei ihrer ersten Sitzung geschenkt hatte.

»Heute siehst du wieder mal aus wie eine Prinzessin«, versuchte er das Kind aufzumuntern – mit mäßigem Erfolg.

Anne war nicht wie andere Kinder. Sie war zu klug für ihr Alter und zu verschlossen. »Wo ist Patrice?«

Im Gegensatz zu ihr war der Junge für alles offen gewesen und hatte sich eine Voodoo-Puppe geschnappt, obwohl sie überhaupt nicht zur Auswahl stand. Aber der Psychiater hatte auch gar nicht erst versucht, ihn umzustimmen.

»Er fühlt sich nicht gut«, flüsterte Anne und machte einen kleinen Schritt nach vorn.

»Ich lasse euch dann mal wieder allein. Ich bin gleich hier um die Ecke, Anne.« Die dunkelhaarige Frau lächelte.

»Danke, Patricia«, bedankte sich Professor Dick und ging vor dem Mädchen in die Hocke. »Wollen wir heute wieder über die Lehrerin oder den Mann mit der Maske sprechen?«

Das Kind zuckte zusammen. Die kleinen Finger bohrten sich in den Kopf der Puppe.

»Greta hat Angst«, flüsterte sie und senkte den Kopf.

Annes Persönlichkeit war gespalten. Ihre Identität sollte mithilfe der Therapie mit ihrem früheren Ich verbunden und neu geformt werden, doch diese Aufgabe erwies sich als äußerst komplex. Anne war noch nicht bereit, sich festzulegen, wer sie sein wollte.

»Bist du heute Anne oder Greta?« Der Professor stand wieder auf und reichte dem Mädchen die Hand, um das Eis zu brechen. Ihre warmen Finger schlangen sich um seinen Daumen.

»Magst du dich auf das Sofa setzen? Oder lieber auf das Kuschelkissen?«

Sie zeigte mit der Hand, in der sie die Puppe hielt, auf das giftgrüne Sitzkissen. »Ich heiße Anne Glass.«

»Sehr schön, Anne. Dann also das Kuschelkissen.«

Er half ihr in die Kuhle. »Und ich nehme wieder den Stuhl, einverstanden?«

Sie nickte zögernd. »Ich mag Greta nicht. Sie weint nachts immer und lässt mich nicht schlafen.« Anne zog den Kopf ein, sie sah den Doktor nicht an. Das tat sie meistens. Sie sprach mit ihrer Puppe.

»Hast du ihr deswegen den Mund mit dem lustigen Heftpflaster zugeklebt?«

Anne schwieg und kratzte mit gerunzelter Stirn mit dem Fingernagel am Rand des bunten Leukoplaststreifens. Sie überlegte. »Das hat Patrice gemacht. Seine Puppe hat keinen Mund, deswegen kann sie auch nicht weinen, hat er gesagt.«

»Da hat er wohl recht.«

»Seine Puppe hat gar keinen Namen.«

»Das ist nicht schlimm. Wollen wir heute wieder ein lustiges Spiel spielen?«

Behutsam zog Anne das Pflaster ab und klebte es über die Augen der Stoffpuppe.

»Schön. Du kannst nun auch die Augen zumachen.«

Anne lehnte sich zurück.

»Schließ die Augen, Anne, so kannst du mir besser zuhören. Auch Greta kann sich dann besser auf das konzentrieren, was ich euch beiden erzählen möchte.« Sie gehorchte und presste die Puppe fest an ihre Brust. Das schlichte Kleid reichte ihr bis zu den aufgeschürften Knien.

»Ich werde jetzt mit Greta sprechen. Du, Anne, hörst uns beiden einfach zu.«

Annes Lider flatterten zaghaft, blieben jedoch geschlossen.

»Wer hat dich aus dem Eiswasser geholt? Weißt du das noch?« Professor Dick gab sich Mühe, die Abfolge ihrer Berichte auf einer Zeitskala zu fixieren, um sie später chronologisch einzuordnen. Ihre Erinnerungen waren sprunghaft.

»Horst.« Nur ein leises Wispern.

»Wo wart du und Patrice, bevor Horst dich aus dem Wasser geholt hat?«

»Wir waren in einem Haus.«

»Wer war da noch?«

»Greta ... und andere Kinder.«

»Hat dir dieses Haus gefallen?«

»Ja, es war sehr schön dort. Wir bekamen immer Zuckerwatte zum Nachtisch.«

Der Psychiater legte die Hände aneinander und hob sie an den Mund, als wolle er beten. Dieses Kind war für ihn ein Buch mit sieben Siegeln. Er schaffte es einfach nicht, den Schutzwall, den es um sich herum errichtet hatte, zu durchbrechen. Dauernd schuf sie unbekannte Parallelen und stieß neue Türen auf. Das Labyrinth ihrer Gedanken veränderte sich ständig.

»Wer hat euch die Zuckerwatte gebracht?«

»Mein Opa.«

»Kannst du ihn beschreiben?«

»Er hatte dieselbe Stimme wie Horst.«

Sie begann aufs Neue, ihre traumatischen Erlebnisse mit unbewussten Wunschvorstellungen zu vermischen. Auch das war kein ungewöhnliches Phänomen.

»Waren da noch andere Erwachsene?«

»Ich weiß es nicht. Ich möchte nicht darüber reden. Die Zuckerwatte hat nach Himbeere geschmeckt.«

»Du stehst in dem Haus, Greta. Schau dich um. Was siehst du?«

»Ich sehe den blauen Himmel und Pinguine. Ich mag Pinguine. Patrice und ich haben Bücher. Die Lehrerin bringt uns Mathe bei und zeigt uns lustige Tierfilme.«

»Und die anderen Kinder? Sind die auch bei euch?«

»Nein. Nur Patrice und ich.«

»Ist Anne auch bei euch?«

»Nein. Sie ist im See ertrunken.« Anne riss plötzlich die Augen auf. Sie weinte stumme Tränen. »Ich mag dieses blöde Spiel nicht! Ich will mich nicht mehr erinnern. Ich will zu meiner Mama!«

»Welche Tiere magst du nicht, Greta?«

»Ich hasse Schweine!« Ihr Kinn bebte. Sie zerrte an der Puppe, als wollte sie sie in Stücke reißen. »Schweine sind böse! Und Hasen – die sind auch gemein.«

»Warum?«

»Weil sie mir wehgetan haben.«

»Wie?«

»Ich will zu meiner Mama«, beharrte das Kind mit tränennassen Augen.

»Dann machen wir für heute Schluss.«

Anne schüttelte den Kopf. Ihr golden glänzendes Haar warf sanfte Wellen. »Ich komme nie wieder her! Und ich hasse Greta, sie ist böse!« Sie schleuderte die Puppe auf den Boden, sprang auf und rannte zur Tür.

»Was ist los, mein Kind?« Eine Frau nahm sie in den Arm. Renate Glass. Annes Mutter. Eine Prostituierte.

»Was ist, mein Kind?« Sie sprach mit einem starken osteuropäischen Akzent und wischte dem Mädchen die Augen ab.

»Ich will nach Hause, Mutti.«

»Aber das geht nicht, mein Schatz. Dein Zimmer ist noch nicht ganz fertig«, log die Frau, weil sie gar kein Zuhause hatte, in dem sie das Mädchen aufnehmen konnte.

»Muss ich wieder ins Krankenhaus?«, winselte Anne unglücklich.

»Du kannst eine Weile bei Horst und seiner Schwester wohnen. Wie wäre das?«, schlug Dick vor.

Anne schüttelte entschieden den Kopf. »Ich will bei Mami sein.«

»Das lässt sich bestimmt arrangieren. Du musst nur etwas Geduld haben«, redete der Professor beruhigend auf das Mädchen ein.

»Ja, Geduld«, echote die Frau. Ihr Blick heischte nach Unterstützung.

»Ihr könnt ja heute in den Zoo gehen. Dort gibt es bestimmt Pinguine.« Der Psychiater holte sein Portemonnaie aus der Gesäßtasche und gab der Frau mehrere Geldscheine. »Horst soll euch beide begleiten.«

»Gehen wir wirklich in den Zoo, Mami?« Anne umfasste das vernarbte Gesicht der Frau und sah sie an. Ihre langen, dunklen Wimpern waren nass.

»Vielleicht nächstes Mal. Heute schwierig, habe noch Arbeit zu tun.«

»Horst wird sich schon darum kümmern.«

»Aber du hast es versprochen!«, schrie das Kind verzweifelt und rieb sich über die geröteten Augen.

»Horst und Hildegard gehen mit dir hin, Anne«, intervenierte Professor Dick und sah die Frau ernst an.

»Okay. Wir gehen Zoo. Pinguinen anschauen ist gut.«

»Mama, warum redest du so lustig?« Das Mädchen lächelte unter Tränen, seine Stimme klang immer noch kratzig vom Weinen. Schnell schlang Anne ihre Ärmchen um den Hals der verdattert dreinschauenden Frau.

»Weil ich aus andere Land komme, mein Spatzilein.«

»Ihr geht schon mal nach unten und holt euch etwas zu essen. Ich benachrichtige in der Zwischenzeit Horst. In der Kantine gibt es leckeren Kuchen.«

»Oh ja, Kuchen!« Das Kind blühte förmlich auf.

Dick ging in sein Behandlungszimmer zurück, wählte die Nummer des Kriminalkommissars und wartete einen Moment.

»Hauptkommissar Hohenweider am Apparat«, drang die tiefe Stimme aus dem Lautsprecher. Der Professor zuckte erschrocken zusammen und schaltete die Mithörfunktion aus.

»Hör mir jetzt genau zu, Horst. Anne will sich öffnen. Du gehst jetzt mit ihr in den Zoo. Die Hure nimmt ihr auch mit. Hörst du?«, sagte er in gedämpftem Ton und hielt die Hand über die Sprechmuschel. Sein Blick ruhte auf der Tür.

Angespanntes Schweigen trat ein. Dann: »Okay.«

»Sie mag Pinguine und fürchtet sich vor Schweinen.«

»Gut.«

»Wir sprechen uns später.«

»Okay.«

»Und noch etwas!« Der Psychiater ließ seine linke Hand kreisen und wartete auf ein Knacksen.

»Was?«

Der Knöchel knackte. »Sie glaubt, du hast etwas mit der ganzen Sache zu tun.«

»Dann bring sie dazu, alles zu vergessen. Das ist mein Ernst! Auch der Junge darf sich an nichts erinnern. Ich habe die beiden gefunden. Ich habe den Fall gelöst. Ich kann keinen Ärger gebrauchen. Die Zeitungsheinis dürfen nichts davon mitbekommen! Falls du versagst und irgendwas durchsickert, pflanze ich der Kleinen noch ganz andere Erinnerungen in den Kopf. Ich hoffe, das war jetzt klar und deutlich.« Die Leitung wurde unterbrochen.

»Verdammte Scheiße!«, fluchte Professor Dick.

27

Heute, 2019

Professor Dicks Haus

Ein Videoanruf. Ich ziehe das Icon nach oben.

»Hey, Bella, wo bleibst du?« Francesco sieht mich fragend an. Hinter ihm ist eine weiße Plane aufgespannt. Die Folie schlägt Wellen. An einem Ende löst sich die Verankerung aus dem Boden. Die Plane flattert im Wind. Zwei Gestalten in weißen Anzügen hüpfen herum und versuchen das lose Ende zu erwischen.

»Ich habe beschlossen, mich mal im Haus meines Psychiaters umzusehen.«

»Weil?« Francescos Augenbrauen bilden zwei beinahe perfekte Bögen.

»*Weil* er womöglich von unserem geflüchteten Marwin Herzberg überfallen wurde.«

»Und wie kommst du darauf?«

»Wegen der Voodoo-Puppe, die in seinem Haus gefunden wurde.«

Prompt macht Francesco einen auf böser Geist. »Uuuhhh. Jetzt mal ernsthaft. Eine Voodoo-Puppe? Und das verleitet dich zu der Annahme, dass ...«

»Diese Puppe hat Patrice gehört«, schneide ich ihm abrupt das Wort ab und laufe zur Eingangstür. Ich weise mich bei den Kollegen aus und betrete das Haus. »Und wie läuft es bei dir?«

»Das hier ist eine sehr filigrane Arbeit, auch wenn die Männer mit Schaufeln herumwerkeln, müssen sie äußerst behutsam vorgehen.«

»Halt«, schreit einer der Männer im Hintergrund und reißt die Arme hoch. Francesco fährt herum. Ich sehe nur noch den grauen Himmel.

»Bitte bleiben Sie innerhalb der Markierungen«, weist mich einer der Beamten zurecht.

»Tut mir leid«, entschuldige ich mich und schenke ihm ein verkniffenes Lächeln. Ich starre auf den Boden und laufe zwischen den beiden gelben Linien weiter. Die Klebestreifen verlaufen fast perfekt parallel und führen mich an den Ort des Geschehens. Das Wohnzimmer ist spärlich möbliert und verrät mir, dass mein Psychiater nicht viel von materiellen Dingen gehalten hat. Nichts passt wirklich zusammen.

»Wir haben das erste Skelett bergen können, scheint komplett zu sein!« Francesco sieht mich auf dem Display mit glänzenden Augen an. »Wenn das kein Durchbruch ist.«

»Falls wir nicht dafür gefeuert werden«, nehme ich ihm den Wind aus den Segeln. »Unser Chef wird nicht sonderlich begeistert sein, wenn er von unserem Enthusiasmus erfährt. Falls wir bei unseren Ermittlungen mehr Fragen ausgraben als Antworten liefern, sind wir diejenigen, die in einer Grube landen. Sind die Knochen alt?«

»Unter Berücksichtigung der Wetterbedingungen und der äußerlichen Einwirkungen müssen die Leichen ziemlich lange da unten gelegen haben. Die Gesamtumstände sind nicht wirklich vorteilhaft, aber es sind blanke Knochen ...«

»Francesco? Willst du einen Blick darauf werfen?«, unterbricht eine Frauenstimme sein vorläufiges Resümee.

»Warte kurz, Alice«, wendet er sich an die Kollegin. Ich höre ihn in den Hörer atmen. Er schirmt das Mikrofon mit der Hand ab, damit ich ihn besser hören kann. »Wir haben die Anruflisten von Salomon Dietrich und Ramis Dscheidun verglichen. Die müssen sich gekannt haben. Dieser Dscheidun hat den Jäger mehrmals in der Nacht angerufen, in der er ermordet wurde.«

»Sehr gut.«

»Was hast du da, Alice?« Francescos Stimme wird vom Wind weggetragen.

»Der Schädelknochen stammt von einem Kind«, sagt die Frau. Die Leitung wird unterbrochen. Ich starre auf das Display und frage mich, ob ich den letzten Satz richtig verstanden habe.

»Ist irgendetwas entwendet worden?« Ich spreche den Leiter der Spurensicherung an, weil ich ihn vom Sehen kenne.

»Nichts, was von Belang wäre«, gibt er gelangweilt zurück.

»Könnten Sie bitte konkreter werden? Im Moment ist alles von Belang«, hake ich nach.

»Professor Dick meinte, seit dem Überfall fehle eine Zeitung, die in seinem Briefkasten steckte. Die haben wir tatsächlich später im Garten gefunden.«

»Mehr nicht?« Ich kann meine Enttäuschung nicht verbergen.

»Wollen Sie nicht wissen, *warum* wir die Zeitung im Garten gefunden haben?«

»Doch.«

»Der Täter hat damit vermutlich die Adresse überprüft. Am Haus gibt es keine Nummer und auf der Klingel steht kein Name. Aber auf der Tageszeitung schon. Der Bursche ist clever.«

»Das klingt schlüssig«, gebe ich zu.

»Danke.«

»Und sonst?«

»Ein kaputtes Fenster, ein Stein und eine Puppe«, zählt er achselzuckend auf. »Er hat bestimmt nicht in Tötungsabsicht gehandelt.«

»Bitte sammeln Sie alle Scherben auf. Ich möchte, dass sie auf Fingerabdrücke und DNA-Spuren untersucht werden. Wer hat die Puppe aller angefasst?«

»Professor Dick auf jeden Fall. Und die Kollegin von der Streife. Konnte ja niemand ahnen, womit wir es hier zu tun haben.«

»Wann hat sich das Ganze ereignet?«

»Kurz nach Mitternacht, wenn man der Aussage des Geschädigten glauben darf.«

Ich begebe mich nach draußen und wähle Horsts Nummer.

»Hallo, mein Kind. Wie kann ich dir helfen?«

»Du hast doch damals den Fall ›Greta‹ geleitet?«

»Ja.« Mehr sagt er nicht.

»Der Kinderarzt.«

»Was ist mit ihm?«

»Wieso wurde er verdächtigt?«

»Wir haben die Kassette bei ihm gefunden ...«

»Aber nicht das Versteck«, führe ich den Satz zu Ende.

»Du warst schon immer ein cleveres Mädchen.«

»Warum wurde der Fall damals so schnell zu den Akten gelegt?«

»Es gab keine vermissten Kinder mehr, nach denen wir suchen mussten. Alle polizeilichen Untersuchungen liefen ins Leere. Sämtliche Ermittlungsansätze blieben ergebnislos, also galt der Fall als abgeschlossen. Warum fragst du mich das überhaupt?«

»Ich hab' da so ein Gefühl.«

»Frauen und ihre Intuition.« Er lacht, aber seine Stimme klingt traurig.

»Ich werde Akteneinsicht beantragen.«

»Warum?«

»Weil ich der Ansicht bin, dass es deutliche Parallelen zu meinem Fall gibt.«

»Der ebenfalls so gut wie abgeschlossen ist! Kind, lern doch endlich mal, loszulassen.«

»Das *kann* ich nicht. Patrice ist auf etwas gestoßen, wofür er bereit war, sein Leben zu riskieren.«

»Das nichts wert war. Er war ein Junkie. Wirf du deins nicht auch noch weg.«

»Ich möchte, dass du mich an den See fährst.«

»Versprichst du mir, die Sache danach auf sich beruhen zu lassen? Endgültig? Die Vergangenheit Vergangenheit sein zu lassen?«

»Das kann ich nicht.« Ich hüstle und fahre mit belegter Stimme fort: »Das hängt davon ab, woran ich mich erinnere.«

»Du begehst einen großen Fehler. Lass die Vergangenheit ruhen. Reiß die verheilten Wunden nicht erneut auf. Du wirst daran zugrunde gehen. Professor Dick ist es gelungen, die schlimmen Erlebnisse tief in dir zu begraben, und was machst du? Du gräbst alles wieder aus.«

»Nur so kann ich mich besser kennenlernen. Ein Mensch ohne Vergangenheit hat keine Zukunft.« Mit einem leichten Brennen in der Magengrube lege ich auf und laufe nach draußen, weil ich mir die Stelle ansehen will, an der die Zeitung gefunden wurde.

28

Eine Woche später

Polizeipräsidium

Joshua hat Wort gehalten und ist zu seiner Mutter gezogen. Sie haben viel nachzuholen, außerdem will er ihr bei den Vorbereitungen für ihr Begräbnis zur Hand gehen. »*Sie ist sterbenskrank, aber noch bei vollem Verstand, und sie hat diesen Hang zum Perfektionismus*«, hat mir Joshua auf dem Anrufbeantworter hinterlassen.

Ich sitze in meinem Büro und blättere in den Akten. Der Gerichtstermin wurde auf mein Ersuchen um weitere drei Wochen verschoben. Dieses Jahr brauche ich wohl nicht auf das mickrige Weihnachtsgeld zu hoffen. Das war zwar nicht der genaue Wortlaut meines Vorgesetzten, aber im Großen und Ganzen kam die Botschaft doch recht deutlich bei mir an.

Polizeiführer Jens Wirts kommt herein, ohne anzuklopfen. »Die Tür stand offen, da dachte ich …« Er lässt den Satz in der Schwebe und hält mir zwei fein säuberlich in Klarsichthüllen gesteckte Ausdrucke unter die Nase.

Ich hebe fragend den Blick.

»Auf Ihre Bitte hin habe ich mir die alte Fallakte, über den getöteten Kinderarzt noch mal angesehen«, sagt er und legt eine Kunstpause ein.

»Und?« Ich streiche unbewusst über die Mappe, die rechts vor mir liegt und schiebe sie weiter zur Seite.

»Die Verletzungen passen nicht zu der angegebenen Todesursache. Hier.« Er greift in die Hosentasche und fördert einen Speicherstick zutage. »Sehen Sie sich diesen kurzen Videoausschnitt an.«

Ich stehe so abrupt auf, dass der Stuhl beinahe nach hinten kippt, und bewege mich auf meinen Kollegen zu, der mit dem Rücken zu mir sitzt. Ich schiebe ihn samt dem Stuhl aus dem Weg und gehe in die Hocke.

»Hey!«, empört sich Francesco und sieht mich mürrisch an. »Das ist *mein* Computer.«

»Geht ganz schnell.« Ich bücke mich, um den Speicherstick in die USB-Buchse zu stecken. »Mein Rechner ist aus und das Hochfahren dauert immer so lang. In der Zeit kann man zehn Menschen den Hals umdrehen – dich inbegriffen, Francesco.«

»Lass mich wenigstens noch den Bericht abspeichern, wenn du schon zu faul bist, den Papierkram selbst zu übernehmen.« Er sucht nach der Maus und klickt schließlich auf das kleine Symbol.

»Kann ich ihn jetzt reinstecken?« Noch bevor ich die Frage ganz ausgesprochen habe, ahne ich die Reaktion der beiden Männer voraus. Klar – grinsen wie alberne Teenager.

»Meinen oder seinen?«, zieht mich Francesco auf. Meine Wangen glühen. Sein Grinsen wird noch breiter.

»Zwischen deinen Zähnen steckt ein Haar. Da steht wohl jemand auf Naturlocken«, kontere ich. Sofort vergeht ihm das Lachen und er schließt hastig den

Mund, um mit der Zungenspitze seine Zähne abzutasten.

»Da ist nichts«, murrt er und steht auf, um in den Spiegel zu schauen.

Ich setze mich auf seinen Stuhl, stecke den Stick in die Buchse und lade den Film hoch.

»Es ist nur eine kurze Bildfrequenz von wenigen Sekunden.«

»Wer ist dieser Mann?«

»Pjotr Weiß. Der Mithäftling.«

Meine Kopfhaut zieht sich schmerzhaft zusammen. »Pjotr Weiß?«

»Sagt Ihnen der Name etwas?«

»Nicht wirklich.«

»Achten Sie auf seine Finger. Die Nägel sind bis aufs Fleisch abgekaut. Er hätte dem Kinderarzt *niemals* den Hals aufschlitzen können. Doktor Stolz hat das bestätigt.«

»Francesco? Was hast du über diesen Weiß herausgefunden?«

Wie auf ein Signal ploppt ein E-Mail-Icon auf.

»Jetzt rutsch doch mal.« Mein italienischer Kollege, der neuerdings in Parfum zu baden scheint, drängt sich grob neben mich und beugt sich über den Tisch. Er klickt die E-Mail an und überfliegt den Text. »Sitzt in Minsk wegen Drogenhandels und Zwangsprostitution ein. Seit März 2015.«

»Vielleicht habe ich mich vertan.« Ich laufe zu meinem Tisch, suche nach der Akte, die ich mir aus dem Archiv geborgt habe, und lasse mich wieder auf Francescos Stuhl sinken. »Pjotr Weiß. Tatsächlich. Er und Ramis Dscheidun waren Konkurrenten.«

»Oder gute Freunde«, sagt Francesco. »Weiß ist wegen guter Führung vorzeitig entlassen worden.«

»Und der Mord an dem Kinderarzt?«

»Wird in keiner Akte erwähnt.«

»Ich will ja nicht unbedingt näher darauf eingehen«, meldet sich der adrett gekleidete Rechtsmediziner zu Wort, der die ganze Zeit in der Tür gestanden haben muss.

»Kommen Sie ruhig rein.« Ich winke ihn zu mir.

Leopold Stolz zupft am schmalen Revers seines dunklen Anzugs. Die Fliege sitzt etwas schief. Er bemerkt meinen Blick und rückt sie gerade. »Werde im Theater erwartet. Ich habe noch eine Karte übrig. Wenn Sie mitkommen wollen?«

Jens Wirts hüstelt. »Ich gehe jetzt lieber.« Er wünscht mir einen schönen Abend und schiebt sich an dem großgewachsenen Pathologen vorbei.

Stolz durchmisst mit wenigen Schritten den Raum, seine Schuhe klacken leise.

»Sie ist ein Kunstbanause. Was wollten Sie uns denn so Wichtiges mitteilen?« Francesco stopft ungeniert sein dunkles Hemd in die helle Jeans und bedenkt den Rechtsmediziner mit einem auffordernden Blick.

Der räuspert sich verlegen und fährt fort: »Ich habe mir die Akte auch angesehen.« Sein Blick klebt an der Mappe in meiner Hand. »Bei der Untersuchung der Leiche wurde keine rektale Temperaturmessung durchgeführt. Zudem hat man die Umgebungstemperatur nirgends festgehalten. Eine Autopsie durch einen erfahrenen Rechtsmediziner wurde tunlichst vermieden. Der Kollege, der die Leichenschau damals durchgeführt hat, zählte nicht gerade zu den vertrauenswürdigsten Mitarbeitern. Die punkt- und kleinfleckförmigen Petechien in den Augen und Augenschleimhäuten sind ein sicheres Indiz für eine Strangulation oder Erdrosselung. Der Schnitt wurde postmortal mit einem sehr scharfen Gegenstand durchgeführt. Ich habe die Fotos ebenfalls auf dem Stick gespeichert, aber sagen Sie es bitte nicht weiter. Polizeiführer Wirts und ich haben zusammen recherchiert, die letzten Dateien habe ich ohne sein Wissen drangehängt. Ich brauche meine Stelle noch. Hier. Vielleicht überlegen Sie es sich ja doch noch anders.« Seine Hand verschwindet unter seinem Jackett. Er zieht eine Eintrittskarte heraus und schiebt sie unter meine Hand.

Francesco baut sich neben mir auf. »Ist es bei euch Rechtsmedizinern Usus, Frauen aus anderen Abteilungen nachzulaufen?«

»Ganz ruhig, Brauner.« Ich streiche ihm beruhigend mit der Hand über den Rücken.

»Sie hat schon einen Mann!«, fährt Francesco unbeirrt fort. Seine Augen sind so weit aufgerissen, dass sie ihm beinahe aus dem Kopf fallen.

»Wir haben eine Beziehungspause eingelegt«, fahre ich ihm über den Mund und stehe auf. »Den nehme ich auch mit.« Ich ziehe den Stick heraus.

»Du musst die Datei zuerst schließen, sonst gehen die Daten womöglich verloren«, weist mich Francesco zurecht. »Danke für die Unterstützung«, blafft er Stolz an. »Sie wissen ja, wo die Tür ist – und machen Sie sie gefälligst hinter sich zu.«

»Dann vielleicht bis heute Abend«, verabschiedet sich der gut aussehende Pathologe ausschließlich von mir und zieht leise die Tür hinter sich ins Schloss.

Ich kann mir ein »Vielleicht.« nicht verkneifen. Francesco zur Weißglut zu treiben, macht mir einfach zu viel Spaß.

»Ich mache für heute Schluss.« Francesco fährt seinen Computer herunter und räumt alles peinlichst genau auf. Diese akribische Pedanterie zählt zu seinen negativen Eigenschaften, wie ich finde.

»Ich bleibe noch ein bisschen«, sage ich.

Als er fertig ist, geht er auf den Doppeltisch zu, auf dem sich unsere Beweismittel angehäuft haben. »Sollen wir das alles vielleicht mal in Kisten packen und beschriften?«

Ich weiß, worauf er anspielt.

»Wo sind eigentlich diese blöde Kassette und der Nagel abgeblieben?«, brummt Francesco vor sich hin. »Der Typ, der dich gerade ins Theater eingeladen hat, meint nämlich, Wurzel hätte die Zahl mit dem Nagel in den Schädel der Toten geritzt. Er hat winzige Knochenfragmente und Blutpartikel an der Spitze gefunden. Die Laborergebnisse bestätigen seine Vermutung.«

»Darum kümmere ich mich morgen«, gebe ich gelassen zurück und klicke mich weiter durch die unzähligen Fotos. »Zu wenig Blut«, murmle ich beim Anblick der Leiche des Kinderarztes. Der tote Körper liegt mit dem Bauch auf dem Boden, das Gesicht in einer roten Pfütze. Die Blutlache ist einfach zu klein, wenn man den Umstand berücksichtigt, dass ihm die Halsschlagader aufgeschlitzt wurde. Natürlich hat Horst übertrieben, als er gesagt hat, Pjotr Weiß hätte dem Typen mit seinem scharfen Fingernagel von Ohr zu Ohr die Gurgel aufgeschlitzt …

»Führst du inzwischen schon Selbstgespräche? Und hast du nicht gesagt, dein Computer braucht ewig zum Hochfahren?«, unterbricht Francesco meinen Gedankenfluss.

»Wenn du mich weiter so blöd von der Seite anmachst, schlitze ich *dir* den Hals auf – *meine* Nägel sind lang genug.«

»Ha, ha. Sieh dich an und dann schau mich an. Ich würde doch nicht tatenlos dastehen und das über mich ergehen lassen.« Er schüttelt mit verkniffenem Mund den Kopf.

»Genau, *das* ist es!«

»Was?«

»Doktor Birkenhoff hätte sich doch bestimmt gewehrt! Die ganze Sache stinkt zum Himmel.«

»Ich gehe jetzt. Wir sehen uns morgen. Auf unbezahlte Überstunden habe ich keine Lust. Ciao, Bella.«

»Ciao, Süßer.«

Francesco bleibt noch kurz in der Tür stehen. »Dein schnelles Augenzwinkern verrät deine Gedanken.«

»Wie bitte?«, frage ich verdutzt und spüre, wie meine Finger sanft das Ohrläppchen reiben.

»Das machst du immer, wenn du nachdenkst oder dir einer Sache nicht sicher bist. So wie jetzt. Auch das Fummeln am Ohr ist ein Zeichen deiner Unsicherheit«, ergänzt er und schenkt mir ein müdes Lächeln. »Es wird langsam dunkel. Du solltest nicht zu lange hierbleiben. Du musst auch mal an dich denken. Jeder von uns braucht seine Freizeit.«

»Was, wenn er wieder zuschlägt und wir hätten etwas über ihn erfahren können? Etwas, das ihn daran gehindert hätte, einem weiteren Menschen das Leben zu nehmen?«

»Ich weiß nicht, ob diese Leute es überhaupt verdient hatten, zu leben. Keiner von ihnen war ein guter Mensch.«

Er löscht das Licht über seinem Tisch und geht. »Wir sehen uns morgen.« Seine Stimme verhallt in dem menschenleeren Korridor.

Ich widme mich wieder den Bildern.

29

Frank-Sinatra-Straße

Vor Annes Haus

Es ist wirklich spät geworden, dennoch spüre ich keinen Drang, mich schlafen zu legen. Mein Haus ist leer. In den Fenstern brennt kein Licht, niemand erwartet mich.

Ich entscheide mich, noch eine Runde spazieren zu gehen. An den meisten Häusern sind die Fenster durch heruntergelassene Rollläden vor unerwünschten Blicken geschützt. Kleine, gelbe Pünktchen schimmern durch die Lamellen, wie winzige Leuchtkäfer. Die Mappe unter meinem Arm ist schwer. Ich presse sie fester an mich und bereue schon jetzt, sie nicht im Auto gelassen zu haben.

Unvermittelt werde ich gewahr, dass ich nicht allein bin. Hinter mir nehme ich ein leises Schlurfen wahr. Ein harter Kloß im Hals schnürt mir die Luftröhre zu.

Unwillkürlich muss ich an einen Artikel in einer Frauenzeitschrift denken, in dem es darum ging, wie man am besten eine Stichwunde versorgt.

Darauf habe ich nun wirklich keine Lust.

Ich bleibe abrupt stehen und drehe mich um.

Nicht weit entfernt kommt ein Mann auf mich zu. Sein Gesicht ist unter einer Kapuze verborgen, die er noch tiefer in die Stirn zieht, ohne stehen zu bleiben.

»Sind Sie Anne Glass?«, fragt er und seine Schritte werden schneller.

Meine Nebennieren produzieren Unmengen von Adrenalin. Das Herz jagt den Botenstoff für Gefahr durch meine Adern. Alles um mich herum verlangsamt sich, bis auf meine Gedanken – die rasen mit Lichtgeschwindigkeit durch meinen Kopf.

»Bleiben Sie stehen!« Ich ringe um Fassung.

Der Fremde verbirgt die Arme hinter dem Rücken. Ein äußerst schlechtes Vorzeichen für eine gewaltfreie Konversation.

»Wer sind Sie?« Ich taste in der Jackentasche nach meinem Handy.

»Der Einzige, dem Patrice etwas bedeutet hat.« Der Typ bleibt im Lichtkegel der Laterne stehen und stellt seinen Fuß auf die Bank. Der Lack wirft Blasen und schält sich von den Brettern, als würde sich die Bank häuten wie ein altes Reptil.

Der Mann bückt sich tiefer. *Er trägt Handschuhe,* stelle ich fest. Mit der linken Hand schiebt er das Hosenbein hoch, mit der rechten greift er nach einem hölzernen Schaft, der aus seinem Stiefel ragt. Eine Klinge reflektiert das fahle Licht.

»Tun Sie das nicht!« Statt des Handys bekommen meine Finger einen kleinen Zylinder zu fassen. ›*Nur im Notfall oder gegen Hunde verwenden*‹, lautet der Warnhinweis. Dieser Mann *ist* ein Notfall.

Ohne Vorwarnung stürzt er sich auf mich.

Die kleine Spraydose schnellt nach vorn. Eine Gaswolke schießt aus der winzigen Düse direkt in den Kapuzenschlund und entlockt dem Angreifer einen gellenden Schmerzensschrei.

Er schlägt blindlings um sich. Ich halte mir schützend die Mappe vors Gesicht.

»Hey, was ist da los?!«, schreit jemand. Ein weiterer Mann taucht in meinem trüben Sichtfeld auf. Seine erschrockenen Rufe werden vom lauten Kläffen eines aufgeregten Hundes begleitet.

Ich bekomme mehrere Schläge ab, spüre jedoch keinen Schmerz.

»Hey, Sie da!«, schreit der Mann weiter, greift aber nicht ein, sondern geht noch mehr auf Abstand. Seine drohenden Rufe werden leiser.

»Er hat sich erinnert«, knurrt mein Gegner und tritt mit dem rechten Fuß nach mir. Zu meinem Glück trifft er statt meines Bauches nur den linken Oberschenkel, trotzdem gehe ich zu Boden. Die schwere Aktenmappe entgleitet meinen Fingern und fliegt auf das nasse Trottoir. Ich dämpfe meinen Sturz mit den Händen. Der Schmerz entlädt sich in einem Schrei.

Der nächste Fußtritt erwischt mich am Kopf. Die Pflastersteine unter mir verschwimmen.

»Das reicht jetzt!«, schreit der Mann aus der Ferne und ruft nach seinem Hund. Zwei Scheinwerfer brennen sich in mein malträtiertes Gehirn und rauben mir die Sicht.

»Ich werde nicht eher ruhen, bis den Arschlöchern dasselbe widerfährt wie Patrice. Der damalige Kommissar hat alles vertuscht, aber *dir* wird das nicht gelingen! Ich werde sie alle töten. Dich knöpfe ich mir als Letzte vor.« Sein Mund ist ganz dicht an meinem Ohr. Ich kann seinen Atem spüren. Er packt mich an den Haaren und donnert meinen Kopf auf den harten Untergrund. Für einen Moment schwinden mir die Sinne.

»Hi. Sie waren für eine Minute weggetreten. Ich habe den Notarzt und die Polizei gerufen.« Ein dunkelhäutiger Mann mit ungewöhnlich blauen Augen sieht mich mitfühlend an. Mein Kopf ruht auf seinen Oberschenkeln. Er riecht nach Bratfett.

»Ich bin Taxifahrer«, erklärt er mit einem leichten Akzent und deutet auf seinen Wagen, der dicht vor mir steht.

»Danke. Lieb von Ihnen.« Ich stemme mich in die Senkrechte. Meine aufgeschürften Hände brennen mörderisch.

Der ältere Herr fasst mich am rechten Ellbogen, um mich zu stützen. Ich reibe mir die angeschwollene Wange und ziehe scharf die Luft ein. Prüfend öffne und schließe ich den Mund. Die Kiefergelenke knacken nicht, also ist nichts gebrochen, stelle ich mit einem zweifelhaften Gefühl der Erleichterung fest.

Mein Retter macht sich daran, die großflächig verstreuten Unterlagen vom Boden aufzusammeln. »Ich kann Sie nach Hause fahren, wenn Sie möchten. Sie müssen auch nichts bezahlen. Vorher müssen wir leider auf den Notarzt und die Polizei warten. Eine missbräuchliche Alarmierung ist strafbar. Ich könnte dadurch meinen Job verlieren.«

»Das werden Sie nicht«, beruhige ich den Mann.

Er steht mit den zerfledderten Papieren in den Händen unschlüssig da. Der Spaziergänger hat sich samt Hund in Luft aufgelöst.

»Wir warten hier auf der Bank.« Er überreicht mir den schlampigen Stapel. Ich drücke die Dokumente an meine Brust und kämpfe gegen meinen rebellierenden Magen an, der sich heftig zusammenzieht. Ich würge, muss mich zum Glück nicht übergeben und taumle zu der Bank. Mit einem wehleidigen Seufzen sieht sich der Taxifahrer um und geht zu seinem Wagen. »Ich rufe nur schnell meine Frau an, damit sie sich keine Sorgen macht.« Er stolpert, knurrt etwas in seiner Sprache und hebt einen Gegenstand vom Boden auf.

»Gehört die Ihnen?« Er hält eine Videokassette hoch.

Ich nicke zaghaft. *»Weißt du, wo die Kassette und der Nagel sind?«*, kommt mir Francescos Frage wieder in den Sinn.

»Ja«, flüstere ich und nehme die Kassette entgegen.

»Das hier habe ich auch gefunden.«

Ein in Leder gebundenes Buch?

»Danke«, sage ich nur.

»Ich helfe Ihnen. Ich heiße Ismail.« Er hilft mir beim Hinsetzen. Die Bank ist kalt und hart, dennoch ist sie mir lieber, als auf meinen wackligen Beinen stehen zu müssen.

Ich atme gleichmäßig ein und aus. Durch die weiße Atemwolke beobachte ich den Mann, der in seinem Taxi aufgeregt mit den Armen gestikuliert. *Er schildert seiner Frau seine Heldentat in allen Details*, denke ich und schließe kurz die Augen.

Das Stroboskoplicht eines Streifenwagens dringt durch die dünne Haut meiner Lider.

»Sie ist hier!«, ruft der Taxifahrer den beiden Beamten zu und zeigt aufgeregt in meine Richtung. Ich hebe schützend die Hand vor die Augen. Einer der Kollegen leuchtet mit einer Taschenlampe in meine Richtung.

»Mir geht's gut. Ich gehe jetzt lieber nach Hause. Bin nur dageblieben, damit der gute Mann nicht beschuldigt wird, er hätte falschen Alarm ausgelöst«, presse ich heraus und stemme mich hoch.

»Wir müssen Ihre Verletzungen untersuchen«, beharrt der jüngere der beiden.

»Bitte leuchten Sie woanders hin«, murmle ich.

Gleich darauf tanzt der Lichtstrahl zitternd vor meinen Füßen herum. »Der Notarzt ist auch schon unterwegs«, fügt der zweite Polizist hinzu und spricht in sein Funkgerät. Am anderen Ende der Straße taucht der Rettungswagen auf. Der jüngere Beamte gibt ihm mit seiner Taschenlampe ein Leuchtsignal.

»Lasst es gut sein, Jungs. Ich bin von der Mordkommission. Mir geht es in Anbetracht der Umstände nicht schlecht.«

»Wir müssen Sie trotzdem mitnehmen. Wenn Sie von der Polizei sind, müssten Sie doch wissen, wie der bürokratische Hase läuft.«

»Von mir aus«, lenke ich ein und lasse mich kurze Zeit später auf der Trage fixieren.

»Sie kommen auch mit. Mein Kollege fährt mit Ihnen im Wagen.« Der ältere Polizist sieht Ismail ernst an.

»Natürlich«, fügt sich der Mann dem Gesetz und läuft mit gesenktem Kopf zu seinem Taxi.

»Fahren Sie mir einfach nach«, weist ihn der Kollege an und verschwindet aus meinem Blickfeld, weil ich in den Rettungswagen geschoben werde.

»Passen Sie auf meine Sachen auf«, ermahne ich die Frau in der grellen neongelben Jacke und hebe den Kopf. Ein heißer Schmerz explodiert in meinem Schädel zu einem Feuerwerk und lässt helle Sternchen vor meinen Augen tanzen.

»Sie müssen sich beruhigen. Ihre Sachen sind sicher verstaut. Sie bekommen Sie wieder, sobald wir Sie entlassen.«

Ein kurzer Stich in die Armbeuge befördert mich auf eine Wolke. Meine Muskeln entspannen sich. »Die Kassette«, flüstere ich.

»Sie stehen unter Schock, versuchen Sie sich zu entspannen«, höre ich die Frau sagen und schließe die Lider.

30

Einige Tage danach

Horsts Haus

»Ihre Anfälle werden immer schlimmer.« Horst macht Kaffee und zählt wie immer drei gehäufte Löffel Kaffeepulver ab.

Hildegard schreit in immer kürzer werdenden Intervallen seinen Namen. Er brummt etwas Unverständliches und verschwindet aus der Küche.

Ich hole derweil zwei Tassen aus dem Hängeschrank.

»Hatte nur schlecht geträumt.« Horst kommt zurück und schaltet die Kaffeemaschine ein. Das Wasser beginnt zu blubbern.

»Dein Gesicht sieht ziemlich schlimm aus«, sagt er und füllt die Kristallschale mit Bonbons.

Hildegard kreischt laut und verstummt abrupt wieder.

»Wo bleibt sie nur?«, empört sich Horst. Ein enttäuschter Zug liegt um seinen Mund. Sein Blick wandert zu der Digitaluhr am Backofen. »Kim ist wie so oft spät dran, diese Frau raubt mir noch den letzten Nerv.« Wieder verlässt er die Küche.

»Wir trinken den Kaffee unterwegs. Hildegard hat wieder einen Anfall«, ruft er mir von draußen zu. Das Zuschlagen der Tür verschluckt seine Stimme und auch das Kreischen seiner todkranken Schwester ist nicht mehr so deutlich zu hören.

Einer unerklärlichen Eingebung folgend tragen mich meine Füße in Horsts Schlafzimmer. Auf der Kommode links neben der Tür stehen zahlreiche Fotos in goldglänzenden Rahmen.

Ein Familienfoto: Horst und Hildegard sitzen auf dem Schoß ihrer Eltern. Alle lachen in die Kamera. Das Schwarz-Weiß-Bild wurde nachträglich koloriert. Hohenweider senior und seine Frau haben eindeutig blaue Augen, genau wie Horst, nur die des kleinen Mädchens sind kastanienbraun. Das ist meines Wissens genetisch äußerst unwahrscheinlich. Entweder war Horsts Mutter ihrem Ehegatten nicht immer treu oder Hildegard ist nicht Horsts leibliche Schwester.

Könnte seine Hingabe damit erklärt werden, dass Horst schon früh davon erfahren hat? Führten er und Hildegard womöglich eine Beziehung, von der keiner wissen durfte? *Horst war nie verheiratet,* fällt mir siedend heiß ein.

Ich lasse meinen Blick über die nächsten Bilder schweifen.

Ein diffuses Panikgefühl keimt in meiner Brust auf und lässt mich schneller atmen. Ein anderes Foto. Horst lacht mir strahlend entgegen. Er trägt eine Tarnuniform, selbst seine Mütze ist gefleckt. Neben ihm steht ein weiterer Mann. Beide grinsen, beide sind Mitte dreißig. Sie haben Gewehre. Vor ihren Füßen liegt ein Tier im kniehohen Gras, das sie wohl gemeinsam erlegt haben. Ein toter Tiger.

»Salomon Dietrich«, flüstere ich. Der Jäger. Er hat auch den Luchs erschossen. Mich irritiert die Tatsache, dass Horst seine Beziehung zu diesem Mann mit keinem Sterbenswörtchen erwähnt hat.

Mein Herz schlägt höher. Die restlichen Bilder sind allesamt langweilig. Ich umrunde das Bett und stehe vor dem mannshohen Tresor.

Diesmal lässt sich die Tür nicht einfach aufziehen. Ein Tastenfeld mit Zahlen und ein blinkendes Feld mit sechs Nullen verlangen nach der richtigen Kombination.

»Scheiße. Und was mache ich jetzt?« Ich reibe nachdenklich die Finger aneinander. Meine Handflächen sind feucht. An der Wand über dem Kopfteil hängt – leicht schief – ein großes Gemälde.

Ein Birkenwald. Unten in der rechten Ecke erkenne ich die Signatur des mir unbekannten Künstlers und das Datum: 24. Dezember 1879.

Mein Finger schwebt über dem Tastenfeld. Eilig tippe ich 2-4-1-2-7-9 ein.

Tatsächlich blinken die Ziffern zwei Mal auf und – verwandeln sich erneut in sechs Nullen. »Wäre ja auch viel zu einfach gewesen«, mache ich meiner Enttäuschung Luft und schlage mit der flachen Hand gegen die massive Tür.

Horst hatte schon immer eine ganz eigene Wesensart, die ihn von seinen Mitmenschen unterschied. Aber auch er ist alt geworden.

Ich versuche es noch mal und tippe 2-4-1-8-7-9 ein. Wieder sechs rote Nullen.

Ich schaue mich hastig um. Hildegard schreit nicht mehr. Das laute Scheppern der Türklingel lässt mich zur Salzsäule erstarren. Ich will schon aus dem Zimmer flüchten, als mein Blick auf mein Spiegelbild fällt. Der Schlafzimmerschrank hat sechs Türen, zwei davon sind verspiegelt.

Mein Ebenbild starrt mir mit verzweifelter Miene entgegen. Eine tiefe Zornesfalte gräbt sich in meine Stirn und verschwindet wieder. Vielleicht ist das Gemälde doch der Schlüssel.

Ich wirble herum und tippe die Zahlen in umgekehrter Reihenfolge ein – spiegelverkehrt. *»Man muss die Sache stets von hinten anpacken«*, das waren Horsts Worte gewesen, als er noch beim Morddezernat tätig war. *»Wie ein Tier, das man am Schwanz zu fassen bekommt.«*

9-7-2-1-4-2

»Nein«, meckere ich enttäuscht, als die Zahlen erlöschen. Dann vernehme ich ein leises Klacken. Ich ziehe am Türgriff. Tatsächlich – ich habe den Safe aufbekommen.

Erst vorgestern ist der gebrauchte Fernseher mit integriertem Videorekorder angekommen; inklusive einer Reinigungskassette, die jetzt in meiner Tasche steckt, weil ich auf diesen Augenblick gehofft habe.

Wieder klingelt es an der Tür.

»Anne, kannst du bitte an die Tür gehen?!«, ruft Horst genervt.

»Einen Moment! Bin auf dem Klo!« *Hoffentlich kauft er mir diese Notlüge ab.*

Schnell tausche ich die Kassetten aus und erstarre mitten in der Bewegung.

Im untersten Regal des Safes liegt ein Stück Holz. Es sieht aus wie ein abgebrochener Zauberstab. Das spitze Ende ist dunkel verfärbt. *Getrocknetes Blut,* denke ich, *und …*

Das penetrante Schellen an der Tür bringt meine Gedanken durcheinander.

»Anne!«, schreit Horst.

Ich schließe die Tür und drücke auf die Tasten. Die Mechanik fährt die Stifte aus. Ich ruckle am Handgriff.

»Sie ist zu«, murmle ich, stürme aus dem Schlafzimmer und reiße die Haustür auf.

»Hallo.« Eine asiatisch aussehende Frau, die mir nur bis an die Schulter reicht, drängt sich an mir vorbei und eilt Horst zu Hilfe.

Waldemar taucht schwanzwedelnd in der Tür auf. »Hallo, Waldemar.« Ich kraule dem Hund den Kopf. »Wo warst du denn die ganze Zeit? Kann ich meine Puppe zurückhaben?« Waldemar senkt die Schnauze und verschwindet wieder im Garten.

Ich bin geneigt, ihm zu folgen, doch Horsts Stimme hält mich zurück. »Willst du etwa schon gehen? Was wird aus unserem Ausflug?« Er atmet immer noch schwer.

»Ich wollte nur schauen, was Waldemar so treibt.«

»Ach so.« Er hüstelt und fährt fort: »Der Ausflug wird uns beiden guttun. Waldemar und mir, meine ich.«

»Ist Waldemar ein Jagdhund?«

Horst bleibt in der Küchentür stehen, weil er hinter der Frage offenbar eine Falle vermutet. Mit lauerndem Blick kaut er auf seiner Unterlippe. »Diese Frage kommt nicht von ungefähr, oder? Worauf willst du hinaus?«

Vielleicht war ich zu voreilig. Ich suche nach einer simplen Ausrede. Für einen kurzen Moment werden sogar meine Gedanken taub, meine Fingerkuppen kribbeln. »Weil er gerne Sachen verbuddelt.«

Horsts Gesicht hellt sich auf.

Mein Telefon klingelt.

»Da muss ich rangehen«, sage ich, ohne aufs Display zu schauen.

»Ich gieße in der Zeit den Kaffee ein. Milch und Zucker?« Er hebt die Brauen.

»Nein. Finsterschwarz bitte.«

»So mag ich ihn auch am liebsten. Man trinkt, was man ist, nicht wahr?« Er lächelt verschwörerisch und verschwindet aus meinem Blickfeld.

»Anne Glass, Kripo Berlin«, melde ich mich und trete in die Sonne, die langsam hinter einem Wolkenmassiv verschwindet.

»Hier ist Leopold Stolz. Ich habe da etwas, das Sie interessieren dürfte.«

»Schießen Sie los.«

»Ich habe den Leichnam von Herrn Wurzel noch einmal untersucht. Ich hätte Sie ja schon eher angerufen, aber die ballistischen Befunde haben auf sich warten lassen. Vorgestern hat es eine Schießerei zwischen zwei Clan-Familien gegeben, aber das nur am Rande. Jedenfalls haben die Ergebnisse meine Vermutung bestätigt. Auf den Toten wurde aus zwei verschiedenen Gewehren geschossen. Die Schrotkugeln stammen von zwei unterschiedlichen Herstellern und das Kaliber stimmt ebenfalls nicht überein. Die chemische Analyse hat ergeben, dass sich auch der Abrieb der Gewehrläufe unterscheidet. Zudem war die erste Verletzung nicht tödlich. Ich fand nur wenige, genauer gesagt exakt sieben Schrotkügelchen in der Wade des Getöteten.«

Meine Kehle wird eng. Dem bisherigen Ermittlungstand zufolge ist nirgendwo vermerkt, dass der Lehrer *zwei* Gewehre besessen hat.

»Jetzt kommt der entscheidende Punkt«, holt Leopold Stolz aus. »Der Luchs wurde mit demselben Gewehr zur Strecke gebracht. Was folg...«

»Der Jäger hat uns nicht die ganze Wahrheit erzählt.«

»Volltreffer.«

»Danke, Leopold.«

Ehe ich meinen Lapsus bemerke, sagt Leopold schnell: »Gern geschehen, Anne.«

Ich will mich korrigieren, doch Stolz hat schon aufgelegt. *Verdammt, nun ist die Kacke am Dampfen. Jetzt denkt er bestimmt, ich hätte doch Interesse an ihm.* Für die letzte Abfuhr gab es schließlich einen triftigen Grund – ich wurde überfallen.

Was soll's, ich bin niemandem Rechenschaft schuldig. Dann werde ich ihn eben noch mal abschütteln müssen. Manchmal sind Männer begriffsstutzige Idioten.

Meine Gedanken schweifen wieder zu Patrice. Sein zu Hackfleisch zerschossener Rücken. Die Bilder an der Wand. Die Glasscherben. Der Geruch nach verbranntem Fleisch. Der tote Lehrer.

»Haben Sie überhaupt eine Ahnung, welchen Schaden dieser Mann hätte anrichten können, wenn er bei seinem letzten Überfall nicht ums Leben gekommen wäre? Sein Intelligenzniveau sagt nichts über seine kranken Fantasien aus.« Die Stimme meines Vorgesetzten zehrt an meinen Nerven.

War Patrice eine Bestie? Hat der fette Maik recht oder wollte er etwas vertuschen?

»Patrice war mir wie ein Bruder«, höre ich eine Stimme in mir sagen.

Die Gedanken, die du absonderst, sind wirr und aus dem Kontext gerissen, Anne, zwinge ich mich zur Räson. *Was hat dieser Odin Dick mit meiner Erinnerung gemacht?*

»Wollen wir?« Horst taucht hinter mir auf. Mit zwei metallisch glänzenden Kaffeebechern bewaffnet grinst er mich unschlüssig an.

»Wart ihr eigentlich gute Freunde, du und Salomon Dietrich?«, frage ich geradeheraus.

»Was ist das jetzt wieder für eine Frage? Wir waren ein- oder zweimal in Afrika und Indien auf Großwildjagd. Warum?«

»Ich versuche zu verstehen, welche Zusammenhänge ich aus meinen Vermutungen ableiten kann. Nichts im Leben passiert spontan. Auf eine Aktion folgt immer eine Reaktion.«

»Dafür bin ich ja jetzt da. Ich helfe dir bei deiner Arbeit, so gut ich kann. Hier.« Er drückt mir einen der Becher in die Hand.

Horst schließt die Tür, steckt zwei Finger in den Mund und pfeift.

Äste knacken. Ein Bellen. Schon sitzt Waldemar vor dem unteren Treppenabsatz und wartet auf den nächsten Befehl. An seiner Nase klebt ein Erdklumpen.

»Manchmal denke ich, du bist ein Ferkel, Waldemar«, sagt Horst und geht zu seinem schwarzen Mercedes, der neben der Straße geparkt ist. »Du fährst, ich navigiere. Wir nehmen aber meinen Wagen. Waldemar braucht seinen Käfig«, sagt er und nimmt einen kleinen Schluck aus dem Becher. »Du misst diesem Ort eine viel zu hohe Bedeutung bei, mein Kind.« Horst steigt ein. Waldemar sieht mich abwartend an.

»Mach einfach die Heckklappe auf!«

Die Kiste war bestimmt noch nie in der Waschanlage, denke ich und helfe Waldemar beim Einsteigen.

Horst lacht schallend. »Der alte Bandit weiß genau, wie er dich ausnutzen kann. Bei mir hüpft er rein wie ein junger Hase.«

Ich wische mir den Dreck von der Hose, weil mich der Golden Retriever mit seinen schmutzigen Pfoten vollgeschmiert hat und klettere hinters Lenkrad.

»Dieser Bursche hat ungefähr doppelt so viel PS wie deine Seifenkiste. Du solltest nicht zu sehr mit dem Gaspedal spielen.« Horst tätschelt mit stolzer Miene das Armaturenbrett.

Ich überprüfe die Spiegel. Mein Gesicht ist inzwischen nicht mehr pflaumenblau. Die Schwellung ist zurückgegangen. Nur die linke Wange schimmert immer noch hellgrün und die Haut um das Auge ist komplett schwarz verfärbt.

»Dann halt dich fest, alter Mann«, scherze ich und schieße auf die Straße.

Horst hält den Becher auf Abstand. »Der Deckel ist nicht ganz dicht. Genau wie du!«, schimpft er und lacht dann doch.

31

Am See

»Und? Kommen die Erinnerungen zurück?« Horst schlägt einen mitfühlenden Ton an, hebt einen vom Sabber glänzenden Stock aus dem trockenen Gras auf und wirft ihn zum wiederholten Mal in hohem Bogen Richtung Wald.

Wir stehen vor einem See. Das Schilf und die trockenen Grashalme wiegen sich leise raschelnd im kalten Wind. Das Wasser beginnt sich zu kräuseln.

Tränen steigen in meine Augen. Der unbändige Zorn lässt sich selbst mit kontrolliertem Aus- und Einatmen nicht im Zaum halten. Mit zu Fäusten geballten Händen kämpfe ich gegen einen Schreikrampf an. Irgendetwas stimmt hier ganz und gar nicht.

Als sich mein Blick wieder klärt, drehe ich den Kopf langsam nach links und sehe Horst finster an. »Du verarschst mich doch, Horst. Dass du mich hier gefunden hast, ist doch nicht dein Ernst. An diesem verkackten See? Ich wäre beinahe ertrunken, hättest du mich nicht aus dem Wasser geholt.«

Ich warte auf seine Reaktion.

»Du warst noch ein Kind. Die Erinnerungen haben sich mit deinen Wunschvorstellungen vermischt«, versucht er mich zu beruhigen, aber ich bin nicht bereit, ihm diese Lüge abzukaufen.

Da tritt plötzlich Patrice wieder in mein Leben und stirbt, kurz darauf taucht ein Video auf, in dem ein Mädchen tanzt, das mir sehr ähnelt – diese Koinzidenz jagt mir unbändige Angst ein.

Ich gehe näher ans Ufer. Mein Blick ist immer noch von heißen Tränen verschleiert.

Waldemar prescht aus dem Unterholz und legt seinen Stock vor meine Füße. Ich schreite darüber hinweg. Erneut taucht der Vierbeiner vor mir auf und tanzt um sein Spielzeug herum.

Wütend, wie ich bin, schleudere ich den Stock ins Wasser.

Waldemar kläfft vergnügt und jagt dem Ding hinterher. Das Wasser reicht ihm gerade mal bis zum Bauch.

Ich drehe mich um und starre Horst an.

Kleine Schneeflocken fallen aus dem grau überzogenen Himmel auf uns herab. Der Winter schickt seine ersten Boten.

»Warum lügen mich alle nur an?« Die Wut in mir explodiert und löst ohne Vorwarnung einen Heulkrampf aus.

Horst eilt zu mir und nimmt mich in den Arm. »Ich will dich doch nur beschützen.«

»Wovor denn?« Ich stoße ihn weg.

»Vor der Vergangenheit. Du wirst daran zerbrechen.«

»Wie Patrice? Warum existieren keine Kinderfotos von mir? Meine Mutter hat kein einziges Bild von mir. Nicht mal eins aus der Schule.«

»Dir ist der Ernst der Lage nicht wirklich bewusst.« Horst bemüht sich um einen sanften Tonfall. Trotz der

Schneeflocken bilden sich Schweißperlen auf seiner Stirn.

Ich zittere am ganzen Körper, nicht vor Kälte, sondern wegen der Ängste, die wie eine Lawine über mich hereinbrechen. Auch die Frage, wo dieses Gespräch hinführen soll, macht mir Angst. Schreie ich den alten Mann nur an, weil ich mich unverstanden fühle? Oder will er mich wirklich nicht verstehen?

»Was du als Kind durchgemacht hast, war wirklich schrecklich, Kleines.« Er wirkt geradezu unterwürfig, als er seine Hände auf meine Schultern legt. »Ich weiß nicht, ob du diese Tortur noch mal durchstehst. Womöglich drehst du durch, wenn all diese Erlebnisse dauerhaft in deinem Kopf Gestalt annehmen.«

»Aber das hier *ist* nicht der Ort, an dem du mich gefunden hast.« Abertausende Schneeflocken rauben mir die Sicht.

Plötzlich stößt Waldemar ein erschrockenes Winseln aus und taucht für eine Sekunde komplett unter.

»Siehst du? Der See ist trügerisch.«

Der Hund rettet sich an Land, ohne den Stock zu verlieren, und schüttelt sich heftig.

Ich lasse zu, dass mich Horst in den Arm nimmt. »Bin ich verrückt?«

»Nein. Du bist nicht verrückt, nur etwas durcheinander, mein Kind.«

Ich bekomme ein schlechtes Gewissen, weil ich Horst die Kassette entwendet habe.

»Lass uns zurückfahren. Ich bin bis auf die Knochen durchgefroren. Möchte nicht in Waldemars Haut stecken. Komm.«

Der Hund niest.

»Der Stock bleibt hier!«, befiehlt Horst und Waldemar gehorcht tatsächlich.

Ich verweile noch einen Augenblick und präge mir die Gegend ein. »Habe ich mir die Hütte auch nur eingebildet?«, frage ich mich flüsternd. Winzige Eiskristalle kleben an meinen Wimpern und werden zu Tautropfen – wie damals.

»Kommst du, mein Kind?« Horsts Worte werden vom Wind davongetragen. »Kommst du?« Seine Rufe hallen in meinem Kopf nach.

»Tanz, Gretchen, tanz!«

Bilder tauchen vor meinem geistigen Auge auf. In meiner inneren Finsternis blitzt ein Lichtschimmer auf. Ich bin wieder ein kleines Mädchen. Greta. Sie dreht sich wie eine Ballerina. Eine kleine Eiskönigin, die mit den Schneeflocken tanzt. Aber ich sehe nicht das Mädchen mit den goldenen Locken, sondern einen maskierten Mann in schwarzer Kutte. Die Erinnerung beschwört etwas herauf, das tief unter zahllosen Lügen begraben war.

Wie in einem Albtraum, der zur abscheulichen Wirklichkeit wird, nehme ich sogar Gerüche wahr. Die Luft riecht plötzlich bitter-süßlich, wie morsches Holz.

Der Mann weidet sich vor meinen Augen am unschuldigen Tanz des Mädchens. Ich höre ihn stöhnen.

»Ich will hier weg«, stammle ich und dränge mit aller Macht die Bilder aus meinem Kopf.

Horst steht neben dem Wagen und öffnet die Heckklappe. Waldemar bellt einmal laut und springt hinein. »Hast du was?«

»Nein, alles gut.« Mein Magen rumort. Ich schlucke die bittere Galle hinunter. »Lass uns losfahren, ich möchte hier weg. Du hattest recht. Ich *darf* mich nicht erinnern. Du wusstest schon immer, was mir guttut und was nicht. Du warst wie ein Vater für mich.«

»Du siehst blass aus.«

»Das ist die Kälte.«

»Was ist denn los, mein Kind? So kenne ich dich ja gar nicht. Aber ich bin ja da, ich bin immer für dich da, mein Kind.« Horst spricht mit der Stimme des Mannes, den ich als Kind »Opa« genannt habe.

32

Läppin – Auf dem Friedhof

Salomon Dietrich stellte den Kragen auf und lief in gebückter Haltung zum Grab seiner Frau. Der Wind scheuchte welke, vom Raureif überzogene Blätter über den mit feinem, jungfräulichem Schnee bedeckten Boden. Die Grashalme waren von weißem Firnis eingehüllt.

»Ist dir nicht kalt, mein Schatz?«, wandte er sich an seine Frau, die ihn anlächelte. Auf dem Foto war sie viel jünger. Sie war vor drei Jahren an Krebs gestorben.

Salomon zog seinen Jägerhut tiefer in die Stirn. Mit einiger Anstrengung beugte er sich tief hinunter und steckte den ausgeblichenen Blumenstrauß aus roten Plastikrosen, den der Wind umgeweht hatte, in die Vase zurück. Die schwarze Granitplatte war matt und schmutzig.

Langsam richtete er sich auf, ein Zucken fuhr durch seinen altersschwachen Körper. Sein Kreuz brüllte vor Schmerz.

»Ich habe das Mädchen wiedergesehen, Liebling. Ich habe dir nie von den Kindern erzählt.« Er rang um Fassung. Mit kleinen Schritten ging er auf den Grabstein zu. Seine klammen Finger strichen über das vom Raureif bedeckte Foto.

»Es tut mir im Herzen weh, aber ich konnte nicht anders. Und dich in die Sache einzuweihen habe ich mich nie getraut. Daran ist nur Horst schuld. Es war seine Idee. Ich wollte das Kind und auch den Jungen ins Haus zurückbringen, aber er sah darin eine Chance, seiner Karriere einen Schub zu verpassen. So war es ja dann auch. Er wurde befördert. ›Wenn ich sie in meiner Nähe weiß, wird uns nichts passieren‹, hat er uns versprochen – und Wort gehalten. Diese Macht hat ihm ein Gefühl der Überlegenheit gegenüber anderen Menschen gegeben, besonders in Bezug auf die beiden Kinder. Er hatte sein Können, andere zu manipulieren, perfektioniert. Du hättest mal hören müssen, wie stolz er auf seine ›Fortschritte‹ war. Danach war uns die Jagdhütte zu unsicher. Die restlichen Kinder hat der Turkmene später weggeschafft.

Als du von mir gegangen bist, ist etwas in mir zerbrochen. Ich bin voller Schmerz und vermisse dich jeden Tag. Unsere Kinder sind alle ausgezogen, sie wohnen nicht mehr in unserem Dorf. Ich sehe sie nur einmal im Jahr, und zwar an deinem Geburtstag. Mir schreiben sie höchstens eine WhatsApp-Nachricht. Mir fehlen deine Impulsivität und deine Heißblütigkeit. Du wusstest alles zu regeln.« Er lächelte, doch die Freude erreichte seine traurigen Augen nicht. »Ich spiele mit dem Gedanken, mich der Polizei zu stellen. Zwei der Männer, die damals bei der Sache mitgemacht haben, sind tot.«

Er bedeckte seine rissigen Lippen mit der Hand und kämpfte gegen einen Weinkrampf an. Zweifel befielen ihn. »Ich weiß nicht, was ich tun soll. Du fehlst mir so sehr.« Er schluchzte und strich erneut über das Foto. »Ich habe angefangen, alles aufzuschreiben. Ich bin wirklich psychisch krank und weiß keinen Ausweg. Du bist eine Perfektionistin gewesen, die immer wusste, wie man das Chaos bewältigt, das das Leben mit sich bringt. Ich dagegen scheitere permanent bei dem Versuch, mein Leben in Ordnung zu bringen.«

Er hielt sich am Stein fest und griff nach der roten Grabkerze. Seine freie Hand verschwand in der Manteltasche und holte ein Feuerzeug heraus, erst beim dritten Versuch begann die kleine Feuerzunge in dem roten Zylinder scheu zu wabern. Er schützte die Flamme mit den Händen und spürte die Wärme auf seiner Haut.

»Ich werde dann wohl wieder gehen. Es wird dunkel und kalt.« Er stellte die Kerze unter das Bild. Das flackernde Licht warf zuckende Schatten auf das lächelnde Gesicht seiner Frau.

Salomon drehte sich um und stapfte zum Tor zurück. Mit eingezogenem Kopf, die Hände in den Manteltaschen, hing er seinen Gedanken nach. *Wie soll ich der Polizei nur erklären, dass alles, was ich getan habe, meine Fantasien beflügelt hat? Die nackte Angst in den glänzenden Kinderaugen, die Panik, die ihre Körper erstarren ließ, die Furcht, von der sie ergriffen waren, wenn ich vor ihnen stand – all das hat mich ungemein erregt und bis zur Erschöpfung befriedigt.*

Selbst jetzt verspürte er einen leisen Drang, es erneut zu tun.

Ich würde es wieder tun. Meine Jagdausflüge nach Polen und Rumänien waren nur ein Vorwand, um meine Gelüste zu befriedigen. Horst und ich, wir haben uns die Kinder aufs Hotelzimmer bringen lassen. So redete er im Geiste mit sich selbst, ohne zu merken, dass er verfolgt wurde.

# 33

Polizeipräsidium

»Buongiorno, Bella. Come stai?«, begrüßt mich Francesco mit seinem strahlendsten Lächeln und deutet sogar einen Handkuss an. Er lehnt vor unserem Büro an der Wand.

Ich taxiere ihn von Kopf bis Fuß. Er sieht auch heute eher wie ein Versicherungsvertreter aus als wie ein Kommissar, der Mörder jagt. »Bene?«, fragt er und runzelt die Stirn.

»Machst du jetzt einen Italienischkurs für Anfänger?«, antworte ich patzig, weil ich die letzte Nacht nicht geschlafen habe.

»No. Ich bin auf eine Dame gestoßen, die unseren Herrn Dscheidun gekannt hat und weiß, mit welchen Geschäften er seine Villa finanziert hat.«

Ich werde hellhörig. »Hast du sie schon befragt? Nun spuck's schon aus.«

Er grinst.

»Francesco, bei so etwas werde ich schnell ungehalten. Ich hasse es, wenn man mich unnötig auf die Folter spannt.«

»So ein Gespräch kann entweder in die Hose gehen oder aufschlussreiche Informationen sowohl über den Täter als auch über die Opfer liefern. Und wir haben klare Regeln, die wir befolgen müssen. Darüber gedenke ich mich nicht hinwegzusetzen, weil ich nämlich meinen Job brauche.«

»Hör auf, so geschwollen daherzureden.«

Er hebt den Zeigefinger. »Lass mich ausreden. Ich möchte dich dabeihaben.«

»Ist sie hier?«

»Hör mir doch erst mal zu, Anne.« Er blickt sich nach allen Seiten um, nimmt mich am Arm und zieht mich mit. »Du musst mich einmal ausreden lassen und zuhören, ohne mich zu unterbrechen«, mahnt er mit gedämpfter Stimme.

»France...«

»No, no, no!«, fährt er mir über den Mund und streckt schon wieder den Finger in die Luft. »Jetzt rede ich. Solche Gespräche sind die Stützpfeiler jeder Ermittlung. Wir müssen eine Beziehung zu der Frau aufbauen.«

Mir schwant nichts Gutes. Ich kann kaum an mich halten.

»Diese Frau ist eine Prostituierte. Wie du schon vermutet hast, war Ramis Dscheidun derjenige, der die Freier für sie organisiert hat. Wir haben in seinem Keller diverse Gegenstände gefunden, die darauf hindeuten, dass dort Frauen körperlich misshandelt und vergewaltigt wurden. Wie du weißt, konnten wir im Garten Skelette von mehr als einem Dutzend Babys und Kleinkindern bergen. Inzwischen sind diese Kinder ebenfalls Gegenstand unserer Ermittlungen.«

»Gegenstand?«

»Du weißt genau, was ich meine. Ich habe mich mit Professor Dick über die Psyche von Sexualstraftätern unterhalten. Wir alle verarbeiten den Verlust eines Menschen auf sehr individuelle Weise. Manche von uns sind so sensibel, dass sie schon beim Anblick eines kleinen Kätzchens weinen müssen, andere wiederum klatschen euphorisch Beifall, wenn ein Mensch gehängt oder zerstückelt wird.«

Mein Geduldsfaden wird mit jeder Sekunde dünner.

»Es gibt zwei Arten von Sexualmördern: Die einen töten, um ihre Fleischeslust zu befriedigen, die anderen, um ihre Fantasien auszuleben. Diese zweite Gruppe ist viel schlimmer als die erste. Nach jedem Übergriff sind sie aufs Neue enttäuscht, weil ihre Vorstellung nicht der Realität entspricht, darum setzen sie alles daran, ihre nächste Tat perfekt zu auszuführen. Sie sind oft charmant, doch gleichzeitig sehr manipulativ.«

»*Francesco!*«

»Die Frau, die auf uns wartet, musste ihr Kind an Dscheidun verkaufen. Eine der Leichen, die wir geborgen haben, hat dieselbe DNA wie diese Frau.«

»Worauf willst du hinaus, verdammt?«

»Nicht alle Kinder wurden verkauft. Frau Sapir, so heißt sie, behauptet, deine Mutter gekannt zu haben. Deine Mutter und diese Frau haben für Dscheidun gearbeitet. Dscheidun war eine dieser Bestien, verstehst du? Er hat seine perversen Fantasien verwirklicht. Die kleinen Kinder waren nur Objekte seiner Begierde, über die er nach Belieben verfügt hat.« Sein Kinn bebt. In seinen Augen schwimmen Tränen. »*Du* hättest eins dieser Kinder sein können. Du hättest dort unter der Erde liegen können, aber du *lebst*.« Er schließt mich in die Arme.

Ich schiebe ihn grob weg. »Was ist mit den anderen Kindern geschehen, Francesco?«

»Frau Sapir vermutet, dass sie noch leben. Die hübschesten und stärksten wurden zur Adoption freigegeben. Die Mütter der hellhäutigen Kinder stammten allesamt aus Weißrussland.«

»Lass uns zu ihr gehen.«

»Aber lass dich nicht von deinen Gefühlen leiten. Wir müssen sachlich vorgehen.« Seine Hand umklammert meinen Oberarm.

»Okay.«

»Diese Frau kann nichts dafür.«

»Ich weiß. Ich bin die Letzte, die moralisch über sie urteilt, weil ich selbst meine Hände nicht unbedingt in Unschuld waschen kann. Doch bevor wir nach unten gehen, möchte ich Kalle anrufen.«

Francesco lässt mich los. »Kalle?«

»Ja. Er ist doch für die Erstellung von Phantombildern zuständig?«

»Nach meinem Wissensstand, ja.«

Ich greife zum Telefon und wähle Kalles Nummer. »Karl-Heinz Stierkopf am Apparat.«

»Hier ist Anne Glass.«

»Hallo, Ännchen. Was kann ich für dich tun?«

»Hast du Zugriff auf meine Bewerbungsunterlagen?«

Er macht ein nachdenkliches Geräusch. »Schon ...«

»Dann möchte ich, dass du mich jünger machst.«

Er grunzt, gibt ein lautes Lachen von sich und bekommt einen rasselnden Hustenanfall. »Willst du dich auf die Jagd nach einem neuen Mann machen?« Er kämpft immer noch gegen die Hustenattacke.

»Nein. Ich möchte wissen, wie ich mit sieben Jahren ausgesehen haben könnte.«

»Hast du denn keine Fotos von deiner Einschulung?«

»Nein«, sage ich kurz angebunden.

»Willst du ein ungefähres Bild oder ein Bild *von dir?*«

»Wie meinst du das?«

»Ein Bild von dir als Kind oder eine Montage?«

»Ein Bild von mir.«

»Gib mir bis heute Abend Zeit.« Ich höre, wie er an einer Zigarette zieht. »Ich schicke dir die Datei an deine private E-Mail-Adresse.« Mit diesem Satz beendet er das Gespräch.

»Okay. Ich bin bereit.« Ich bin nervös.

Francesco reibt die Hände aneinander. »*Ich* stelle die Fragen. Du unterstützt mich dabei, Anne – und das meine ich so, wie ich es gesagt habe.«

»Okay. Okay.« Ich nicke ungeduldig.

»Und du erwähnst mit keinem Sterbenswort, dass du deine Mutter kennst.«

»Aber sie heißt auch Glass mit Nachnamen.«

»Weil sie und du lange Zeit im Zeugenschutzprogramm wart. Ihr bürgerlicher Name lautet Radu.«

»*Anne Radu*«, wiederhole ich nachdenklich.

Francesco geht schnell zu seinem Platz, klaubt zwei Mappen vom Tisch und drückt mit dem Ellbogen die Türklinke hinunter. »Ich habe sämtliche Beweismittel einsortiert. Kannst du bitte die Tür abschließen?«

Ich drehe den Schlüssel zweimal im Schloss.

»Die Videokassette und der blöde Nagel sind nicht auffindbar. Das gibt Ärger«, murmelt Francesco hinter meinem Rücken.

Unsere Schritte hallen von den weißen Wänden wider.

Ich will meinem Partner im Moment nicht auf die Nase binden, dass *ich* die Kassette habe, aber irgendwann werde ich es ihm sagen müssen.

»Dieser Marwin Herzberg hat hier mal als Hausmeister gearbeitet, es wäre ein Leichtes für ihn gewesen, einzubrechen«, mache ich Konversation, weil ich zu aufgeregt bin.

»Wir haben die Überwachungsvideos durchgeschaut, und tatsächlich ist darauf eine Person zu sehen, die uns sehr verdächtig erschienen ist. Dieser Marwin ist am Hauptbahnhof gesichtet worden, das ist aber auch schon alles, was wir haben.«

Wir bleiben vor dem Aufzug stehen. Francesco drückt auf die Ruftaste. Wir warten schweigend, jeder hängt seinen Gedanken nach.

34

Zur selben Zeit

Läppin – Salomon Dietrichs Garage

Während Salomon Dietrich langsam zu sich kam, driftete sein Verstand immer noch zwischen zwei Parallelwelten. Seine Augenlider flatterten. Das trockene Blut an den Wangen wurde rissig, als er die Augen fest zukniff. Seine gebrochene Hand steckte in einem eisernen Ring. Der heiße Schmerz drang ihm bis ins Mark. Immer noch leicht benommen hob er den Blick zur Decke. Er hing an einem Seil. Die Arme über dem Kopf, die Gelenke fest von Eisenmanschetten umschlossen. Die nackten Füße standen in einer dunklen Pfütze aus Blut und seiner Pisse.

Er weigerte sich immer noch zu akzeptieren, dass das, was ihn hier umgab, nicht das Resultat seiner abstrusen Einbildung war. *Das ist keine Sinnestäuschung, sondern nackte Realität!*, schrie er sich in Gedanken an, wollte es aber gleichzeitig nicht wahrhaben. *Ich hatte nur einen Unfall oder bin gestürzt und liege nun im Koma. Das alles passiert nicht wirklich*, redete er sich mit geschlossenen Augen ein und winselte vor sich hin.

Nach einer Weile rutschte sein linker Fuß aus und er fing sich nur mit Mühe ab. Das kaputte Handgelenk drückte schmerzhaft gegen die Haut und wölbte sich bedrohlich nach außen.

Heftig durch die Nase schnaufend hob Salomon Dietrich die Lider und sah sich um. Der trübe Schleier ließ sich nicht komplett wegblinzeln, alles um ihn herum hatte verschwommene Konturen, so als schaue er in ein trübes Gewässer. *Ich befinde mich in meiner eigenen Garage,* stellte er erschrocken fest und biss auf den blutdurchtränkten Stoff, der seinen Mund zu spalten drohte. Der Knoten an seinem Hinterkopf fraß sich tief in den Knochen, zumindest fühlte es sich so an. Seine Arme wurden zu Fremdkörpern, die an seinen Schultern festgewachsen waren.

Immer wieder schloss und öffnete er die Augen, in der Hoffnung, den nebelhaften Albtraum fortzublinzeln.

»*Eine extreme Veränderung kann jeden Menschen zu einem Sinneswandel bewegen. Es bedarf nur der Verzweiflung, Ausweglosigkeit und Zeit. Der Wille kann gebrochen werden. Wenn man sich zwischen Tod und Leben entscheiden muss, entscheidet man sich am Ende für die Hoffnung, auch wenn sie nie zur Auswahl stand.*« Diese Worte waren das Letzte, was er von seinem Peiniger gehört hatte. Eine Idee nahm in seinem dröhnenden Kopf Gestalt an. Horst Hohenweider. Er hatte ihn davor gewarnt, mit der Polizei Kontakt aufzunehmen. Aber als dieser Kerl aufgetaucht war, dieser Patrice ... Was hatte der hier zu suchen gehabt? Salomon war ja gar nichts anderes übrig geblieben, als zu seinem Gewehr zu greifen und abzudrücken. Ramis hatte ihn mitten in der Nacht angerufen. Der Turkmene hatte nur wirres Zeug geschrien. Wie ein Wahnsinniger.

Steckte Horst hinter dem Ganzen? Wollte er ihn zu einem Geständnis zwingen, wie damals den Kinderarzt?

Wollte er so dieser Anne unter die Arme greifen?

Um ihm, Salomon Dietrich, dem Vorsitzenden des Läppiner Jagdvereins, nach getaner Drecksarbeit die Gurgel durchzuschneiden? Das klang aberwitzig und war vielleicht dennoch die einzig richtige Schlussfolgerung. Er, Salomon Dietrich, war von Horst Hohenweider zum Sündenbock auserkoren worden, soviel stand fest.

Salomon weinte und zerrte mit letzter Kraft an dem Seil, das immer tiefer in sein Fleisch schnitt. Den Schmerz nahm er kaum noch wahr. Frisches Blut rann über seine Unterarme. Auch im Lendenbereich spürte er eine unangenehme Wärme. Er hatte sich erneut in die Hose gemacht.

»Verdammt!«, fluchte er, da vernahm er ein leises Quietschen. Es war ein Wagen, der dicht vor dem Garagentor zum Stehen kam. *Die Bremsscheiben sind hinüber*, überlegte er und wunderte sich selbst über diesen Gedankensprung.

Das dumpfe Zuschlagen von zwei Türen weckte einen Funken Hoffnung in ihm. Er hörte Stimmen. Auch das Rauschen von Funkgeräten drang deutlich zu ihm durch. Er schnaufte heftig. Weiße Atemwolken hüllten sein Gesicht ein.

Die Stimmen wurden leiser und verklangen schließlich ganz.

»Hilfe! *HILFE!!!*«, brüllte Salamon in den Knebel und warf sich wild hin und her. Der Strick war nur wenige Zentimeter lang. Jetzt ärgerte er sich, dass er damals die zulässige Garagenhöhe nicht genutzt hatte und fragte sich, wieso eigentlich.

»*Damit du hier deine Fantasien ausleben konntest, wenn deine Frau mal wieder nicht zu Hause war*«, antwortete ihm eine andere Stimme. Er hasste diese Stimme. *Sie* war an allem schuld. Sie weckte unschöne Absichten in ihm.

»Ist nicht da. Dann müssen wir wohl morgen noch mal wiederkommen«, erklang eine verärgerte Baritonstimme. Wieder wurden Autotüren zugeschlagen. Reifen knirschten.

Salomon war wieder allein.

35

Am See

Horst Hohenweider stand am Ufer des Waldsees und beobachtete einen Mann, nach dem die Polizei seit Wochen erfolglos fahndete.

Marwin Herzberg.

Horst wusste, dass Patrice ein Schließfach gemietet hatte, und zwar am Hauptbahnhof. Dort hatte er auf den komischen Vogel gewartet. Seine Intuition und die Erfahrung im Polizeidienst bildeten eine gute Kombination, die Horst noch selten im Stich gelassen hatte. Patrice und Marwin waren mehr als nur gute Freunde gewesen, auch das wusste Hohenweider.

Tage vergingen, bis er diesen Marwin Herzberg in der hintersten Ecke auftauchen sah. Horst war ihm einfach unbemerkt zum See gefolgt.

Nun stand er direkt hinter dem Mann. Keine zwanzig Schritte trennten die beiden voneinander.

Der flache Boden war gefroren. Eine weiße Wolke waberte über dem See.

Dieser Marwin war ein Mensch, der nie seinen Platz in dieser Welt gefunden hatte. Patrice war sein Rettungsanker gewesen. Nach dessen plötzlichem Tod war er wieder ganz auf sich allein gestellt.

»Wie haben Sie diesen Ort gefunden?«, fragte Horst, hauchte sich in die Hände und wartete auf die Reaktion des Mannes.

Marwin fuhr erschrocken herum und verlor prompt das Gleichgewicht. Strauchelnd hielt er sich an einem toten Baum fest. Das morsche Holz ächzte und gab schließlich krachend unter dem Gewicht des Mannes nach. Das trockene Bersten schreckte einige Vögel auf, die krächzend in die Luft stiegen und in alle Himmelsrichtungen davonflatterten.

Horst ging auf Herzberg zu und verkürzte den Abstand auf wenige Meter.

»Sie haben Patrice das Leben gerettet, genau an dieser Stelle.« Seine Lippen waren schrundig, die Mundwinkel eingerissen und blutig. »Ich kenne Sie. Sie heißen Horst Hohenweider. Patrice hat mir viel von Ihnen erzählt.« Man sah ihm deutlich an, dass er Mühe hatte, seine Panik unter Kontrolle zu bekommen.

»Ach ja?« Horst lachte träge. »Was hat er noch erzählt?« Der ehemalige Polizist versuchte erst gar nicht, die aufkeimende Wut zu überspielen, die sein Gemüt zum Kochen brachte.

»Sie haben ihn und das Mädchen aus dem See gefischt«, zischte Marwin. »Sie haben sie aber nur wegen Ihres Egos gerettet. Patrice war ein gebrochenes Kind, das von niemandem aufgefangen wurde. Er war ganz unten in der Gesellschaft angekommen.« Marwin warf den abgebrochenen Zweig in den See und kehrte Horst den Rücken zu.

»Diese pseudointellektuelle Attitüde haben Sie sich wohl auch von ihm abgeschaut.« Horst Hohenweider sprach mit der verschleimten Heiserkeit eines erkälteten Greises. Er zog die Nase hoch und spie den Glibber in die trockenen Grashalme.

»Patrice war kein dummer Mensch!«

»Das habe ich auch nie behauptet. Wir beide sollten einen Ausflug machen. Ich möchte Ihnen gern die Stelle zeigen, wo ich die beiden aus dem Wasser gezogen habe.« Mit diesen Worten griff Horst hinten in seinen Hosenbund und zog eine schwere Pistole heraus. Jeder gute Bulle hat eine nicht registrierte Waffe, und Horst Hohenweider war ein sehr guter und sehr gerissener Bulle. »Kommen Sie. Sie steigen in das Boot dort und paddeln ein bisschen.«

»Einen Scheiß werde ich tun.« Marwin drehte sich um. In seinen Händen blitzte ein Messer auf.

Horst schaute ostentativ auf seine Hand und lächelte schief. »Es wäre ganz schön dumm, einen bewaffneten Mann mit einem Messer anzugreifen. Kennen Sie den alten Spruch nicht? ›*Geh nie mit einem Messer zu einer Schießerei.*‹« Horst lächelte. Dann wurde seine Miene unvermittelt eiskalt. »Werfen Sie es weg.« Mit einem flüchtigen Kopfnicken deutete er auf den See. Das graue Wasser lag still in der Landschaft.

Zuerst machte Marwin keinerlei Anstalten, der Aufforderung nachzukommen, doch kaum spannte Hohenweiders Daumen den Hahn, brach der Widerstand des eingeschüchterten Mannes endgültig zusammen. Fluchend schleuderte er das Messer in hohem Bogen ins Wasser.

Die spiegelglatte Oberfläche warf kreisförmige Wellen, als das Messer mit einem leisen Platschen in der Tiefe verschwand.

»Kommen Sie. Ich will Ihnen nur die Stelle zeigen, danach bringe ich Sie zurück«, sprach Hohenweider ruhig.

»Sie haben es echt drauf, Hoffnung in einem zu schüren«, entgegnete der spindeldürre Herzberg herablassend und atmete zweimal tief durch.

»Was hat Ihnen Patrice noch erzählt? Hatte er das Tagebuch noch? Professor Dick hatte ihm empfohlen, seine Ängste und Überlegungen aufzuschreiben.«

Marwin zog nachdenklich die Stirn kraus. Sein Gesichtsausdruck zeigte deutlich, welche Mühe er sich gab, diese simple Frage zu beantworten. Oder wollte er nur seine Überraschung darüber verbergen, dass Horst mehr über Patrice wusste, als Marwin bewusst gewesen war?

»Nein. Hatte er nicht«, sagte er schließlich und marschierte in die komplett falsche Richtung los.

Er ist ein mieser Schauspieler, stellte Horst grinsend fest. Der Ex-Polizist war auf der richtigen Fährte.

»Das Boot ist dort drüben!«, rief er Herzberg nach und schoss einmal in die Luft, als der keine Anstalten machte, stehenzubleiben.

Der Knall zerriss die idyllische Stille.

Marwin stieß einen gedämpften Schrei aus, knickte schmerzhaft um und fiel vornüber auf die matschige Erde. Direkt am Ufer war der Untergrund immer noch feucht.

»Ich helfe dir beim Aufstehen.« Horst kam auf den verletzten Mann zu und zerrte ihn grob am Kragen auf die Beine. »Das nächste Mal ziele ich auf deine Brust. Hast du mich verstanden? Und jetzt ab ins Boot«, knurrte der alte Mann.

Marwin winselte und humpelte zum Boot.

»Was wollen Sie überhaupt von mir?«, jammerte er weinerlich.

»Ich zeige dir etwas, durch das wir alle etwas mehr Frieden finden werden.« Hohenweider versetzte Herzberg einen Stoß und blickte sich prüfend um.

»Bitte lassen Sie mich gehen! Ich werde schweigen wie ein Grab.« Marwin wollte sich umdrehen, um Horst ins Gesicht zu sehen, doch ein heftiger Schlag mit dem Pistolengriff auf seinen Hinterkopf hinderte ihn daran.

Das wirst du auch müssen, dachte Horst.

»Ich sage niemandem ein Wort. Ich werde von der Bildfläche verschwinden. Ich werde untertauchen.«

»Genau das habe ich ja auch vor, du dämlicher Bastard.«

Der Untergrund gab immer mehr nach. Ihre Schuhe versanken im Schlick und verursachten bei jedem Schritt ein schmatzendes Geräusch. Horst trieb Herzberg weiter, ungeachtet des kalten Wassers, das in ihre Schuhe lief.

»Schieb das Boot ins Wasser.«

»Aber ich bin verletzt!«

»Nicht wirklich. Aber das lässt sich schnell ändern.«

Der Lauf der Pistole bohrte sich zwischen Marwins Schulterblätter. Er fiel auf die Knie. Dicht neben seinem linken Ohr entlud sich ein weiterer Schuss, der ihn schlagartig taub machte. Blut floss aus der Ohrmuschel.

»Schieb das Boot ins Wasser, sonst bist du ein toter Mann.« Durch das laute Summen in seinem Kopf waren die Worte kaum hörbar. Wie elektrisiert stand er wieder auf und warf sich gegen das Boot. Langsam ließ es sich aufs Wasser schieben.

»Steig jetzt ein!«, schrie Horst und sprang selbst ins Boot.

Nebel stieg auf und schien über dem See zu schweben. Wie eine Geistererscheinung verschwand das Boot mit den beiden Männern allmählich in dem weißen Dunst. Die Paddel plätscherten leise und trieben es immer weiter vom Ufer weg.

»Bitte lassen Sie mich gehen«, versuchte Marwin erneut, Hohenweider zu überzeugen, ihn am Leben zu lassen.

Es klickte leise. Der Hahn wurde gespannt.

Totenstille.

Herzberg hielt die Luft an. Er zitterte. Seine Zähne klapperten. »*Bitte!*«, flüsterte er.

Ein lauter Knall explodierte vor seinem Gesicht. Ein helles Aufblitzen. Danach kam die Schwärze.

Der erschlaffte Körper wurde nach hinten geschleudert und kippte zur Seite.

Der Nebel war so dicht, dass Horst Mühe hatte, die Umrisse des Toten zu erkennen. Er steckte die Pistole weg. Ächzend mühte er sich auf die Knie, band ein Gewicht, das viele Jahre als Anker gedient hatte, um Marwins Füße und wuchtete sein Opfer mit einiger Anstrengung über den Bootsrand.

Die Leiche trieb einen Augenblick an der Oberfläche und sank dann immer tiefer. Kleine Luftbläschen stiegen aus der Tiefe auf.

Horst beobachtete den See noch eine Weile in der Erwartung, dass Marwin doch wieder auftauchen könnte. Den Oberkörper über die nasse Kante gebeugt, starrte er auf das Wasser.

Sein Rücken schmerzte. Er richtete sich langsam auf, setzte sich aufrecht hin und ergriff die blankpolierten Rudergriffe.

Mit gleichmäßigen Bewegungen wendete er das Boot und wollte ans Ufer zurückkehren. Das stellte sich jedoch als schwieriger heraus als gedacht. Durch die milchig-trübe Nebelwand sah er nicht einmal Umrisse. Er pfiff einmal und lauschte. Waldemar bellte laut und wies ihm damit die grobe Richtung. »Braver Hund«, murmelte Horst und atmete tief durch.

»Das Boot werde ich versenken müssen«, redete er mit sich selbst und stemmte sich mit den Füßen gegen den Bootsrumpf, damit er schneller vorankam, denn die Kälte fraß sich durch seine Kleidung und raubte ihm die Kraft.

36

Mehrere Stunden später

Polizeipräsidium

Wir haben uns in einem geräumigen Besprechungsraum versammelt. Selbst die Kollegen vom K11, K12 und K1 sind anwesend und machen sich Notizen oder liefern neue Informationen.

Polizeihauptkommissar Maik Buchmüller steht vor uns. Die Arme vor der Brust verschränkt, die lauernden Schweinsäuglein auf mich gerichtet. »Wenn noch mehr Kollegen in die Sache involviert werden sollen, dann wird der Fall komplett unübersichtlich, Kommissarin Glass – und unbezahlbar.« Zu dem finstern Blick gesellt sich ein kaltes Grinsen. Er setzt sich auf eine Tischkante.

Gedämpfte Stimmen erfüllen die kurze Atempause.

»Möchte noch jemand etwas hinzufügen?« Buchmüllers Augen suchen nach dem nächsten Opfer.

Francesco hebt den Arm.

»Kommissar Zucchero?«

Francesco liest aus seinen Notizen eine kurze Zusammenfassung dessen vor, was wir aus Frau Sapir herausbekommen haben, ohne zu erwähnen, dass ich der Nachkömmling einer Prostituierten bin.

»Sonst noch jemand?«

»Ich habe mich mit sämtlichen kriminalaktenführenden Kollegen zusammengesetzt. Marwin Herzberg ist immer noch flüchtig«, sagt Francesco schnell. »Er ist aktenkundig. Kein unbeschriebenes Blatt. Er ist nur mit nichtigen Delikten ...«

»Okay, okay ...«, unterbricht ihn der fette Maik und klatscht in die Hände.

Die Stimmen der übermüdeten Kollegen werden noch lauter.

Buchmüller hebt die Hände und klatscht wieder dreimal laut. »Bitte, meine Damen und Herren! Ich bitte um etwas Ruhe.« Mein Boss klatscht erneut in die Hände. Sein feistes Gesicht wird dunkel vor Zorn.

»Und wer bezahlt uns die Überstunden?«, ruft jemand aus der Menge.

»Meine Frau reicht bald die Scheidung ein«, ertönt eine andere Stimme. Einige der Kollegen stehen auf. Unmut kommt auf.

»Bitte! Lasst mich doch zu Wort kommen. Niemand soll sich hier scheiden lassen, wir werden das Kind schon schaukeln. Wir sind ja dabei, den Fall abzuschließen.«

So etwas wie ein versöhnliches Lächeln huscht über sein Gesicht. Die Lautstärke sinkt tatsächlich auf ein Minimum. »Wir konzentrieren unsere Ermittlungen auf Marwin Herzberg. Er gilt als potenzieller Verdächtiger und Mittäter bei den zwei Morden. Womöglich ist er auch eins dieser Kinder, die das – zweifelhafte – Glück hatten, ihr Martyrium zu überleben. Nun übt er Rache und kann jeden Tag erneut zuschlagen.«

»Sollten wir nicht parallel gegen die maskierten Männer ermitteln?«, ereifert sich mein Partner und erntet für sein vorlautes Mundwerk nur einen gelangweilten Blick.

»Haben Sie denn außer dieser einen Kassette noch weitere Hinweise?«

»Ich habe *zwei* Kassetten«, unterbreche ich und stehe auf.

Das schwabbelige Kinn meines Chefs bekommt Falten. »Zwei?« Er schluckt hart.

»Zwei«, wiederhole ich, hebe meine Tasche vom Boden auf und zeige ihm die beiden Kassetten.

Zuerst herrscht absolute Totenstille. Ein Stuhl scharrt über den Boden. Jemand sagt etwas. Dann wird das Stimmengewirr lauter.

»Wollen Sie uns eventuell Ihre Sichtweise erläutern? Und uns vielleicht auch im Zuge dessen auch erklären, woher Sie die zweite Kassette haben? War es nicht so, dass eine der Kassetten zeitweise aus Ihrem Büro gestohlen wurde?«

»Sie wurde nicht gestohlen, ich habe sie mir nur ausgeliehen«, lüge ich, ohne rot zu werden, weil ich ja die Wahrheit nur ein wenig verbogen habe.

»Und die zweite?«

»Habe ich im Archiv gefunden.« Das war jetzt eine richtige Lüge, bei der meine Stimme ins Schwanken kommt.

»Nun gut. Sie liefern mir konkrete Hinweise und ich werde alles Nötige in die Wege leiten, um ihnen nachzugehen.« Sein beiläufiger Ton verrät mir, dass er keinen Verdacht geschöpft hat. »Eins möchte ich noch klarstellen: Sind Sie auch der Auffassung, dass Patrice Wurzel der Mörder war?«

Ich nicke.

»Und dennoch behaupten Sie, ich zitiere:« Er hebt den Zeigefinger. »›Jemand hat versucht, Patrice Wurzel bei seiner ersten Tat ...‹« Seine Stimme wird lauter. »›... mit einem Gewehr zu erschießen.‹ Und dieser Jemand soll Salomon Dietrich gewesen sein. Der Mann, der den Luchs abgeknallt hat?«

Mein Handy klingelt. Ich gehe ran. Alle Blicke sind auf mich gerichtet. Ich lausche der Stimme am anderen Ende der Leitung.

»Er ist nicht da«, unterrichtet mich der Polizist vom Dauerdienst. Ich bedanke mich und lege auf.

»Wir werden einen Durchsuchungsbeschluss benötigen«, sage ich schnell, um zu verhindern, dass ich einen Anschiss bekomme. Tatsächlich läuft das Gesicht meines Vorgesetzten schon feuerrot an. »Salomon Dietrich ist nicht zu Hause. Möglicherweise ist er flüchtig – er könnte einer der Männer in dem Video sein«, beeile ich mich, den Satz zu beenden.

»Wie kommen Sie darauf?«

»Ist nur eine Vermutung. Warum taucht er sonst so plötzlich unter?«

»Das wird die Richterin aber nicht sehr lustig finden.«

»Ich weiß. Salomon Dietrich hat behauptet, er hätte den getöteten Dscheidun nur flüchtig gekannt. Aber die rechtsmedizinische Untersuchung hat ergeben, dass Dietrich auf Patrice Wurzel geschossen hat.«

»Sie behaupten also, er könnte einer der maskierten Männer sein?«

»Ich bin mir nicht zu hundert Prozent sicher, aber ich meine, den Siegelring in dem Video wiedererkannt zu haben.«

»Ihre Vermutungen sind für einige von uns nicht wirklich nachvollziehbar, daher schlage ich vor, für heute Schluss zu machen. Wir treffen uns morgen wieder.«

Stühle werden gerückt, Stimmen werden laut. Die Tür geht auf. Polizisten strömen aus dem Raum, in dem die Luft stickig und warm geworden ist. Alle unterhalten sich angeregt und stellen neue Theorien auf.

37

Polizeipräsidium

»Wonach suchen wir hier eigentlich?« Der Techniker reibt sich die Augen. Francesco massiert sich die Schläfen und nimmt die Füße vom Tisch, auch seine Augen sind gerötet.

»Wir suchen nach Hinweisen«, entgegne ich. »Kannst du die Filme wieder zurückspulen?«

»Schon wieder?« Die Enttäuschung steht ihm deutlich ins Gesicht geschrieben.

»Nur noch einmal. Diesmal lassen wir die Videos parallel laufen«, sage ich, nehme einen Schluck von dem kalten Kaffee und verziehe angewidert den Mund.

Der junge Mann werkelt an den Kabeln herum und schließt alles neu an.

»Was erhoffst du dir davon? Die Filme sind identisch«, murrt Francesco vor sich hin und steht auf, um sich die Beine zu vertreten.

»Wollen wir?« Max, so heißt der dunkelhaarige Techniker, wartet auf irgendeine Reaktion. Er hält zwei Fernbedienungen in der Hand und sieht mich fragend an. Ich nicke knapp.

Auf dem linken Bildschirm tauchen Bilder auf, auf dem rechten hören wir nur ein Rauschen.

»Halt!«, rufe ich und springe auf. »Was hat das zu bedeuten?«

»Ich vermute, dass die Kassette manipuliert wurde.« Er zeigt auf den rechten Videorekorder. »Der Film ist gerissen, denke ich.«

»Kannst du nachschauen, ob es so ist?« Meine Kehle wird trocken. »Max?« Ich hebe die Augenbrauen, weil er nicht sofort reagiert.

»Ja, natürlich«, stammelt er und drückt auf die ›Eject‹-Taste. Die Kassette wird ausgeworfen.

»Das Wiederzusammenschrauben erweist sich oft als komplizierter als das Auseinanderschrauben«, flüstert Max und betrachtet eingehend die Kassette. »Da werde ich wohl einen Schraubenzieher brauchen.«

»Wie lange wird es dauern?«, erkundige ich mich ungeduldig.

»Es ist schon kurz vor Mitternacht, kann das denn nicht bis morgen warten?« Max legt die Kassette auf den Tisch und schüttelt prüfend die Thermoskanne. Mit enttäuschter Miene stellt er sie wieder auf den runden Kaffeefleck.

»Leider nicht«, sage ich. »Wir haben es hier nicht mit einem Gelegenheitsmörder zu tun. Er kann jeden Moment wieder zuschlagen. Seine Vorgehensweise ist nicht situativ begründet, er tötet nicht wahllos, sondern verfolgt ein bestimmtes Ziel. Sein Hang zur ...«

»Okay, okay! Ich hab's verstanden!« Max stützt sich auf der Tischplatte ab. »Ich werde hierbleiben und dieses blöde Ding reparieren, damit wir uns die ersten Zentimeter des Bandes anschauen können.«

»Danke. Du kannst mich jederzeit anrufen.«

»Ja, ja«, mault Max eingeschnappt und streicht sich die Haare nach hinten. »Aber vorher mache ich mir Kaffee.« Er verlässt den Raum und knallt die Tür hinter sich zu.

»Da hat wohl jemand schlechte Laune.« Francesco zieht sein Jackett an und sammelt die Fotos ein, die er mitgebracht hat. Darauf sind Skelette von Kindern zu sehen. »Hast du jemand Bestimmten im Visier?«, fragt er unvermittelt und steckt die Fotos in einen braunen Briefumschlag.

»Möglich.«

»Du verheimlichst mir doch etwas. Anne?«

Unsere Blicke treffen sich.

»Das hier hat mich dazu veranlasst, meine Denkweise zu verändern.« Ich bücke mich nach meiner Tasche, die neben dem Stuhl auf dem Boden steht, ziehe eine durchsichtige Tüte heraus und halte sie hoch.

Francesco verengt die Augen und tritt näher. »Was ist das? Eine Liste mit Namen?«

Ich nicke knapp. »Die habe ich im Schuh gefunden.«

»Im *Schuh?*«

»Bei Patrice. Sie war unter der Einlegesohle versteckt.«

»Sind das die Namen derer, die ...«

»Genau. Die er noch töten wollte.«

»Dich hat er auch erwähnt.« Francescos Augen huschen zwischen der Liste und mir hin und her.

»Aber ich stehe ganz am Schluss.« Ich lächle knapp.

»Warum hast du niemandem davon erzählt?«

»Vielleicht weil er *tot* ist?«

»Dahinter steckt mehr.«

»Weil ich mir nicht sicher bin, ob er der wahre Täter war oder nicht. Wir wissen nichts von diesem Marwin. Ist dir schon aufgefallen, dass mich unser Chef mit allen Mitteln davon abhalten will, der Sache nachzugehen?« Eine unerklärliche Furcht ergreift von mir Besitz.

»So kenne ich dich gar nicht«, flüstert Francesco und will mich in den Arm nehmen. Ich weiche aus.

»Salomon Dietrich wäre dann wohl der Nächste, danach käme Professor Dick.«

»Und dann ich.« Mein Handy, das auf dem Tisch liegt, klingelt kurz, nur einmal. Eine Mail. Schnell öffne ich die Datei.

Francesco zieht mir die Tüte aus den Fingern und hält sie ins Licht. »Wurde der Zettel schon auf Fingerabdrücke untersucht?«

Ich überhöre seine Frage und öffne die E-Mail. Eine Bilddatei und ein kurzer Text von Karl-Heinz.

›*Du warst ein hübsches Kind.*
Liebe Grüße, Kalle.‹

»Was ist denn los?« Francesco sieht mich betroffen an.

Ich reiße mich energisch zusammen und tippe auf die Bilddatei. »Das Mädchen in dem Video bin ich«, höre ich mir selbst beim Reden zu und zeige meinem Partner das Foto.

»Verdammte Scheiße«, sagt er knapp und lässt die Kassette weiterlaufen, die immer noch im linken Videorekorder steckt. Es dauert keine Minute, bis er auf ›Pause‹ drückt, mir das Telefon aus der Hand nimmt und die Bilder vergleicht. »Meinst du, da räumt jemand hinter sich auf?«

»Er hat Patrice für seine Zwecke instrumentalisiert«, flüstere ich.

»Professor Dick?« Francesco wirft erneut einen Blick auf die Liste. »Oder Maik Buchmüller? Du meinst, *unser Chef* ist der Mörder?«

»Das kann ich nicht mit Sicherheit ausschließen.«

»Wessen Name steht denn *nicht* drauf?« Die Tüte in seinen Händen knistert. Er liest die Namen laut vor.

»Horst Hohenweider«, sage ich matt.

»Was ist los?« Max steht in der Tür. In der rechten Hand hält er eine blaue Kaffeekanne.

»Wir gehen, und du lieferst mir das Bildmaterial so schnell wie möglich.«

»Ist gut.« Er spürt wohl die Anspannung und widerspricht nicht.

»Du, Francesco, fährst gleich morgen früh zu Salomon Dietrich. Ich denke, bis dahin sollten wir den Durchsuchungsbeschluss haben. Ich werde mich mit Horst unterhalten und ihm einige Fragen stellen. Danach fahre ich mit ihm zusammen zu Professor Dick.«

»Das ist dumm und obendrein gefährlich!«, protestiert mein italienischer Freund.

»Ich kann auf mich aufpassen. Zudem wird Dick von unseren Leuten überwacht.«

»Weiß noch jemand von der Liste?« Francesco gibt mir die Tüte zurück.

»Welche Liste?« Max schaut auf. In seinen Fingern steckt ein langer Schraubendreher.

»*Du* kümmerst dich um die Kassette.« Mit diesen Worten packe ich mein Zeug zusammen und verlasse das Büro.

Francesco folgt mir. Schweigend laufen wir nach draußen. Die kalte Luft und die Dunkelheit hüllen uns ein.

»Wir sehen uns dann morgen«, verabschiedet sich Francesco und läuft zu seinem Wagen.

»Bis morgen«, sage ich und steige in meinen Mini. Mein Schädel brummt. Francesco rauscht hupend an mir vorbei.

Ich steuere auf die Straße und sehe gelb blinkende Ampeln. Dann springt die Verkehrsanlage wieder an. Ich muss bremsen, weil die Ampel vor mir auf Rot umschaltet. Hinter mir steht ein Wagen. Entweder irre ich mich oder ich habe solche Scheinwerfer schon mal gesehen. Ich kenne mich mit Automarken nicht besonders gut aus, eigentlich gar nicht.

Die Ampel springt auf Grün. Ein Hupen reißt mich aus meinen Gedanken. Ich fahre weiter, die Scheinwerfer hinter mir biegen rechts ab und verschwinden in einer Seitenstraße.

Ich drehe langsam durch, denke ich verärgert und schalte das Radio an.

Ich brauche eine Pause, aber nicht heute und nicht morgen.

38

Horst Hohenweiders Haus

Horst Hohenweider schrak hoch, als das Telefon klingelte. Er warf einen kurzen Blick auf die Uhr. Es war kurz nach sieben. Schlaftrunken lief er auf nackten Füßen in den Flur und nahm ab.

»Ja?«, meldete er sich und hörte zuerst nur Knistern. Hildegard hatte die ganze Nacht nicht geschlafen. Horst fühlte sich wie gerädert. Er war erst vor einer halben Stunde eingeschlafen – und jetzt das.

»Hör mir jetzt genau zu«, sagte eine blecherne Stimme im selben Augenblick, als Horst eben auflegen wollte. »Wenn du deinen Freund retten willst, solltest du zu ihm nach Hause fahren. Er wartet in seiner Garage auf dich.«

»Wer sind Sie? Welcher Freund?«

»Mit dem zusammen du *meinen* Freund gefickt hast, als der noch ein kleiner Junge war.«

Ein eiskalter Schauer kroch über Horsts Rücken. »Wer sind Sie?«

»Dein Kumpel stirbt, wenn du dich nicht beeilst.«

»Hallo? Hallo? *Verfluchte Scheiße!*«, brüllte Horst und schlug mit der Faust auf die Kommode. Eine zierliche Vase mit einer Plastikrose darin fiel um und zerbrach. Hildegard war wieder aufgewacht und schrie seinen Namen.

»Halt doch endlich deine Klappe!«, schimpfte er in die Richtung, aus der die erstickten Jammerrufe erklangen und stapfte in sein Schlafzimmer zurück.

»*Hooorst!*«, kreischte Hildegard.

Er reagierte nicht. Von Panik erfasst wählte er die Nummer von Professor Dick. Es dauerte eine Ewigkeit, bis sich der Psychiater meldete. »Was ist? Du sollst mich endlich in Ruhe lassen! Ich habe alles getan, was du verlangt hast. Das hast du mir damals versprochen.«

»Hier läuft alles schief. Ich werde die Sache selbst in die Hand nehmen müssen. Wie damals. Du solltest dafür sorgen, dass sich keins der Kinder daran erinnert, was wir ihnen angetan haben.«

»Wir hätten sie töten sollen«, knurrte Dick grimmig.

»Das hätte mir Hildegard niemals verziehen. Sie hatte Greta ins Herz geschlossen. Sie wollte sie sogar adoptieren.«

»Weil das Mädchen das Ergebnis einer Vergewaltigung war? Wie Hildegard selbst?«

»Damals ist alles aus dem Ruder gelaufen.« Horst rieb sich das Nasenbein. Hildegards Schreie waren verstummt. »Ich hätte es nicht so weit kommen lassen dürfen. Aber ich brauchte Geld.«

»Das hat *dir* doch gut in den Kram gepasst. War das nicht eine Steilvorlage für deinen Karrieresprung?«

»Wir beide müssen noch ein ernstes …«

Rauschen.

»Odin? *Odin?!*«

Die Leitung war tot.

39

Stunden später

Bei Professor Dick

»Ich sitze in einem Sessel und lausche einer angenehmen Melodie.«

Professor Dick sitzt mir gegenüber und macht sich Notizen. Während unserer mehrstündigen Unterhaltung hat es längere Momente der Stille gegeben, die ich als sehr angenehm empfunden habe.

»Ihre Erinnerungen sind sehr lückenhaft, aber unter Hypnose werden wir die Fragmente schon aus Ihrem Gedächtnis hervorzaubern.« Er lächelt und klappt sein Notizheft zu. »Ich möchte gerne für heute Schluss machen.« Erneut verzieht sich sein Mund zu einem Schmunzeln. »Blond steht Ihnen ausgezeichnet.«

»Nicht wahr?«, sage ich und setze mich aufrecht hin. »So sehe ich diesem Mädchen noch ähnlicher, oder?« Ich zeige ihm das Foto auf meinem Handy.

Er rümpft die Nase und rückt seine Brille zurecht. »Allerdings. Da haben Sie recht.«

»Halten Sie es für möglich, dass ich mich ohne Ihre Hilfe an alles erinnert habe? Im Unterbewusstsein? Dass ich die Bilder aber nicht nach Belieben abrufen kann?«

»Ihr konditionierter Verstand will gewisse Dinge nicht begreifen oder etwas zulassen, das Ihnen schaden kann. Ja. Sie befinden sich momentan in seliger Unwissenheit, was Ihre Vergangenheit betrifft.«

Er klingt ruhig, macht einen entspannten Eindruck, doch hinter seinen Worten verbirgt sich die Doppelzüngigkeit eines Heuchlers. Ich kann mich des Eindrucks nicht erwehren, dass dieser Mann auf einen Anruf wartet.

»Die Lüge, an die ich all die Jahre geglaubt habe, zerstört mich mehr als die Wahrheit. Ich möchte mich endlich erinnern.«

Er schaut mit verzagtem Blick auf sein Handgelenk. »Wir sollten für heute Schluss machen.« Er steht auf. »Sie entschuldigen mich. Ich wünsche Ihnen noch einen schönen Tag.« Sein Magen knurrt. »Verzeihung.« Er hält sich den Bauch und verschwindet hinter einer Tür aus hellem Holz.

Er lässt mich tatsächlich allein in diesem Raum sitzen.

Mein Handy summt. Die Tasche hängt am Kleiderständer. Ich stemme mich aus den weichen Polstern. Meine Beine kribbeln leicht.

»Hallo, Francesco«, melde ich mich schließlich und blicke zur Toilette. Unschöne Geräusche dringen durch die Tür.

»Wir haben das Gewehr sichergestellt, mit dem Patrice angeschossen wurde. Die Jagdpatronen haben dasselbe Kaliber, mit dem der Luchs zur Strecke gebracht wurde, das Schrot ist identisch. Salomon Dietrich hat tatsächlich auf Wurzel geschossen.«

»Und was sagt er zu seiner Verteidigung?«, will ich wissen.

»Nichts.«

»Nichts?«

»Er wurde in seiner Garage ermordet. Er trägt die Zahl Drei auf seiner Stirn.«

»Also tötet er weiter. Horst! Ich fahre zu Horst.«

»Ich schicke einen Streifenwagen hin«, sagt Francesco und legt auf.

Professor Dick taucht wieder auf. Sein Gesicht ist kreidebleich. »Was ist passiert?«

»Ein weiterer Mann ist tot. Wir haben wohl den Falschen für den Mörder gehalten.«

»Sie meinen, er läuft noch frei herum?« Sein unheilschwangerer Blick bohrt sich tief in meine Augen.

Erneut vibriert mein Handy. Eine Nachricht von Max. Eine Videodatei. Der Empfang hier ist mies. Das Runterladen dauert ewig.

»Ich muss jetzt gehen«, sage ich, greife nach meiner Jacke und laufe zur Tür.

Pling.

Eine weitere Nachricht. Diesmal nur ein Foto.

Ich öffne es.

»Was ist denn los?«, stottert der Psychiater und hält sich an der Tür fest.

40

Läppin

Noch bevor ich Horsts Haus erreicht habe, holt mich die Sirene eines Einsatzfahrzeugs ein.

Ich parke quer über dem Bürgersteig und laufe zur Tür. Sie ist nicht abgeschlossen. Die Pflegerin kann jeden Moment kommen, darum hat Horst nicht abgesperrt. Er ist unterwegs zu Professor Dick.

Jetzt ist Eile geboten. Ich muss zu Ende führen, was Patrice angefangen hat.

Vorsichtig schiebe ich die Haustür ein wenig auf und lausche in die Stille.

Leopold Stolz, der gut aussehende Rechtsmediziner, hat den entscheidenden Hinweis geliefert. Salomon Dietrich hat mir die Namen genannt, die ich aufgeschrieben und zum Schluss meinen eigenen hinzugefügt habe. Patrices Handschrift hat sich nicht wirklich verändert. Schon als wir noch Kinder waren, konnte ich sein Gekrakel perfekt nachmachen.

»Kommissarin Glass? Ist bei Ihnen alles in Ordnung?«, ruft mir eine Männerstimme nach. Ich bleibe in der Tür stehen.

»Ich will nur mal nach dem Rechten schauen. Sie bleiben sicherheitshalber dort stehen und lassen niemanden durch. Verstanden?«

Der Streifenpolizist lacht schallend auf und schlägt schuldbewusst die Hand vor den Mund. »Tut mir leid. Entschuldigen Sie bitte.«

»Was gibt es denn da zu lachen?«

»Ach nichts. Im Radio ...«

»Was? Nun spucken Sie es schon aus.«

»Nein. Nicht so wichtig.«

»Ich will es trotzdem wissen«, beharre ich.

Er reibt sich die Nase und sieht hilflos zu seinem Kollegen. Der hebt nur die Augenbrauen.

»Jetzt machen Sie schon.« Mein Tonfall wird schärfer.

»Wie nennt man einen kleinen Türsteher?«, fragt er. Seine Mundwinkel zucken verdächtig.

»Hat das was mit Ihrem Einsatz zu tun?«

»Nein. Tut mir leid.« Beschämt senkt er den Blick.

»Ich warte auf die Antwort! Wie nennt man denn einen kleinen Türsteher?«

»Sicherheitshalber.« Jetzt lacht auch sein Kollege.

Ich lache pflichtbewusst mit und recke den Daumen. »Ich melde mich per Funk, wenn was ist«, sage ich und verschwinde hinter der Tür.

»Okay. Sie sind der Boss«, ruft mir der gut gelaunte Polizist beschwingt hinterher.

Die Luft im Haus ist schwer und riecht nach Krankheit. Klammer Schweiß tränkt meine Bluse. Der warme Mantel lastet schwer auf meinen Schultern.

Hildegard liegt in ihrem Bett. Sie schläft mit offenem Mund. Ihre faltigen Lippen formen ein O um die zahnlosen Kiefer. Ich hetze in Horsts Schlafzimmer. Der Safe steht offen. Ich ziehe Handschuhe über und durchsuche ihn. Der abgebrochene Stock liegt immer noch da. Meine Finger flattern. Das Herz wummert in meiner Brust.

Der Zeigestock wiegt praktisch nichts, trotzdem habe ich Mühe, ihn nicht fallen zu lassen.

Diese Frau und die Männer haben uns nicht nur vergewaltigt, sie haben die anderen Kinder getötet und sie wie Unrat verscharrt. Als die Situation allzu brenzlig für sie wurde, haben sie sich unser entledigt.

»Hallo, Hildegard.« Meine Stimme ist nur ein Krächzen.

Die alte Frau hat Mühe, die Lider zu heben, weil die kurzen Wimpern mit einem weißen Sekret verklebt sind.

»Hallo, mein Kind«, nuschelt sie und leckt sich die Lippen wie ein Reptil. »Ist Horst nicht da?« Es fällt ihr schwer, die Worte zu formen.

»Ich bin nicht *dein Kind*. Ich erinnere mich wieder. Ich hieß früher Greta.«

Hinter ihren wässrigen, schmutzig braunen Augen beginnt es zu arbeiten. »Das tut mir alles ganz schrecklich leid. Wirklich.«

»Das glaube ich nicht.« An ihrem dünnen Nachthemd sind mehrere Knöpfe offen. Ich ziehe daran und entblöße ihren Bauch. »Das war Patrice. Er hat dich damals beinahe getötet.«

»Ich habe ihm längst verziehen.«

»Er ist tot. Eigentlich hat er nie wirklich gelebt, weil er all die Jahre nie richtig frei war.«

»Ich habe Horst angefleht, dich am Leben zu lassen. Ich wusste nicht, was die Männer euch antun würden, nachdem ihr ausgebüxt seid.« Tränen kullern über ihre Wangen.

»Ich glaube dir kein Wort.« Mit einer einzigen Bewegung ramme ich ihr den Stock in die Magengrube.

Die faltige, pergamentdünne Haut leistet keinen Widerstand.

Hildegards Augen weiten sich entsetzt.

»Was hast du getan, mein Kind?«, fragt sie fassungslos. Sie schaut an sich hinab.

»So fühlt sich der Tod an. Dieses Gefühl der Machtlosigkeit kann zuweilen berauschend wirken, aber nur, wenn man sich darauf freut. *Du* fürchtest dich davor, obwohl du todkrank bist. Du hast Angst, vor das Jüngste Gericht zu treten.«

Ich trete ans Kopfende ihres Bettes, denn daneben steht ein Tisch mit zahlreichen Utensilien, unter denen sich auch ein Rosenkranz befindet. »Hier.« Ich drücke ihr die Kette in die knochige Hand.

»Bitte, ich will noch nicht sterben!«

»Aber das *musst* du, Hildegard. Dein Tod dient einem höheren Zweck. Genau wie der Tod von *sechzehn* unschuldigen Kindern. Auch an deinen Fingern klebt ihr Blut.«

Mit einem Ruck zerre ich blitzschnell das Kissen unter ihrem Kopf heraus und presse es auf ihr Gesicht. Der Stoff ist noch warm und feucht.

Sie wehrt sich nicht wirklich, weil sie zu schwach ist.

Ich befinde mich in einem Zustand der Gleichgültigkeit. Alles, was ich will, ist Rache.

Als die knochigen Hände schlaff hinuntersinken, lasse ich das Kissen los und strecke meinen Rücken durch.

Nachdem ich zweimal tief Luft geholt habe, mache ich mit meinem Handy ein Foto und schließe für einen Moment die Augen. Ein unangenehmes Schwindelgefühl nistet sich in meinem Kopf ein und meine Beine werden schwer. Mit zittrigen Fingern ertaste ich das Funkgerät und erteile einen Befehl.

»Ich habe hier eine Tote. Sichert das Haus.« Damit stürme ich nach draußen. »Fordert Verstärkung an. Ich glaube, er hat wieder zugeschlagen! Und fordert die Spurensicherung an. In der Zwischenzeit kümmere ich mich um Professor Dick. Er schwebt in Lebensgefahr.« Ich hoffe, dass ich überzeugend klinge und die Beamten mir nichts anmerken.

»Wird erledigt«, rufen beide unisono und eilen zu ihrem Fahrzeug.

Ich renne zu meinem Mini.

41

Professor Dicks Haus

»Hat jemand das Haus betreten?«, erkundige ich mich bei einem der Männer, die das Gebäude observieren.

»Nur Horst Hohenweider und sein Hund.« Der dunkelhäutige Kollege sieht mich abwartend an.

»Das ist okay«, sage ich und merke, wie die Anspannung von ihm weicht.

Mit schnellen Schritten überquere ich die Straße und blicke mich hastig um. Mein Handy vibriert. Ich ignoriere es und öffne die Gartentür. Das nervtötende Vibrieren will einfach nicht aufhören.

»Was ist?«

»Hey, Bella. Flipp bitte nicht sofort aus, aber wir haben eine Spur, die wir nicht einfach als dummen Zufall abtun können. Wir haben hier und am ersten Tatort Hundehaare sicherstellen können.«

»Warum sollte ich deshalb ausflippen? Du machst deinen Job, ich meinen.« Meine müden Füße tragen mich schnell zum Haus. Die weißen Mauern leuchten beinahe, weil die Sonne für einen Moment zwischen den dunklen Wolken hervorlugt. »Was habt ihr noch?«

»Am Garagentor – ich meine, am Griff – haben wir Fingerabdrücke gefunden. Aber Hohenweider ist doch kein Dilettant, der so einen Anfängerfehler begeht.«

»Das weiß ich nicht. Vielleicht ist er zu sehr von sich überzeugt oder er war in Eile. Aber halt dich fest. Die Frau, die er über alles liebte, ist tot. Ich war bei ihm zu Hause. Sie wurde erstochen und mit einem Kissen erstickt.«

»Oh Gott, und jetzt?«

»Ich weiß nicht, ob ich mich nicht doch getäuscht habe. Vielleicht ist Horst unschuldig. Gibt's was Neues von diesem Marwin Herzberg?«

»Angeblich wurde er in der Nähe von Dresden gesichtet. Aber das muss noch überprüft werden.«

»Ich muss jetzt Schluss machen, Süßer.«

»Übrigens habe ich den Videoausschnitt auch bekommen. Max hat ihn mir geschickt – und das Foto. Darauf sind alle vier ohne Maske zu sehen. Dscheidun, Kraulitz, Dietrich und Professor Dick.«

»Zu dem bin ich gerade unterwegs. Ich will ihm auf den Zahn fühlen.«

»Das ist zu gefährlich!« Francesco will mich von meinem Vorhaben abhalten, obwohl er genau weiß, dass ich nicht auf ihn hören werde.

»Wir sehen uns später, Süßer.«

»Anne! Wart...« Seine Stimme reißt mitten im Wort ab.

»Lass es uns zu Ende bringen, Greta,«, spreche ich mir Mut zu und drücke auf den Klingelknopf.

»Wer ist da?«, meldet sich Horst. Im Hintergrund höre ich Gebell. Waldemar hat wohl die Leiche entdeckt. Horst anscheinend noch nicht.

»Hier ist Anne.«

Der Türöffner scheppert.

Ich schiebe die Tür auf und trete ein. Während ich mich noch sammle, klingelt mein Handy. Eine Nachricht von Kalle. ›*Schau dir bitte die Reflexion im Fenster an*‹, lautet die Botschaft. Ich öffne die Datei.

Die vier Männer lachen offen in die Kamera. Ihre Gesichter sind verschwommen, weil der Fokus auf der halb durchsichtigen Spiegelung liegt. War meine Schlussfolgerung also doch richtig.

42

»Das warst *du*, nicht wahr?« Horsts sonst so warme Stimme ist eiskalt, genau wie seine Augen. Er steht vor der Badezimmertür. Dahinter liegt die Leiche. Der Psychiater stiert mit leeren Augen an die Decke. Sein Körper ist im Sitzen zur Seite gekippt. Der Kopf ruht auf der Kloschüssel. Ein loser Hautlappen hängt von seiner Stirn. Auf dem Schädelknochen kann man eine krakelige Zahl erkennen: eine Vier.

»Wie hast du ihn dazu gebracht, mich anzurufen?« Ich sehe seine Kaumuskeln arbeiten. Waldemar liegt zu seinen Füßen und winselt.

»Das hier hat seine Zunge gelöst.« Ich trage immer noch Einweghandschuhe. Mit Daumen und Zeigefinger halte ich eine kleine Tüte hoch. Darin befindet sich ein rostiger, blutverschmierter Nagel.

»Du hast ihn also umgebracht. Aber wie? Hier ist alles voller Blut, und du …« Er mustert mich prüfend von Kopf bis Fuß.

»Ich habe mich gut vorbereitet. Das habe ich alles dir zu verdanken.« Ich ziehe den verbogenen Nagel aus der Tüte und werfe ihn in Horsts Richtung. Reflexartig fängt er ihn in der Luft auf.

»Jetzt hast du das tatrelevante Beweisstück mit deiner DNA kontaminiert«, sage ich ruhig.

»Warum hast du das gemacht?«

»Auch an den anderen beiden Tatorten hast du unwissentlich Spuren hinterlassen. Aber ich bringe jetzt alles in Ordnung. Hildegard muss nicht mehr leiden, ich habe sie von ihren Qualen erlöst.«

»Du warst bei mir zu Hause?« Er wirkt tief betroffen, will sich jedoch keine Blöße geben. Mit nachdenklicher Miene betrachtet Horst den Nagel und geht im Geiste seine Möglichkeiten durch.

»Bin ich der Nächste auf deiner Liste?« Seine Mundwinkel zucken. »Ein Kind, das *ich* gerettet habe! Diese Liste, wo hast du sie her?«

»Mein Name steht auch drauf – nur deiner nicht.«

Sein Kopf schnellt hoch. Endlich hat er die Tragweite meines Plans begriffen.

»Hildegard wird alles bestreiten. Ich war zu den Tatzeiten bei ihr.«

»Das wird schwierig. Hast du mir nicht zugehört?« Ich hole mein Handy aus der Jackentasche und zeige ihm das Foto.

Der Nagel entgleitet seinen Fingern und landet neben der dunklen Blutlache zu Professor Dicks Füßen.

»Sie hatte nichts damit zu tun! Ihr allein hast du es zu verdanken, dass du noch am Leben bist!«

»Darum ist sie auch so schnell gestorben«, entgegne ich gelassen.

Unfähig, sich zu rühren, reißt Horst in einem stummen Entsetzensschrei den Mund auf. Waldemar springt auf und beginnt die Hand seines Herrchens abzulecken.

»Ich weiß, wo ihr uns festgehalten habt. Und ich weiß auch, warum Ramis Dscheidun die Kinder in seinem Garten vergraben hat.«

»Sei still«, keucht er.

»Patrice hat alles herausgefunden und in seinem Tagebuch aufgeschrieben. Ich habe es gefunden.«

»Das sind nichts als Lügen! Er hat dich manipuliert. Odin hat dir irgendwelche Flausen in den Kopf gesetzt. Er war ein miserabler Arzt.« Er wirft einen flüchtigen Blick auf die Leiche. »Aber wie kommst du ausgerechnet auf *mich*?« Horsts Brust schwillt an.

»Man kann die Erinnerung durch ein schreckliches Ereignis wieder ins Bewusstsein zurückholen. Meine wurde durch Patrices Tod getriggert. Als hätte jemand in meinem Kopf einen Schalter umgelegt. Ich konnte Verbindungen zu den Stimmen und Gerüchen herstellen. Ich fing an, Brücken aufzubauen. Deine Stimme ist immer noch dieselbe. Hildegard hat immer noch so gerochen wie damals, nach Kräutern und Medizin. Dann der Mercedes von Ernst Kraulitz. Ich habe die Scherben meiner Vergangenheit neu zusammengesetzt. Plötzlich hat alles einen Sinn ergeben.«

Die Haut um Horsts von Hass und Angst erfüllte Augen bekommt rote Punkte. Seine linke Hand verschwindet hinter dem Rücken. »Warum hast du mich verschont?«

»Damit du leiden musst – in dem Wissen, dass der Mensch, den du mehr geliebt hast als dein Leben, von jemandem umgebracht wurde, dem du vertraut hast.«

»Also bist du auch nicht besser als ich.« Unvermittelt streckt er den Arm aus. Seine zittrige Hand umklammert eine Pistole, deren Lauf auf meine Brust gerichtet ist. »Ich hätte dich nicht retten sollen. Du hast die Männer umgebracht, und jetzt stehst du einfach nur so da. Mein Mörder, ein Kind, vor dem ich mich mein ganzes Leben lang gefürchtet habe. Meine Ängste müssen endlich ein Ende haben.«

Meine Kehle schnürt sich zu. »Ich habe Verstärkung an...«

Ein Schuss entlädt sich in dem kleinen Raum. Alles um mich herum wird von der Finsternis verschluckt.

»Damit hast du wohl nicht gerechnet!«, schreit Horst mich an.

Ich höre ihn kaum. Ein hoher Piepton vibriert in meinen Ohren.

»Damit ist dein Plan wohl danebengegangen. Und noch etwas: Diesen Kerl ... Herzberg, den hab' ich zum Winterangeln mitgenommen.«

Mir schwinden die Sinne. Horsts Stimme klingt, als käme sie aus weiter Ferne. Ich höre ihn nicht mehr. Mein Herz hört auf zu schlagen.

Stille.

Nichts als Stille umgibt mich.

Zum ersten Mal in meinem Leben fühle ich mich frei.

Epilog

Tage später

Der See

»Tut es immer noch weh?« Francesco sieht mich mitfühlend an.

Ich reibe mir die Rippen. »Es geht«, stöhne ich, ohne den Blick von der Hütte abzuwenden. »Wegen der blöden Weste habe ich jetzt einen blauen Fleck«, scherze ich plump.

Francesco lächelt dennoch.

Ich drücke ihm einen Kuss auf die Wange.

»Du magst mich also doch.«

»Bilde dir bloß nichts ein.« Meine Finger berühren seine Wange.

Wir schweigen.

Es schneit wieder. Im See spiegeln sich die kahlen Äste der Bäume. Ein altes Boot schaukelt sanft am Ufer, das von ausgetrockneten Schilfhalmen gesäumt ist.

»Du hattest recht.« Francescos Stimme klingt belegt. »Die Taucher haben Marwins Leiche aus dem See geborgen. Die Kugel in seinem Kopf hatte dasselbe Kaliber.«

»Horsts Pistole?«

Er nickt und zieht die Nase hoch. »Es ist wirklich frisch.«

Der Holzverschlag steht schief. Das Dach ist in sich zusammengestürzt.

»Sieht aus wie ein totes Tier«, murmelt Francesco. Auch er starrt auf das, was von meinen Albträumen übrig geblieben ist. »Das hat früher alles dem örtlichen Jagdverein gehört. Dann wurde es an die Stadt verkauft. Jetzt ist es ein Naturschutzgebiet.«

Wir schweigen wieder.

»Wieso hast du mir nichts von dem Tagebuch erzählt?«

»Weil ich unserem Chef nicht getraut habe. Dank ihm konnte Horst ungehindert in unser Büro gelangen und die Beweise stehlen.«

»Der fette Maik wusste zwar nichts von Hohenweiders Machenschaften, mischte sich aber auch nicht ein.«

Ich vernehme entferntes Hundegebell.

»Die Hundestaffel ist unterwegs«, setzt mich Francesco in Kenntnis. »Vielleicht finden wir noch mehr Skelette.« Er reibt sich das Kinn und holt tief Luft. »Die nächste Zeit wird wohl ziemlich unangenehm für dich, Bella. Hohenweider streitet alles ab.« Zögernd dreht er sich zu mir um.

Hinter uns höre ich trockene Zweige brechen. Zuerst taucht Waldemar auf, dicht gefolgt von Maya.

»Wartet doch mal!«, schreit Joshua den beiden hinterher und schiebt die Zweige auseinander. Stolpernd kommt er vor mir zum Stehen. »Kommen wir ungelegen?« Er wirft erst mir, dann Francesco einen entschuldigenden Blick zu. »Maya wollte dich unbedingt was fragen.« Er sieht jetzt wieder mich an und knetet die Hände.

»Was möchtest du denn wissen, Kleines?« Ich stütze die Hände auf die Knie.

»Darf ich den Hund behalten?« Sie hüpft auf der Stelle. Unter ihren gelben Gummistiefeln macht der matschige Untergrund schmatzende Geräusche. Waldemar schüttelt sich. Feine Wassertropfen klatschen mir ins Gesicht.

»Der kleine Dummkopf hat im See gebadet«, lacht Maya und tätschelt seinen Kopf. Auch ihre Haarspitzen sind nass. »Darf ich ihn behalten?«

»Kommt drauf an.« Meine Stimme versagt.

»Aber der andere Hund, den Papa gefunden hat, ist abgeholt worden.« Sie zieht eine Schnute.

»*Gefunden?*« Meine Mundwinkel zucken.

Joshua hebt nur die Schultern und reibt sich die Schläfe. Dann legt er schnell den Zeigefinger auf die Lippen.

»Darf Waldemar bei mir wohnen? Papa hat nichts dagegen.«

Francesco hüstelt. »Wir reden später weiter. Ein Telefonanruf.« Er entzieht sich der Situation mit einer Notlüge.

»Worüber?«, mischt sich Joshua ein und kommt näher. »Ihr beide geht zurück zum Auto. Und keine Widerrede«, sagt er streng und schüttelt nachdrücklich den Kopf, als Maya etwas erwidern will.

»Komm, Waldi. Ich muss jetzt brav sein. Sonst kommst du ins Tierheim.« Der Hund bellt einmal und folgt gehorsam seinem neuen Frauchen.

»*Worüber* wollten Sie sich mit meiner Frau unterhalten?«, hakt Joshua nach. Er ist eifersüchtig. Francesco bleibt stehen und sieht mich verdattert an.

»Das ist intern und betrifft die laufende Ermittlung bezüglich ...«

»Jetzt sagen Sie schon, was Sie so beschäftigt. Anne und ich haben keine Geheimnisse voreinander. Nicht mehr.« Er legt den Arm um mich und drückt mich schützend an sich. Ich lasse es einfach geschehen, weil ich ihn vermisst habe.

»Du warst zu den betreffenden Zeiten allein. Und du hast keine Zeugen.« Francesco steht wieder neben uns. Er blickt sich kurz um. »Das könnte dir vor Gericht angelastet werden.«

»War sie nicht. *Ich* war bei ihr.«

Bestürzt starre ich meinen Möchtegern-Retter an.

»Es tut mir leid.« Seine Stimme wird brüchig. »Ich habe dir das eine oder andere Mal nachspioniert. Ich war bei uns zu Hause. Das können Sie mir ruhig glauben. Meine Mutter kann es bestätigen. Ich wollte nur nach dem Rechten sehen. Hier.« Er zückt sein Handy und drückt es Francesco in die Hand.

Dann nimmt Joshua seinen Arm weg und holt ein kleines Heft aus der Tasche. An der Stelle, auf der eben noch seine Hand lag, spüre ich die Kälte nun noch deutlicher.

Mit steifen Fingern versucht er die Seiten umzublättern. Dampf steigt aus seinem Mund auf und beschlägt seine Brille. »Schauen Sie her. Ich habe sogar die Zeiten aufgeschrieben. Hier zum Beispiel. Da war sie in ihrem Büro, und da war sie joggen. Und hier sind kleine Randnotizen. Ich bin ihr gefolgt. Ist alles auf meinem Handy gespeichert. Ich habe da so eine App.«

Er lügt, ohne rot zu werden. Wie schafft er das nur – und warum tut er das? Francesco nimmt das zerfledderte Heftchen perplex entgegen.

»Dürfen wir nun den Hund behalten?« Joshuas Nasenspitze leuchtet rot. Die Frage impliziert noch etwas anderes. »Meine Mama wird dieses Jahr nicht überleben. Ich werde sicher Trost brauchen, und Maya auch. Sie will sich die Haare blond färben – das hat *sie* gesagt, nicht ich. ›Ich will so aussehen wie Anne, damit alle kapieren, dass sie meine richtige Mama ist.‹ Sie liebt dich sogar noch mehr als ich, obwohl das eigentlich unmöglich ist.«

Meine Augen beginnen zu brennen. Tränen rinnen über meine Wangen.

»Ich gehe dann wohl. Das Handy nehme ich vorerst mit«, sagt Francesco hüstelnd.

»998877«, sagt Joshua. »Das ist der Code zum Entsperren.« Seine Augen ruhen auf mir. Er tritt von einem Bein aufs andere.

»Ciao. Wir sehen uns dann.« Francesco lässt uns allein. Zweige und trockenes Gestrüpp knacken unter seinen Schritten.

»Ciao«, flüstere ich nur.

»Und? Dürfen wir Waldemar nun behalten oder nicht?«

»Warum tust du das?«

»Weil ich möchte, dass Maya endlich einen Hund bekommt.«

»Das meine ich nicht, und das weißt du ganz genau. Ich habe etwas sehr Schlimmes getan. Dafür könnte ich ins Gefängnis wandern.« Ich halte mich mit Absicht nebulös.

»Ich will es gar nicht wissen. Es gehört der Vergangenheit an. Ich will dich in meiner Zukunft wissen, dich ständig in meiner Nähe haben.«

Ich schlinge die Arme um meine Brust und kämpfe gegen die Tränen an.

»Kommst du damit klar?« Joshua streichelt meinen Rücken.

»Ich habe etwas ganz Furchtbares getan, Joshua, und du willst es gar nicht wissen?«, stammle ich tonlos.

»Du hast nur einen Schlussstrich gezogen. Ich kenne da einen sehr guten Psychologen. Sagt dir der Name Professor Doktor Hornoff etwas?«

»Den Namen habe ich schon mal irgendwo gehört.« Ich wische mir mit dem Ärmel die Augen ab.

»Stimmt es, dass du keine *Bullitesse* mehr bist?« Er lächelt mich sanft an.

»Ich habe den Job geschmissen, das stimmt. All die Jahre wollte ich wissen, wer ich als Kind war.«

»Ich weiß. Nur darum bist du überhaupt Polizistin geworden, nicht wahr?«

Ich nicke. »Hast du mir wirklich nachspioniert?« Ich schniefe und schlucke die Tränen hinunter.

»Ich war bei uns zu Hause. Jede Nacht. Ich habe auf der anderen Straßenseite gestanden und auf dich aufgepasst. Nur wenn du weggefahren bist, bin ich joggen gegangen. Weil ich dir vertraut habe.«

»Dadurch hast du für meine Alibis gesorgt?«

»Das war eigentlich gar nicht beabsichtigt. Ich habe auch Zeit für mich gebraucht. Du weißt, ich jogge für mein Leben gern. Nur so kann ich wirklich abschalten. Du brauchst ja nur zu sagen, dass du mit mir zusammen joggen warst.«

»Du könntest deswegen im Gefängnis landen.«

»Das glaube ich nicht. Ich bin ein guter Lügner.«

Ich stelle mich auf die Zehenspitzen und drücke ihm einen Kuss auf die Lippen. Meine Schuhe versinken im

Schlick. Eiskaltes Wasser dringt an meine Füße und lässt mich frösteln.

»Schau mal, Waldi, sie küssen sich.«

»Ich sagte doch, ihr sollt zum Auto gehen«, brummt Joshua in gespieltem Zorn und stapft in die Richtung, aus der Maya schreiend auf mich zurennt. Der Hund springt ihr hinterher.

»Wir haben uns verlaufen. Und ich habe noch ein Bild, das ich für Anne gemalt habe«, verteidigt sich das Mädchen und schlingt die Arme um meine Taille.

Waldi kläfft fröhlich, weil er das Ganze für ein Spiel hält.

»Wir gehen besser alle zusammen«, schlage ich vor und bekomme jubelnden Zuspruch von Maya.

Bevor ich mich von Joshua fortziehen lasse, werfe ich noch einen letzten Blick auf den See und die Hütte. Marwin wurde in dem See gefunden. Welche Geheimnisse birgt dieser Ort noch? Meine Gedanken werden von einem Kuss auf meine Stirn verscheucht.

»Komm nach Hause, Liebes. Ich koche uns was.« Joshua hebt mich hoch und trägt mich fort von dieser grauenhaften Stätte.

ENDE

Diese Story ist reine Fiktion, die Orte und die Namen sind frei erfunden, Übereinstimmungen sind zufällig und nicht beabsichtigt.

Printed in Poland
by Amazon Fulfillment
Poland Sp. z o.o., Wrocław